어둠 속에서도
바다는 푸르다

2

이철환 장편소설

특별한서재

차례

2권

어둠 속에서도 바다는 푸르다 2 … 7

작가의 말 … 341

1권

어둠 속에서도 바다는 푸르다 1

1

"뭔 놈의 손님들이 한꺼번에 들이닥쳐. 죽는 줄 알았네. 당신도 많이 힘들었지?"

이마로 흘러내리는 땀을 닦으며 용팔이 영선에게 물었다.

"몸은 힘들었지만 마음은 날 것 같은데. 이런 날도 있어야지 파리만 날리면 되겠어?"

"뭐니 뭐니 해도 머니가 최고야. 그치?"

용팔은 히죽 웃으며 말했다. 영선도 환하게 웃으며 말했다.

"돈 버는 것도 좋지만 화장실 갈 시간도 없을 땐 미칠 지경이지 뭐."

"화장실 못 가 미친 사람은 없어. 걱정하지 마."

영선은 기막히다는 표정으로 용팔을 바라보았다. 잠시 침묵이 흐른 뒤 용팔이 영선에게 말했다.

"여보, 내가 며칠 전에 겪은 재밌는 이야기 하나 해줄까?"

"해봐."

"지난 주 쉬는 날, 내가 시내로 책 사러 나갔다 왔잖아. 기억나지?"

"응, 기억나."

"시내 지하도를 걷다가 화장실에 들렀는데 화장실 분위기가 평소와 너무 다른 거야. 화장실이 지나치게 심플하고 정돈된 느낌이랄까……. 리모델링한 지 며칠 안 된 화장실이었어. 마치 신발을 벗고 들어가야 할 것 같다는 생각이 들 만큼 화장실이 깨끗했어. 왜 이렇게 낯선 느낌이 들까 생각하며 유심히 살펴보니까 신기하게도 화장실 안에 남자들이 사용하는 소변기가 하나도 없는 거야. 순간 웬일일까 생각했는데 번개가 번쩍하며 머리를 치더라고."

"왜?"

영선은 호기심 가득한 눈빛으로 물었다. 용팔이 눈을 동그랗게 뜨고 말했다.

"내가 들어간 곳이 여자 화장실이라는 생각이 들었거든."

"어머, 어떡해!"

"어떡하긴 뭘 어떡해. 급당황했지. 혹시라도 여자가 들어오면 나도 봉변당하고 그 여자도 봉변당하는 거잖아. 후다닥 밖으로 튀어나가는데 바로 화장실 입구에서 한 여자와 정면으로 마주친 거야. 그 여자가 깜짝 놀라 눈을 동그랗게 뜨고 나보고 뭐라 그랬는지 알아?"

"'변태'라고 했어?"

"아니. 그 여자가 나보고 '어머! 죄송해요.'라고 말하면서 바로 옆에 있는 남자 화장실로 쏙 들어갔어."

용팔의 말에 영선은 손뼉을 치며 깔깔거렸다. 영선이 웃으며 용팔에게 물었다.

"그래서 어떻게 했어?"

"뭘 어떻게 해. 그 여자 나오기 전에 잽싸게 도망쳤지. 여자 화장실인 줄 내가 알았나? 지금 생각해도 기가 막힌다."

"그 여자는 얼마나 당황했을까?"

"똥 밟았다고 생각했겠지. 앞사람의 잘못된 선택은 그렇게 뒷사람으로 이어져. 우리나라 역사에도 그런 일이 얼마나 많았겠어."

용팔이 비실비실 웃으며 말했다. 영선도 웃으며 고개를 끄덕였다. 잠시 후 용팔이 말했다.

"그놈들 진짜로 안 오네."

"뜬금없이 뭔 소리래? 그놈들이라니?"

영선이 의아한 눈빛으로 물었다. 용팔이 혼잣말을 했다.

"내가 그놈들한테 좀 심했나?"

영선은 그제야 용팔이 하는 말의 의미를 알아차렸다. 잠시 후 용팔이 헛기침을 하며 말했다.

"으흠, 으흠⋯⋯. 그 애들을 보면 자꾸만 어릴 적 내가 생각나서 싫었어. 그 아이들을 보면 죽은 누나가 생각나서 더 싫었고……. 으흠, 으흠……. 그 아이들한테 모질게 말하면서 내 마음도 편치 않았거든. 그런데도 어쩔 수 없었어. 내 안의 모진 상처가 자꾸만 그 아이들을 밀어내는 걸 어쩌겠어. 으흠……. 내 마음 깊은 곳에 있는 괴물이 자기 멋대로 나를 조종하는 걸 난들 어쩌겠어. 할 수 없이 괴물이 될 수밖에 없는 거지. 나도 어쩔 도리가 없었어."

용팔은 그렇게 말하고 긴 한숨을 내쉬었다.

"당신 마음도 편치 않았네. 그럴 거라고 생각은 했지만 당신이 아이들을 좀 심하게 대한다는 생각은 들었어."

영선이 빙긋이 웃으며 말했다.

"내가 너무했다는 거 나도 알아. 이런 말 하면 핑계 대는 것 같지만 나도 어쩔 수가 없었어. 정말 그럴 수밖에 없을 때가 있잖아……."

용팔은 잠시 사이를 두고 말을 이었다.

"얼마 전에 심리학 책을 읽으며 내가 왜 그러는지 알았어. 어릴 적 내가 겪었던 불안이나 상처가 내 무의식 속에 괴물을 만들어놓은 거야. 그 괴물은 그때부터 지금까지 내 무의식 속에서 살고 있는 거였고. 그런데 그 괴물은 내 무의식 속에서만 사는 게 아니었어. 내가 감당할 수 없는 적절한 상황을 만나면 괴물은 의식 밖으로 튀어나와 나를 자기 멋대로 가지고 놀았지. 마음이 몹시 불편한 상황을 만나면 마음과 다르게 말하고 행동하는 건 내 무의식 속에 있는 괴물이 제멋대로 나를 조종하는 거래. 그러다 정신을 차리고 나면 그 괴물은 또다시 내 무의식 속으로 들어가는 거고. 책에서 읽은 내용이지만 내 마음을 들킨 것 같아 정말 섬뜩했어."

용팔의 말이 끝나자마자 영선이 고개를 갸웃거리며 말했다.

"뭔 말인지 정확히 모르겠네. 알 것도 같고 모를 것도 같고, 뭐 그런 거 있잖아. 더 쉽게 말해봐. 내가 좀 무식하잖아. 그치?"

용팔은 잔뜩 고무된 얼굴로 자신의 말을 이어갔다.

"예를 들면, 사나운 호랑이가 마을을 지키는 용감한 개를 물어 죽였어. 호랑이는 마을 사람들에게 그 사실을 숨기려고 죽은 개를 줄에 꽁꽁 묶어 무거운 돌을 매단 뒤 마을 호수 깊은 곳으로 집어던졌거든. 물속으로 가라앉은 개는 끝까지 호수 속에만 있을까?"

용팔의 묻는 말에 영선이 대답했다.

"그렇지 않겠지. 언젠가는 죽은 개가 호수 표면으로 떠오를 것 같은데."

"그렇다면 죽은 개는 언제 호수 표면으로 떠오를까?"

"글쎄? 언제 떠오르지?"

"아무리 잔잔한 호수라 해도 홍수가 난다거나 폭우가 쏟아지면 난리가 나겠지?"

"그럼. 난리가 나겠지."

"호수가 요동치면 죽은 개는 호수 표면으로 떠오를 수밖에 없잖아. 적절한 상황을 만나면 호수 표면으로 죽은 개가 떠오르는 것처럼 인간의 무의식 속에 살고 있는 괴물도 적절한 상황을 만나면 인간의 의식 밖으로 튀어나온다는 거야. 살다 보면 뚜껑 열릴 때 있잖아. 바로 그때가 우리 무의식 속에 살고 있는 괴물이 우리 의식 밖으로 튀어나온 거야. 뚜껑 열린 사람들이 이렇게 말하잖아. '나도 모르게 그랬어. 무의식적으로 그런 거야…….' 그 말이 바로 그 말이야."

"아아, 그런 거였구나."

영선이 고개를 끄덕이며 말했다. 용팔은 흐뭇한 표정을 지으며 말을 이었다.

"가끔씩 보면 우리 주변에도 유난스러운 성격을 가진 사람들 있잖아."

"그럼 있지. 당신 같은 사람……."

영선이 해죽 웃으며 말했다.

"오영선! 당신도 만만치 않아."

"내가 왜? 내 성격 무난하지 않나?"

"당신은 타인을 너무 지나치게 배려해. 어쩌면 그것도 당신의 상처와 맞닿아 있는 것인지도 몰라. 이를테면 이런 거지. 유난히 부정적인 사람도 있고, 유난히 소심한 사람도 있고, 유난히 폭력적인 사람도 있고, 유난히 자신을 내세우는 사람도 있잖아. 그들의 유난스러움은 자신이 스스로 선택한 것이 아니라 그들의 상처가 그들을 유난스럽게 만들었다는 거야. 심지어는 타인을 지나치게 배려하는 것도 그의 무의식 속에 있는 상처가 그를 그렇게 만들었을 가능성이 얼마든지 있다는 거지."

"배려와 상처가 무슨 상관일까? 나는 별로 와닿질 않네."

영선은 삐딱한 말투로 용팔에게 말했다. 용팔은 흥분을 가라앉히고 나직이 말했다.

"오영선 씨. 당신의 어린 시절을 생각해봐. 당신도 나만큼 불우했잖아. 누군가의 사랑을 받아야 할 어린애가 사랑을 받지 못했어. 그것은 어린아이에게 엄청나게 큰 상처였겠지?"

"당연히 그랬겠지."

"사랑받지 못했고, 배려받지 못했던 당신의 어린 시절이 당신을 향해 어린아이를 사랑해야 한다고, 어린아이를 배려해야 한다고 강요할 수도 있다는 거지."

"누군가를 사랑하고 배려하는 건 좋은 거잖아."

"항상 좋기만 할까? 아닐지도 몰라. 인간의 본성은 사랑받고 배려받는 것인데 당신은 늘 누군가를 사랑하고 배려하는 것만 생각하잖아. 누군가를 사랑하고 배려하는 것만 생각하는 사람이 행복할 수 있을까? 자신은 돌보지 않고 타인을 사랑하고 배려하는 것만 생각하는 사람이 타인을 진정으로 사랑하고 배려할 수 있을까? 나는 그렇게 생각하지 않아. 차라리 사랑받고 배려받는 사람이 더 행복해. 물론 내가 먼저 배려해야 배려받을 수 있겠지만 당신의 배려는 너무 지나쳐. 남만 배려하지 말고 당신 자신도 더 배려해주고, 무엇보다 나를 좀 배려해줘."

용팔이 웃으며 말했다. 영선은 빙긋이 웃을 뿐 아무 말도 하지 않았다. 잠시 침묵이 흘렀다. 용팔이 마른침을 삼키고 나서 다시 말했다.

"나도 할 수만 있다면 내 안에 살고 있는 괴물을 당장이라도 끌어내고 싶은데 끌어낼 방법이 없어. 그저 내 안에서 오랫동안 잠들어 있기를 바랄 뿐이지. 한 번이라도, 두 번만이라도 더 잠들어 있기를 바랄 뿐이지……."

용팔은 그렇게 말하고 쓸쓸한 표정을 지으며 긴 한숨을 내쉬었다. 잠시 후 용팔이 다시 말했다.

"인간은 자기 의식의 주인 같지만 무의식의 지배를 받을 수밖에 없다고 프로이트는 말했어. 내 안에 나도 모르는 내가 있다는 거야."

"내 안에 나도 모르는 내가 있다고? 무섭다."

"당신보다 내가 당신에 대해서 잘 알고 있는지도 몰라."

"설마."

"아무튼 내가 조금 전에 말한 무의식 속 상처에 대한 이야기도 프로이트 이론이야. 아들러라는 심리학자는 다르게 말했어. 과거의 상처에 대한 관점을 바꾸면 그 상처를 오히려 자기 발전의 동력으로 만들 수 있다고 아들러는 주장했어. 인간에겐 그렇게 할 수 있는 능력이 충분히 있다는 거야. 과거의 상처를 절망의 핑계로 만들어 열등감 콤플렉스에 빠지면, 그것을 감추려고 오히려 우월감 콤플렉스를 만들어 타인과 자신을 속이게 된다고 주장했어. 우월감에 빠진 사람들에겐 대부분 심한 열등감이 있으니 아들러의 주장이 틀린 주장은 아닐 거야. 부분적으론 프로이트의 말이 맞는 것 같고 부분적으론 아들러의 말이 맞는 것 같아. 아들러의 말대로 극복될 수 있는 상처도 있지만 그렇다고 모든 상처가 극복되는 건 아니잖아. 실제로 자기 발전의 동력으로 사용될 수 없는 상처도 얼마든지 있으니까."

"내 생각도 그래. 모든 상처가 극복되는 것은 아니지……. 당신은 책을 많이 읽으니까 아는 것도 참 많네. 장용팔 대단해."

웃고 있는 영선은 용팔을 위해 박수라도 칠 기세였다. 그런 영선의 마음을 헤아리며 용팔이 말했다.

"내가 잘난 체가 좀 심했지?"

"많이 심했지. 그런데 나도 그런 잘난 체 좀 해봤으면 좋겠다."

영선이 환하게 웃으며 말했다. 용팔이 영선에게 말했다.

"힘들 텐데 당신은 좀 쉬어. 방에 들어가 한숨 자고 오든지. 주방 설거지는 내가 빨리 할 테니까."

"잘 시간 없어. 파도 다듬고 감자도 까야 돼."

"나중에 해도 되잖아."

"당장 필요해. 당신은 설거지 해. 나는 파부터 다듬을 테니까."

영선은 그렇게 말하고 주방 안으로 들어갔다. 용팔은 얼른 윗주머니에서 스프링 수첩과 볼펜을 꺼냈다. 조금 전 떠올랐던 문장들이 사라질까 봐 용팔은 서둘러 써내려갔다.

파미르고원은 죽음의 사막이라 불리는 중국의 타클라마칸 사막과 중앙아시아 우즈베키스탄 사이에 있는 타지키스탄 지역에 주로 펼쳐져 있다. 파미르고원을 세계의 지붕이라 부르는 이유는 명백하다. 4,000미터나 5,000미터가 넘는 봉우리들이 가득하고 최고봉인 쿵구르봉은 7,719미터다. 레닌봉이나 코뮤니즘봉도 7,000미터가 넘는다. 백두산과는 비교할 수도 없는 높은 봉우리들이 파미르고원엔 가득하다. 백두산은 2만 7,744미터

이다. 파미르고원을 중심으로 동양과 서양을 큰 축으로 나누기도 한다. 파미르고원의 압도적인 높이는 동양과 서양을 가로막았다. 파미르고원이 가로막고 있어 동양 문명과 서양 문명은 독자적인 길을 걸을 수 있었으며 각자의 뚜렷한 색깔을 가질 수 있었다. 실크로드를 통해 전해진 것들이 일부 있었지만 문물 전달엔 한계가 있었다. 마침내 교통수단의 발달로 높디높은 파미르 장벽이 무너졌을 때 각자의 뚜렷한 색깔을 가진 동양 문명과 서양 문명은 충돌하고 대립하고 화해하면서 서로의 문명을 더 높은 곳으로 견인했다.

내 앞에 놓인 장벽이여! 내 앞에 놓인 파미르고원이여! 충돌하고 대립하고 화해하면서 더 높은 곳으로 나를 인도해줄 것인가?

2

방 한쪽에 누워 텔레비전을 보다 말고 용팔이 영선에게 뚜벅 물었다.

"우리도 일요일에 장사해야 하는 거 아냐?"

"첫째 셋째 일요일은 장사하잖아."

"내가 그걸 몰라서 말했겠어. 둘째 넷째 일요일도 장사하는 게 낫지 않겠냐고 묻는 거지."

"365일 일하면 언제 쉬려고?"

"하루 종일 바쁜 것도 아니니 짬짬이 쉬면 되지."

"그게 쉬는 거야? 언제 올지 모를 손님들에게 붙들려 있는 거지. 나는 반대야. 돈 좀 더 번다고 더 행복해지지 않아. 당신도 알잖아."

"오영선, 말이 되는 소리를 해라. 돈 더 벌면 행복해. 왜 행복하지 않아?"

"그럼 당신 혼자 많이 행복해. 나는 쉴 테니까."

영선은 텔레비전에 얼굴을 고정한 채 빈정거리듯 말했다.

"나 혼자 일하라고? 주방에서 음식 만들고 서빙까지 어떻게 나 혼자 해?"

"알바를 쓰시든지."

"알바 쓰면 남는 거 있겠어?"

"조금은 남겠지."

"않느니 죽지. 말 꺼낸 내가 죽일 놈이다."

용팔은 체념 어린 눈빛으로 고개를 가로저으며 말했다. 용팔이 자리에서 벌떡 일어나 주섬주섬 옷을 입었다. 텔레비전에 빠져 있던 영선이 용팔을 흘긋 바라보며 물었다.

"저녁 먹을 때 됐는데 어디 가려고?"

"내가 어디 가든 말든 뭔 상관?"

"당신 화났어?"

"전혀."

"솔직히 말해. 화났잖아?"

"둘째 넷째 일요일도 장사하자는 말, 내가 충동적으로 한 거 같아? 깊이 생각하고 한 말이야. 당신이 반대할 줄 알았어. 당신은 헝그리 정신이 손톱만큼도 없어. 뭔 말인지 알지?"

"지금 대한민국 국민소득이 얼만데 헝그리 정신 운운해? 목숨 걸고 책 읽는 사람이 어쩜 생각은 1970년대에 머물러 있어? 지금이 헝그리 정신 이야기할 때야? 당신도 나도 그만큼 고생했으면 됐어."

"그 얘기 그만하자."

용팔은 화풀이하듯 방문을 세게 닫고 밖으로 나갔다. 방 안에서 영선의 목소리가 들려왔다.

"어디 가?"

용팔은 방 안쪽을 잠시 바라보았을 뿐 아무런 대꾸도 하지 않았다. 용팔은 답답한 마음을 달래고 싶어 집 근처 공원으로 걸어갔다. 공원으로 가는 길가에 형형색색 들꽃들이 무덕무덕 피어 있었다. 꽃 한 송이도 거저 피어날 리 없었다. 완벽한 균형을 이루며 흔들리는 꽃들을 바라보며 인간의 의식과 무의식은 자신도 모르게 균형을 잡아간다. 스스로 그러한 것이 자연自然이기 때문이다. 공원으로 가는 길이 공원보다 더 아름답다고 용팔은 생각했다.

공원에 거의 이르렀을 때 용팔은 걸음을 멈췄다. 그리 멀지 않은 곳에 서 있는 아이들이 보였다. 인혜와 인석이었다. 용팔은 아이들과 마주치고 싶지 않았다. 아이들은 배드민턴 채를 한 개씩 손에 들고 몹시 난감한 눈빛으로 키 큰 밤나무 위쪽을 바라보고 있었다. 배드민턴공이 밤나무 가지 위에 걸린 것이다.

잠시 후 근처 벤치에 앉아 있던 한 노인이 아이들을 향해 느릿느릿 다가왔다. 용팔은 유심히 노인을 바라보았다. 여러 날 전, 손님으로 가게에 왔던 노인이었다. 음식값을 내지 못해 쩔쩔매는 사내를 위해 기꺼이 자신의 카드를 내주었던 노인의 얼굴은 여전히 평화로웠다.

노인과 아이들은 무언가 말을 주고받았다. 거리가 제법 멀어 무슨 말인지 들리진 않았다. 잠시 후 노인은 자신의 신발 한 짝을 벗었다. 노인은 중심을 잡으려는 듯 나머지 신발 한 짝마저 벗었다. 노인은 뒷걸음으로 몇 발짝 물러서더니 갑작스레 나무 위를 향해 자신의 신발을 힘껏 던졌다. 나무 위에 걸려 있는 배드민턴공을 향해 던진 것이었다. 노인이 던진 신발은 나무 근처에도 가지 못한 채 의미 없이 허공을 맴돌다 저만큼의 거리에 툭 떨어졌다. 노인은 나머지 신발 한 짝을 손에 들어 또다시 나무 위를 향해 힘껏 던졌다. 신발은 나뭇잎 몇 장을 스치고 맥없이 땅 위로 떨어졌다. 그 광경을 유심히 바라보고 있던 인석이 자신의 신발을 벗어 나무 위를 향해 힘껏 던졌지만 인석의 신발 또한 작은 포물선을 그으며 맥없이 떨어졌다. 용팔의 마음은 그들을 향해 성큼성큼 걸어갔지만 몸은 움직이지 않았다. 자신의 양말까지 더럽히며 아이들에게 괜한 친절을 베풀고 싶지 않았다.

잠시 후 "와!" 하는 아이들의 탄성 소리가 들렸다. 노인이 던진 신발이 나무 위에 걸려 있는 배드민턴공을 정확히 때린 것이다. 나풀나풀 떨어지는 밤나무 잎사귀들과 함께 하얀 깃

털을 가진 배드민턴공이 땅 위로 툭 떨어졌다. 노인은 배드민턴공을 주워 인석에게 건네주었다. 다정히 웃고 있는 노인의 얼굴에 기품이 느껴졌다. 아이들은 다시 배드민턴을 치기 시작했다. 용팔은 주저 없이 걸음을 돌렸다. 아이들과 마주치고 싶지 않았다.

용팔은 공원 옆으로 흐르는 시냇가로 내려갔다. 맑은 시냇물 속을 이리저리 헤엄쳐 다니는 은빛 물고기들을 한참동안 바라보았다. 기하학幾何學을 그으며 유영하는 물고기들의 동선 또한 천적을 피하는 엄격한 규칙이 있을 것이었다. 용팔은 시냇물 속에서 유난히 반짝이는 작은 돌멩이를 꺼내 무심히 주머니 속에 넣었다.

용팔은 가게로 돌아왔다. 용팔을 바라보며 영선이 해죽 웃으며 물었다.

"드라마 주인공처럼 비장한 표정으로 나가더니 금방 돌아왔네. 어디 갔다 왔어?"

"온종일 풀리는 일이 없네. 재수가 없을라니까."

"뭔 소리래? 뭔 일 있었어?"

"몰라도 돼. 배고프다. 밥 먹자."

용팔은 영선에게 인혜와 인석이를 보았다는 말을 하고 싶지 않았다. 난처한 상황에 놓인 아이들에게 다가와 친절을 베푼 노인의 이야기는 더욱 하고 싶지 않았다.

잠시 후 용팔은 밥상 앞에 앉았다. 용팔은 들었던 숟가락을 내려놓고 스프링 수첩을 펼쳤다. 용팔은 가지런히 수첩 위에 썼다.

사는 게 늘 행복하다고 말하는 놈들을 나는 믿지 않는다. 바보이거나 사기꾼이다.

3

길을 걷던 용길이 상수에게 물었다.

"상수야, 헤라클레스 주인 새끼 말이야. 정말 나쁜 새끼 아니냐?"

"왜? 또 맞았냐?"

"어제 너 가고 난 뒤에 그 새끼한테 또 따귀 맞았어. 그 새끼 완전 또라이야. 상수야, 그 새끼 반쯤 죽여버리고 때려치울까?"

"때려치우면 어디 가려고?"

"딴 데 알아보면 되지."

"딴 데 어디?"

"알아보면 있겠지."

"없으면?"

"없겠나?"

"그럴 시간 없어. 나는 돈 벌어야 돼. 우리 집은 내가 가장

이야."

"우리 집도 우리 누나가 가장이야. 꼰대들은 일 안 해."

잠시 후 용길이 다시 말했다.

"미성년자 고용했다고 사장 새끼 신고해버릴까?"

"신고하려면 다른 사람이 신고해야지. 용가리 네가 신고하려고? 경찰이 웃겠다."

"경찰이 왜 웃어?"

"용가리 너는 반년 넘게 월급 받으며 그놈 밑에서 일했잖아."

"그거야 그렇지만 그 변태 새끼한테 따귀 맞은 거 생각하면 잠이 안 와서 그래. 내가 그 개새끼 가만 안 둘 거야."

"가만 안 두면 어쩔 건데?"

"헤라클레스에 불 지를까?"

"감방 가고 싶냐?"

상수의 물음에 용길은 식식거릴 뿐 대꾸하지 않았다. 잠시 후 용길이 말했다.

"상수야, 쟤네들 봐라, 쟤네들 왜 저러냐?"

"누구?"

"앞에 오는 애들 봐. 걷는 게 꼭 로봇 같잖아. 시각장애인인가? 쟤네들 골 때리네."

용길은 앞쪽에서 걸어오는 남녀를 고갯짓으로 가리키며

말했다. 상수와 용길이 걷고 있는 반대편에서 인하와 정인이 걸어오고 있었다. 그들의 걸음이 막 교차할 때 갑작스럽게 근처 골목을 빠져나온 오토바이가 굉음을 내며 쌩하고 그들 사이를 뚫고 지나갔다. 깜짝 놀란 정인이 큰 소리로 비명을 지르며 그 자리에 주저앉았다.

"아이 씨발, 깜짝이야! 미친년, 왜 소린 지르고 지랄이야."

용길이 걸음을 멈추고 정인을 노려보며 소리쳤다. 인하는 정인을 부축하며 다급한 목소리로 말했다.

"정인 씨, 괜찮아요?"

정인은 인하의 부축을 받으며 일어섰다. 정인은 마음을 수습할 새도 없이 경직된 얼굴로 용길을 향해 말했다.

"저기요. 조금 전에 저한테 욕하신 거예요?"

"네. 맞아요. 갑자기 소리 질러서 놀랐잖아요! 왜 소린 질러?"

용길은 험상궂은 눈빛으로 정인을 노려보며 말했다.

"조금 전 상황 보셨잖아요. 소리 지를 만해서 소리 질렀습니다. 그렇다고 처음 보는 사람한테 그렇게 욕을 해도 되나요? 저한테 미친년이라고 그러셨죠?"

"그래. 미친년이라 그랬다. 그래서 어쩌려고?"

"근데 왜 욕을 하시죠?"

인하가 용길을 노려보며 날선 목소리로 말했다.

"넌 또 뭐냐?"

"혹시 학생인가요?"

인하는 용길을 향해 조심스럽게 물었다.

"씨발, 내가 학생처럼 보이냐? 나 학생 아냐. 끼리끼리 노는구나."

"방금 뭐라 그러셨어요?"

정인이 용길을 노려보며 물었다.

"끼리끼리 논다 그랬다. 왜? 내 말이 틀렸냐? 맞잖아. 끼리끼리 노는 거."

"끼리끼리 논다고 말하셨나요? 무슨 뜻이죠?"

"몰라서 묻니? 병신⋯⋯."

정인의 물음에 용길은 콧방귀를 뀌며 말했다.

"용가리, 그만해라."

상수가 용길의 손을 잡아끌며 말했다. 상수는 정인에게 정중히 사과했다.

"죄송합니다."

"뭐가 죄송해, 씨발⋯⋯."

용길은 분노 가득한 낯빛으로 정인과 인하를 노려보았다. 상수는 낮은 목소리로 용길을 향해 다시 말했다.

"용가리, 그만해라."

"뭘 그만해! 저 미친년이 소리 질러서 깜짝 놀랐잖아."

"그만하라니까. 그게 욕할 일이냐? 이래서 너보고 양아치라 그러는 거야, 새꺄."

"상수야, 넌 빠져. 내 일이니까."

용길은 단호하게 말했다. 인하가 정인의 손을 잡고 말했다.

"정인 씨, 그냥 가요."

"왜 그냥 가요? 싸울 건 싸워야지요!"

정인의 목소리는 단호했다. 상수가 정인에게 정중히 다시 말했다.

"죄송합니다. 제가 대신 사과드리겠습니다. 그냥 가시면 안 될까요?"

"친구분인가요?"

"네."

"감사한데요. 욕하신 분 아니잖아요. 욕하신 분이 사과하셔야지요."

"정인 씨, 친구가 사과했잖아요. 그냥 가요. 부탁드립니다."

인하는 정인의 손을 잡고 간절히 말했다. 용길이 정인을 노려보며 으름장을 놓았다.

"미친년아, 그냥 가. 봉변당하기 전에."

상수는 우악스럽게 용길의 팔을 잡아끌어 그 자리를 떠났다. 저만치 끌려가던 용길이 고개를 돌려 정인을 향해 소리쳤다.

"씨발, 재수 없게 저런 것들을 만나가지고."

인하와 정인은 넋이 빠진 모습으로 그 자리에 잠시 서 있었다. 정인의 뺨 위로 눈물이 흘러내렸다. 눈물을 닦으며 정인이 말했다.

"저한테 욕을 했는데 그냥 가라고요? 인하 씨 같으면 그냥 가겠어요?"

"싸울 상대가 아니잖아요."

"싸울 상대가 아니라도 싸울 건 싸워야지요."

"제가 싸울 수만 있었다면 그놈하고 싸웠습니다. 그럴 수 없다는 거 정인 씨도 알잖아요."

"인하 씨가 싸울 일이 아닙니다. 저한테 욕한 거니까 제가 싸워야지요."

"끼리끼리 논다는 말은 저를 모욕한 말이기도 합니다. 저에게도 싸울 이유는 있었습니다."

"억울하지 않으세요?"

"억울했지만 굳이 그런 놈을 상대하고 싶지 않았습니다. 이러다 저하고 정인 씨가 싸우겠네요."

"그러게요. 그만할게요. 저 먼저 가겠습니다. 죄송합니다."

정인은 차가운 낯빛으로 그렇게 말하고 뒤돌아 걸어갔다. 인하는 그 자리에 서서 어찌할 바를 몰랐다.

4

용팔이 홀에 앉아 짬뽕을 먹고 있는 동현에게 물었다.

"장동현, 맛있냐?"

동현은 텔레비전에 시선을 고정한 채 아무런 대꾸도 하지 않았다.

"인마, 짬뽕 맛있냐고?"

"응."

잠시 뒤 용팔이 다시 물었다.

"동현아, 너는 교육이 뭐라고 생각하니?"

"모르겠어."

"인마, 잘 생각해봐. 학생들이 왜 학교에 다녀야 하는지 생각해본 적 없어?"

"응. 특별히 생각해본 적 없어."

동현은 퉁명스럽게 말했다. 용팔은 해죽 웃으며 나긋한 목소리로 동현에게 다시 물었다.

"학교의 역할이 뭐라고 생각하니?"

"학교의 역할?"

"응."

"학교의 역할은 학생들이 자신의 가능성을 발견할 수 있도록 이끌어주는 거."

"아빠 생각도 너랑 같아. 근데 너희 학교는 너를 위해 그렇게 해줬니?"

"아니. 공부 못하는 애들은 학교에선 그냥 투명인간이야."

"아빠가 학교 다닐 때도 그랬어. 시험 성적으로 학생들 경쟁만 시켰어. 심지어는 우열반을 만들어 따로 수업했어. 달리는 말에 채찍질해야 명문대를 많이 보낼 수 있다고 생각한 거야. 정말 한심한 발상 아니냐?"

용팔은 긴 한숨을 내쉬며 말했다. 잠시 후 동현이 말했다.

"지금 내 친구 다니는 학교도 비슷해. 전교 1등부터 50등 안에 드는 아이들 중에 원하는 아이들은 학교 도서관의 가장 좋은 자리에서 공부할 수 있어. 성적 좋은 아이들에게 도서관의 좋은 자리 우선권을 주는 거야."

"정말 한심하다. 도무지 변한 게 없구나. 지금이 어느 땐데 그런 시대착오적인 생각을 하냐?"

용팔은 어이없다는 표정을 지으며 말했다. 잠시 후 용팔이 말을 이었다.

"동현아, 네 말대로 교육과 학교의 역할은 학생들이 자신의 가능성을 발견할 수 있도록 이끌어주는 거야. 아울러 학생들에게 진실을 말할 수 있는 용기를 가르쳐주는 거고. 주체적이고 자율적이고 독립적인 개인을 만드는 것이 교육의 역할이야. 김누리 교수의 말처럼 학교에서 학생들에게 가르쳐야 할 것은 경쟁이 아니라 약자에 대한 감수성, 고통에 대한 감수성, 억압에 대한 감수성이야. 그것을 놓치면 그 어떤 교육도 교육이 될 수 없어."

동현은 용팔의 말에 가만가만 고개를 끄덕였다. 용팔이 긴 한숨을 내쉬고 자리에서 일어서며 동현을 향해 다정히 말했다.

"동현아, 너는 나름대로 최선을 다해 공부하고 있으니까 성적에 너무 집착하진 마. 일출 멋있다고 일몰까지 멋있는 곳은 한 곳도 없어. 너는 착하고 건강하잖아. 네 나이에 너만큼 책 읽은 애들이 몇 명이나 있겠냐?"

용팔은 환하게 웃으며 말했다. 동현은 웃고 있는 용팔의 얼굴을 가만히 바라보았다. 잠시 후 용팔이 다시 말했다.

"대한민국 아이들은 스무 살 될 때까지 경쟁만 배웠는데, 걔네들을 채용한 기업에선 협업을 강조하거든. 경쟁만 배운 아이들이 협업이 가능하겠냐? 말이 선의의 경쟁이지, 사자하고 얼룩말이 경쟁이 되겠냐? 고액 과외를 받는 아이들하고 학원도 다닐 수 없는 아이들이 선의의 경쟁을 할 수 있겠냐고? 출발선이 다른데 어떻게 선의의 경쟁이 되겠냐? 그래서 독일은 정부가 나서서 '경쟁은 야만이다.'라는 구호를 만든 거야."

"정부가 그런 구호를 만들었어?"

동현은 믿기지 않는다는 표정으로 용팔을 향해 물었다.

"사실이야. 독일 정부가 나서서 '경쟁은 야만이다.'라는 구호를 만들어 학생들을 경쟁시켜서는 안 된다고 선언한 거야. 대한민국의 상식으로는 도무지 상상할 수 없는 일이잖아. 동현아, 아빠가 텔레비전 왜 안 보는 줄 아니? 채널 돌릴 때마다 나오는 게 경쟁하는 프로그램이야. 참가자들 모아 경쟁시켜 놓고 모두 그 앞에 앉아 싸움 구경하는 거야. 학교에서도 경쟁, 직장에서도 경쟁, 이웃 가게와도 경쟁, 안방 텔레비전에서도 경쟁. 이 정도면 경쟁에 미친 나라 아니냐? 그러니까 대한민국이 자살률 1위 국가가 되는 거야. 행복지수도 매해마다 꼴찌 하는 거고……. 인간 사회니까 불가피한 경쟁도 있을 수 있어. 하지만 그것 또한 독일처럼 경쟁은 야만이라는 문제의식 틀 안에서 진행돼야 해."

용팔이 대화를 끝맺으려 할 때 동현이 용팔에게 물었다.

"역사 선생님이 자기 고등학교 다닐 때하고 지금하고 공부 환경이 별로 변한 게 없대."

"고등학생 아들 두었으니 아빠도 어느 정도 짐작하지 않겠냐? 정말로 별 차이 없어. 그놈의 대학 서열화 때문에 그리고 대학입시 때문에 우리나라 교육은 아직 한 걸음도 앞으로 못 나갔어. 1945년 해방된 후 지금까지 75년 동안 다른 건 모두 변했는데 교육은 크게 달라진 게 없어. 정권 바뀔 때마다 교육 개혁, 교육 개혁, 이놈 저놈 말만 잔뜩 늘어놓고 늘 제자리걸음이야. 물론 이전에 비하면 좋아진 것도 있어. 교육 현장에서 헌신하는 사람들이 있으니까. 아빠가 학교 다닐 땐 학생들 개 패듯 팼어. 지금은 그런 거 없잖아. 하지만 대학 서열화와 학벌지상주의가 바뀌지 않는데 교육 개혁이 이루어지겠냐?"

"우리도 언젠가는 바뀌겠지?"

"바뀌겠지. 우리나라 교육은 바뀌지 않을 거라고, 기득권자들은 자신의 이익을 절대로 포기하지 않을 거라고 말하는 사람들도 있지만 그래도 누군가는 교육에 대한 문제의식을 갖고 계속 말해야 돼. 계란으로 바위를 부술 순 없겠지만 '불가능'을 '가능'으로 바꾼 것이 문명의 역사였어. 오늘날 인간이 누리는 거의 모든 것들은 역사 속에서 한 번도 가능한 적이 없었던 것들이잖아."

용팔의 말에 동현은 가만가만 고개를 끄덕였다. 용팔이 동현에게 물었다.

"장동현, 우리 내일 소풍 갈까?"

"소풍?"

"김밥 싸가지고 어때? 남한강도 좋고 소백산도 좋겠다. 너도 좋지?"

"아니."

"왜?"

"내일 친구 만나기로 했어."

"여자 만나니?"

"아니."

"그럼 다음에 만나면 되겠네."

"약속이 먼저잖아."

"그건 그렇지. 김샜다."

"뭐가?"

"아냐. 네 말이 맞는다고."

용팔은 못마땅한 표정으로 동현을 바라보았다. 잠시 후 용팔이 말했다.

"동현아, 서연이하고 잘해봐. 청춘의 사랑을 무엇과 바꿀 수 있겠니? 여전히 진행 중?"

"몰라."

"뭘 몰라?"

"그런 거 묻지 말라고."

"그놈 되게 까다롭네."

용팔은 해죽 웃으며 말했다. 잠시 후 용팔이 다정한 목소리로 동현에게 말했다.

　"요즘 사람들 툭하면 생산성을 따지는데 생산성은 함정을 가지고 있어. 생산성만 꼼꼼히 따지다 보면 수치로 환산할 수 없는 가치를 놓치거든. 남녀 간의 사랑은 비생산적일 때가 많아."

　"왜?"

　"인마, 사랑하려면 돈 들고, 시간 깨지고, 다툴 때마다 감정 소모도 이루 말할 수 없잖아. 몇 년 동안 사귀다 헤어지는 커플들은 또 얼마나 많니? 돈 투자, 시간 투자, 감정 투자 엄청나게 했는데 아무것도 남는 게 없잖아. 사랑만큼 비생산적인 게 또 있겠냐? 그런데 그건 하나만 본 거야. 사랑은 수치로 환산할 수 없는 가치가 있어. 누군가를 지독히 사랑해봐야 자신이 어떤 사람인지 정확히 알게 되거든. 지독히 사랑하면 자신의 바닥까지 내려가게 되어 있어. 지독히 사랑하면 때로는 자기 얼굴에 똥칠까지 하면서 막다른 골목까지 가게 돼 있거든. 막장 알지?"

　"설마 얼굴에 똥칠까지 하겠어?"

　동현이 웃음 띤 얼굴로 말했다.

　"그렇지? 뭐 똥칠까지야 하겠냐? 근데 아빠는 젊었을 때 똥칠한 적도 있다. 물론 비밀이다."

용팔은 그렇게 말하고 나서 동현의 어깨를 툭 치며 말했다.

"장동현, 긴급 자금 필요하면 말해라. 알았지?"

동현은 용팔의 물음에 아무런 대답도 하지 않았다. 동현이 들어간 뒤 용팔은 홀에 덩그러니 혼자만 남았다. 계산대에 앉아 책장을 넘겨도 헛헛한 마음은 채워지지 않았다. 의식하지 않으려고 해도 자꾸만 최대출의 목소리가 들렸다.

용팔은 윗주머니에서 스프링 수첩과 볼펜을 꺼냈다. 사방은 고요했다. 인간과 세계 사이에 놓여 있는 침묵의 독백이 들려올 것만 같았다. 용팔은 마음을 따라갔다.

　　남북분단은 전쟁을 낳았다. 전쟁은 반공이데올로기를 낳았고, 반공이데올로기는 군부 독재와 병영문화를 낳았다. 병영문화는 권위주의를 낳았다. 권위주의는 갑질과 차별과 지나친 경쟁을 낳았다. 한국전쟁을 경험하지 못한 세대까지 한국전쟁은 고스란히 살아남았다.

　　역사는 역사로 끝나지 않는다. 역사는 역사로 살아남아 우리의 삶을 지배한다.

5

　용팔은 주방에서 빠른 손놀림으로 음식을 만들고 있었다. 주방으로 들어온 영선이 용팔에게 물었다.

　"당신 지금 뭐 만들어?"

　"보면 몰라? 음식 만들고 있잖아."

　"누구 줄 건데? 당신 먹으려고?"

　"비밀이야."

　"고양이 줄 거구나?"

　"어? 어떻게 알았어?"

　"고양이한테 무너졌네?"

　"무너지긴 누가 무너져. 하루아침에 어미 잃었는데, 새끼들이 불쌍하잖아."

　"당신이 시장에서 생선 대가리 가져올 때 내가 알았어. 지극정성이네, 지극정성이야. 나한테 좀 그렇게 잘해봐라."

　"얼마나 더 잘하니? 나 같은 남편 또 있을까?"

"말이나 못하면……. 고양이 새끼들은 끔찍이 위하면서 아이들한테는 왜 그렇게 쌀쌀맞아?"

"이 사람이 뭔 소리 하고 있어? 내가 언제 동현이 동배에게 쌀쌀맞은 적 있어?"

"동현이, 동배 말하는 거 아니잖아."

"그럼 누구?"

용팔은 영선을 향해 물었다. 영선은 아무 말도 하지 않았다. 잠시 후 용팔이 빈정거리는 어조로 영선을 향해 말했다.

"아아, 인혜인가 뭔가 하는 당신 친구 자식들?"

"저거 봐라, 저거 봐. 또 말 함부로 한다. 부탁인데 말 좀 함부로 하지 마."

영선의 핀잔에 용팔은 아무 말도 하지 않았다. 분이 풀리지 않은 듯 영선이 다그치듯 말했다.

"말이야 바른 말이지. 사람이 중하지 새끼 고양이들이 중해?"

"누가 더 중한지는 모르겠고. 아무튼 나는 걔네들이 싫어."

"그래, 그만하자."

영선은 체념 어린 표정으로 그렇게 말하고 주방 밖으로 걸어 나갔다. 용팔은 정성껏 만든 음식을 그릇에 담아 새끼 고양이들이 있는 숲으로 걸어갔다. 용팔의 발걸음 소리를 들은 새끼 고양이 두 마리가 용팔을 향해 빠른 걸음으로 다가왔다. 어린 고양이들의 야성의 눈빛도 용팔에게는 예외였다.

"맛있게 먹어라."

용팔은 고양이들에게 음식을 내어주고 고래반점 뒤란에 있는 창고를 향해 걸어갔다. 새끼 고양이들의 식사를 방해하고 싶지 않았다.

용팔은 창고로 들어가 나무와 널빤지 여러 개를 뒷마당으로 옮겼다. 새끼 고양이들을 위해 옹색한 집이라도 만들어주고 싶었다. 멀찌감치 떨어져 먹이를 먹고 있던 새끼 고양이들이 용팔의 톱질 소리에 흠칫 놀라 번번이 용팔을 바라보았다. 자기들이 살 집을 짓고 있다는 것을 새끼 고양이들이 알 리 없었다. 자신이 정성껏 만들어준 집에서 새끼 고양이들이 살 거라고 용팔은 장담할 수도 없었다. 아무리 어리다 해도 고양이는 천명을 따를 것이 분명했다. 땀을 뻘뻘 흘리며 고양이 집을 짓고 있는 용팔에게로 영선이 느릿느릿 걸어왔다.

"집까지 만들어주는 거야? 야아, 쟤네들 팔자 폈네. 팔자 폈어."

용팔은 영선의 말에 아무런 대꾸도 하지 않았다.

"우리 집 만들 생각을 해야지, 고양이 집이나 만들고 있어?"

용팔은 영선을 잠시 바라보았을 뿐 아무런 대꾸도 하지 않았다. 용팔은 톱질을 하다 말고 화가 치밀어 올랐다. 용팔이 영선을 향해 쏘아붙였다.

"당신 말 좀 함부로 하지 마. 당신이 일요일마다 만나는 예수님한테 그렇게 배웠어?"

"왜 예수는 들먹거려? 욕하려거든 나를 욕하면 되지."

"당신이 예수님이라는 거 알고 있지? 바로 당신이 예수님이야."

"뭔 말이야? 내가 왜 예수님이야?"

"내 말이 무슨 뜻인지 몰라? 당신 삶 속에, 당신 말 속에 예수 없으면 예수는 없는 거야."

"하여간에 말은 잘해. 당신을 누가 이길 수 있겠어?"

영선은 시큰둥한 표정으로 그렇게 말하고는 주방 뒷문을 향해 쌩쌩 걸어갔다. 밥을 먹던 어린 고양이들이 고개를 바짝 쳐들고 영선을 바라보았다.

"뭘 봐. 이놈들아……. 참 못되게 생겼다."

영선은 애꿎게 고양이들을 나무라고는 주방 뒷문을 열고 안으로 쏙 들어갔다. 용팔은 톱질을 하다 말고 한심하다는 눈빛으로 영선을 바라보았다. 용팔은 고개를 들어 잠시 하늘을 바라보았다. 비가 오려는 듯 먹구름이 밀려오고 있었다. 그 순간 용팔은 놀란 눈빛으로 얼른 고개를 숙였다. 언뜻 바라본 저 먼 곳에서 두 아이가 걸어오고 있었다. 고개를 살며시 들어 다시 확인했지만 인혜와 인석이 틀림없었다. 용팔은 못 본 척하고 아이들이 걸어오는 반대편으로 재빨리 몸을 돌

렸다. 건성건성 톱질을 하며 어찌 해야 할까 잠시 망설이다
가 아이들이 걸어오고 있는 곳을 또다시 바라보았다. 어찌된
일인지 아이들이 보이지 않았다. 몸을 일으켜 몇 번을 유심
히 살펴보았지만 아이들은 보이지 않았다. 밥그릇을 깨끗이
비운 어린 고양이 두 마리가 처연한 눈빛으로 용팔을 바라보
고 있었다.

6

용팔은 불현듯 떠오른 생각을 스프링 수첩 위에 써내려 갔다.

"어려움에 처했을 때 도움을 청할 주변 사람이 있습니까?"라는 물음에 "없다."고 대답한 사람이 OECD 국가 중 가장 많이 살고 있는 나라가 대한민국이다. 이 말을 이렇게 바꿀 수 있지 않을까. 주변 사람이 어려움에 처했을 때 진심을 다해 도와준 적이 없는 사람들이 OECD 국가 중 가장 많이 살고 있는 나라는 대한민국이다.

용팔은 스프링 수첩을 윗주머니에 넣고 우두커니 창밖을 바라보았다. 잠시 후 용팔이 헛기침을 하며 쓸쓸한 목소리로 영선에게 말했다.

"당신이 믿는 예수 말이야. 근사한 사람이었을 거야."

"갑자기 왜 그런 생각을 했어?

"그냥 그런 생각이 들었어."

"장용팔, 솔직히 말해. 그냥 그런 생각이 들 리 없잖아."

"으흠, 으흠…… . 당신도 기억하지? 지난번에 인석인가 하는 그 애가 우리 가게 밖에서 큰 소리로 노래 부른 적 있잖아. 기억나?"

"응. 기억나지. 그날 내가 밖으로 나가서 아이들 데리고 가게 안으로 들어왔잖아. 짜장면 먹이려고."

영선이 발랄한 목소리로 말했다.

"맞아. 바로 그날이야."

용팔이 고개를 끄덕이며 말했다. 잠시 후 용팔이 헛기침을 하며 말했다.

"으흠, 으흠…… . 그 아이가 그때 가게 밖에서 무슨 노래 불렀는지 알아?"

"글쎄…… . 잘 모르겠네. 무슨 노래 불렀지?"

"〈즐거운 나의 집〉."

"〈즐거운 나의 집〉? 아이들이 그 노래 불렀어?"

"남자아이 혼자 불렀어. 그 노래 듣는데 옛날 생각나 마음이 몹시 불편했거든."

"왜 불편했는데? 이유가 있을 거잖아."

"아주 오래전에 당신한테 말한 적 있는데. 기억 안 나?"

"기억 안 나는데. 뭐였지?"

"정말 기억 안 나?"

"응. 기억 안 나."

영선은 고개를 갸웃거리며 말했다. 용팔은 쓸쓸한 목소리로 말했다.

"내 초등학교 시절 이야기야. 음악 시간에 〈즐거운 나의 집〉으로 노래 시험을 봤거든. 나에겐 부모가 없다는 거, 같은 반 아이들도 뻔히 알고 있는데 그 아이들 앞에서 〈즐거운 나의 집〉 같은 노래를 부른다는 게 부끄러웠어. 생각해봐. 집도 없이 보육원에서 살고 있는 놈이 〈즐거운 나의 집〉 부르면 이상하잖아. 말도 안 되는 이야기야. 집도 부모도 없는 놈이 〈즐거운 나의 집〉을 아무렇지도 않게 부를 수 있겠어? 당신의 어린 시절도 나와 비슷했으니 내 마음 이해할 수 있잖아."

용팔은 긴 한숨을 내쉬며 마른침을 삼켰다. 영선이 안쓰러운 눈빛으로 용팔에게 말했다.

"당신 마음 알 것 같아. 어린 마음에 얼마나 상처가 컸을까……. 그 마음이 어떤 건지 나는 알아. 당신 마음 백 번도 천 번도 이해해. 나 같아도 반 아이들 앞에서 그 노래 부르기 힘들었을 거야."

영선의 목소리도 쓸쓸했다. 잠시 침묵이 흘렀다. 용팔이 영선에게 말했다.

"내 안에 괴물이 살고 있다는 거, 당신도 알고 있지?"

용팔의 목소리는 확신에 차 있었다.

"당신이 말하는 괴물이 뭘 말하는 건지 알아. 내 안에는 괴물 없겠어? 뚜껑 열리면 나도 장난 아니잖아. 사람들은 누구나 괴물 하나씩 데리고 살지 않나?"

"다른 사람들도 그런지 안 그런지는 잘 모르겠고, 하여간에 내 안엔 분명히 괴물이 살고 있어. 도무지 어쩔 도리가 없는 아주 흉측한 놈이야. 어릴 적 어느 날엔가 내 안으로 성큼 들어온 것 같은데, 그 모습 그대로 지금껏 살고 있어. 뭔가 불안이 밀려오면 이놈은 여지없이 잠에서 깨어나 나를 자기 멋대로 이리저리 끌고 다니거든. 내가 앞뒤 구분 못 하고 지랄 맞게 성질부릴 땐 내 안에 있는 괴물이 제멋대로 나를 가지고 노는 거라고 생각하면 돼. 그땐 내가 내가 아닌 거야. 그걸 뻔히 알면서도 어떻게 해볼 도리가 없어. 내 안의 괴물이 기력을 잃고 다시 잠들 때까지 내가 아닌 채로 지랄하다가 멈추는 도리밖에 없어. 정말 환장할 노릇이다. 살다가 가끔씩 뚜껑 열릴 때 있잖아. 내 안에 살고 있는 괴물에게 끌려 다녔다는 뜻이야."

용팔은 그렇게 말하고 다시 한숨을 내쉬었다. 영선이 위로하듯 용팔에게 말했다.

"부모 없이 어린 시절을 보냈으니 그 상처가 만들어놓은 괴물이겠지?"

"그럴 테지."

"그래도 당신 안에 살고 있는 괴물은 잠이 많은가 보네. 자주 깨어나진 않으니까. 솔직히 말하면 당신보다 내가 뚜껑 열릴 때는 더 많잖아."

영선은 자조 섞인 표정으로 웃으며 말했다. 용팔이 영선에게 물었다.

"당신도 부모님 보고 싶지 않아?"

"보고 싶지. 아주 많이 보고 싶지. 특히 엄마가 보고 싶어. 그런데 볼 수 없잖아."

"사랑을 많이 받은 기억도 없는데 부모가 몸서리치게 그리울 때가 있어. 부모를 잃으면 한 세계를 모조리 잃어버리는 거래. 당신이나 나나 부모 없이 자랐으니 마땅히 가지고 있어야 할 한 세계가 없는 거야. 우리가 잃어버린 그 세계를 뭐라고 설명할 수 있을까? 갑자기 엄마 보고 싶네. 아버지도 보고 싶고……."

용팔의 뺨 위로 눈물이 흘러내렸다.

"딱 한 번만이라도 엄마를 다시 만날 수 있다면 소원이 없겠다."

웃으며 말했지만 영선의 목소리에도 눈물이 어려 있었다. 잠시 침묵이 흘렀다. 영선이 환하게 웃으며 용팔에게 말했다.

"여보, 나한테 좋은 생각이 있어."

"좋은 생각? 또 뭔 놈의 좋은 생각?"

"그 아이들 집 찾아가볼까? 찾을 수 있을 것 같거든. 예전에 인혜가 말해준 게 기억나. 현대 사우나 바로 뒤에 있는 하늘색 대문 집에서 산다고 했거든. 내 기억이 맞을 거야. 틀림없어."

"그래서? 그 아이들 집을 찾아간다고?"

"가까우니까 탕수육이나 조금 만들어가지고 한번 찾아가보지 뭐. 오늘 일 끝나고 갈까?"

"오늘?"

"왜? 쇠뿔도 단 김에 빼라고 했잖아."

"현대 사우나 뒤쪽에 하늘색 대문 집이 한두 개가 아닐 텐데 어떻게 찾으려고? 집집마다 일일이 들어가서 확인할 거야?"

용팔이 무심한 얼굴로 말했다.

"여보, 복잡할 거 하나도 없어. 일단 현대 사우나 바로 뒤쪽으로 가서 하늘색 대문 집만 찾으면 돼. 하늘색 대문 집이 몇 개나 있겠어. 여러 개 있으면 모조리 들어가보면 되는 거지, 뭐."

"하여간에 성질은 급해가지고. 내가 지난번에 얘기했잖아. 그 아이들에 대한 당신의 지나친 사랑도 당신의 상처와 맞닿아 있을 거라고……. 아이들 시골 외삼촌 집으로 간다고 했다면서? 시골로 갔으면 어쩌려고?"

용팔은 퉁명스럽게 물었다.

"내 예감에 아직 안 갔어. 틀림없어. 내가 기억을 더듬어 날짜 세어봤거든."

"음식까지 만들어 갔는데 아이들 없으면 어쩌려고?"

"할 수 없지, 뭐. 만나지 못해도 만난 거잖아. 가져간 탕수육은 우리 똥빼 먹으면 되고."

영선은 달뜬 목소리로 말했다. 영선이 용팔에게 내처 물었다.

"그사이 아이들 엄마가 집으로 돌아온 건 아니겠지?"

"집 나간 지 몇 년 된 엄마가 집으로 돌아왔겠어? 왔으면 벌써 왔겠지."

용팔이 낮은 목소리로 말했다. 잠시 후 용팔의 눈치를 살피며 영선이 조심스럽게 물었다.

"여보, 당신도 같이 갈 거지?"

"내가 왜? 내가 왜 거길 가?"

"그만 튕기고 함께 가지? 솔직히 당신도 가고 싶잖아."

"헐! 내가 거길 가고 싶어 한다고? 넘겨짚지 마!"

"당신 마음 내가 다 알아. 귀신은 속여도 나는 못 속여."

"살 만큼 살았으니 척 보면 알 것 같지? 그때가 가장 위험하

49

다고 심리학자들도 말하더라. 으흠, 으흠……. 가고 싶으면 당신이나 갔다 와. 나는 관심 없어. 내가 왜 거길 가냐? 으흠, 으흠……."

용팔은 더 이상 말하지 않았다. 헛기침만 하는 용팔을 영선은 물끄러미 바라보았다.

잠시 후 용팔은 윗주머니에서 스프링 수첩과 볼펜을 꺼냈다. 용팔은 평소보다 빠른 속도로 한 줄 한 줄 써내려갔다.

결혼은 두 사람이 하나 되는 것이 아니다. 검은 머리 파뿌리 될 때까지 싸우고 화해하는 것, 그것이 결혼의 본질이다. 결혼은 두 사람이 하나 되는 것이 아니고 끝끝내 독립된 두 사람으로 남는 것이다. 부부 사이엔 국경보다 더 엄혹한 경계가 있다.

7

주방에서 단무지를 썰고 있는 영선에게 용팔이 다가와 말했다.

"단무진 내가 썰 테니까 당신은 좀 쉬어. 온종일 서 있었잖아."

"다 했어. 이것만 썰면 끝이야. 우리도 이 고생하지 말고 썰어놓은 단무지 쓸까?"

"이 맛이 안 날 텐데. 단골들은 금세 알아. 썰기 힘들어도 어쩔 수 없어."

"당신 말이 맞아. 힘들어도 어쩔 수 없지. 짜장면 맛은 단무지 맛이라잖아."

영선은 씽긋 웃으며 말했다. 잠시 후 영선이 앞치마에 손을 닦으며 말했다.

"에고, 끝났다. 이놈의 단무지가 사람 잡네. 사람 잡아."

"고생했어. 내일은 내가 썰게."

"오늘은 온종일 비가 오네."

"그러게. 오랫동안 가물었으니 비가 와야지. 빗소리 좋다."

"당신이 준 책 재밌더라."

"알베르 까뮈?"

"응."

"근데 왜 제목이 『이방인』이야?"

"다 읽었어?"

"거의 다 읽었어."

"제목이 왜 『이방인』인지 다 읽으면 알게 되지 않을까?"

"제목이 왜 『이방인』인지 알고 읽으면 더 재밌지 않을까?"

"당신 말도 일리 있는데, 얼마 남지 않았으니까 다 읽고 나서 말하는 게 좋지 않겠어?"

"그럼 그렇게 하시든지. 근데 말이야. 당신한테 하나 물어볼 게 있어."

"뭔데?"

"책 읽을 땐 참 좋은데, 책에서 얻은 감동도 깨달음도 며칠 지나면 모두 사라져. 살아가는 동안 두고두고 양식이 되어주면 좋을 텐데 책 읽고 며칠 지나면 책 내용도 가물가물하고 주인공 이름도 가물가물해. 기억이 안 나. 당신도 그래?"

"그럼. 나도 그렇지. 사람 대가리가 거기가 거기지. 내 대가린 뭐가 다르겠어."

용팔은 싱겁게 웃으며 말했다. 잠시 후 용팔이 말을 이었다.

"책이나 영화나 여행을 통해 얻은 감동과 깨달음은 우리가 생각하는 것처럼 허망하게 사라지지 않아. 감동과 깨달음은 우리도 모르는 방식으로 심연에 쌓여 의식적으로 혹은 무의식적으로 우리의 삶을 세심히 인도하지 않겠어?"

"책 내용을 몽땅 잊어버렸는데도?"

"당신 의식 속에선 책에서 읽은 내용이 몽땅 지워졌더라도 당신 무의식 속에 얼마나 남아 있는지 당신이 어떻게 알아?"

"그러네. 의식 속에선 몽땅 지워졌어도 무의식 속엔 남아 있을 수 있겠네. 그러다 어느 날 나도 모르게 무의식적으로 나올 수도 있다는 말이잖아? 책에서 얻은 깨달음이……."

"그렇지. 바로 그거야. 오영선 똑똑하네. 책에서 얻은 것들은 덧없이 사라지지 않고 심연에 쌓여 서로 부딪치고 적대하고 화해하면서 우리를 더 좋은 방향으로 인도할 거야. 누군가 우리에게 건네준 애정 어린 말과 눈빛과 지지와 심지어는 비판까지도 우리의 심연에 쌓여 우리를 밝혀줄 빛이 되고 안내자가 되어주는 것처럼……. 생각해봐. 기억 저편으로 사라진 것들이 우리도 모르게 벼락처럼 떠오를 때 있잖아."

"맞아. 그럴 때 있어."

영선이 발랄한 목소리로 맞장구쳤다. 용팔이 말했다.

"책이나 영화를 통해 얻은 것들이 우리 마음속에 쌓이고 또

쌓이면 우리도 언젠가는 해와 달을 동시에 볼 수 있는 안목이 생기지 않겠어?"

"그건 또 뭔 말이래? 해와 달을 동시에 본다고? 해는 낮에 뜨고 달은 밤에 뜨는데 어떻게 해와 달을 동시에 봐?"

"일종의 역설逆說이야. 철학자 최진석의 말처럼 해日와 달月을 동시에 볼 수 있어야 밝을 명明을 얻을 수 있잖아."

"어렵다. 쉽게 설명해봐."

"사물이나 사건을 하나의 관점으로만 바라보지 말라는 뜻 아니겠어?"

"예를 들면?"

"예까지 들어야 돼?"

"그래야 의미가 확 오지."

영선의 갑작스러운 요구에 용팔은 당황했다. 잠시 고민하던 용팔이 말했다.

"이를테면 이런 거야. 짐승처럼 사납게 악을 쓰며 달려드는 아이를 바라보며 지혜로운 엄마는 자기 안에 살고 있는 사나운 짐승을 보잖아. 해와 달을 동시에 본다는 것은 그런 거 아니겠어? 어때? 의미가 확 오지?"

"응. 확 오네."

영선은 공감 가득한 눈빛으로 고개를 끄덕이며 말했다. 잠시 후 용팔이 나직이 말했다.

"책 읽고 몽땅 잊어버려도 실망하지 마. 당신이 살아가면서 중요한 선택을 할 때마다 도깨비처럼 홀연히 나타나 당신을 안내해줄 거야."

"정말 그럴까?"

"거럼!"

용팔의 얼굴엔 성취감이 가득했다. 잠시 후 영선이 말했다.

"책 읽고 홀라당 까먹어도 헛일한 건 아니네?"

"그럴 리가 있겠어?"

용팔은 흠흠한 표정으로 영선을 바라보며 말했다.

"장용팔, 비도 오는데 우리 막걸리 한잔할까?"

"막걸리 좋지. 장사 끝났으니까 내가 얼른 나가서 사올게."

용팔은 잔뜩 신난 얼굴로 말했다. 바로 그때 손님들이 가게 문을 열고 들어왔다.

"얼래! 정 선생님 오셨네!"

영선은 놀란 토끼눈으로 인하와 정인을 반갑게 맞았다. 인하가 넙죽 허리를 굽혀 인사했다.

"안녕하셨어요?"

"우리 정 선생이 개코네, 개코야. 어떻게 알고 딱 맞춰왔어? 우리 지금 술판 벌이려고 했거든."

"그러셨어요? 잘됐네요."

"안녕하세요. 서정인입니다."

정인은 용팔과 영선을 향해 정중히 인사했다. 용팔이 환하게 웃으며 정인에게 말했다.

"정인 씨, 다시 만나서 반갑습니다. 이렇게 될 줄 알았어요. 잘 오셨습니다. 환영합니다."

"우와! 정말 예쁘시다. 들었던 것보다 훨씬 미인이시네."

영선도 환하게 웃으며 정인을 맞았다.

"사모님, 안녕하세요. 인하 씨 통해 말씀 많이 들었어요."

"오영선입니다. 잘 오셨어요. 환영합니다. 저도 말씀 많이 들었어요. 근데 저는 사모님 아니고 그냥 아줌마예요. 우리 정 선생님이 봉 잡았네. 봉 잡았어. 어쩜 이렇게 고울까……."

"어허! 당신이 그렇게 말하면 우리 정 선생 섭섭하지. 정인 씨도 봉 잡은 거야. 우리 정 선생만 한 남자가 또 있을까? 정 선생, 안 그래?"

용팔은 장난스럽게 인하를 바라보며 말했다.

"아아, 그런가요?"

인하는 동의할 수 없다는 듯 고개를 갸웃하며 웃었다.

"정 선생, 술은 뭐로 할까?"

"장 사장님 드시고 싶은 술이면 저희는 다 좋습니다."

"비도 오는데 막걸리 어때?"

"막걸리 좋지요."

"정인 씨도 막걸리 드시나요?"

"네. 좋아합니다."

"잠깐만 기다리세요. 제가 얼른 가서 막걸리 사올게요. 중국집엔 막걸리가 없답니다."

용팔은 출입문을 향해 성큼성큼 걸어갔다. 출입문을 열다 말고 용팔이 인하에게 큰 소리로 물었다.

"정 선생, 잣막걸리 사올까?"

"잣 까려면 힘드시잖아요."

인하가 히죽 웃으며 말했다.

"정 선생, 숙녀 앞에서 그런 개그 치는 거 아냐. 요즘 그런 말 하면 큰일 나. 잡혀가. 잠깐만 기다려. 내가 얼른 가서 잣막걸리 사올게. 근데 정 선생, 잣은 왜 까? 잣 까는 사람들이 만들어놓은 잣막걸리 사오면 되지. 안 그래?"

"하여간에 장용팔이 문제야. 착한 정 선생님까지 오염시켰어. 배는 뽈록 나와가지고……."

영선은 가게 문을 빠져나가는 용팔을 향해 큰 소리로 말했다. 용팔은 가게 문을 빠져나가며 영선을 향해 씽긋 윙크를 날렸다.

8

"이 집 분위기 괜찮지?"

"네. 좋아요."

최대출의 물음에 양희원이 대답했다.

"지난번에 같이 오지 않았나?"

"처음 왔습니다."

"그렇구나. 근데 오늘은 술 안 마시네? 왜? 레드와인 싫어? 화이트와인 시켜줄까?"

"아니오. 좋습니다. 천천히 마실게요."

양희원은 희고 가지런한 치아를 드러내며 상냥하게 말했다. 잠시 후 최대출이 말했다.

"사람들은 나를 내 나이로 안 봐. 양 비서가 볼 땐 어때?"

"젊어 보이세요."

"정말?"

"네."

"마흔여덟 살이니까 아직은 젊은 오빠다."

최대출은 만족스러운 표정을 지으며 소리 내어 웃었다. 최대출은 능숙한 손놀림으로 와인 잔을 빙빙 돌려 코끝으로 가져갔다.

"와인 향기 좋다. 비싼 게 흠이지만. 양 비서는 꿈이 뭔가?"

"사업가요."

"사업가? 사업가가 되고 싶은 이유는 뭔가?"

"부자 되고 싶어요."

"사업 아이템은 생각해봤나?"

"찾고 있습니다."

"대학은 왜 안 갔어?"

"형편이 안 됐습니다."

"공부 안 한 건 아니고?"

"공부 못하지 않았습니다."

"남자친구는 있나?"

"네."

"그냥 만나는 남자친구 말고 애인 있냐고?"

"네. 있습니다."

"사귄 지는 얼마나 됐나?"

"1년 넘었습니다."

"1년 사귀었으면 갈 데까지 갔겠네?"

"네?"

"아냐. 나 혼자 한 말이야."

최대출은 심드렁한 표정으로 거리의 야경을 바라보았다. 잠시 후 최대출이 말했다.

"양 비서, 하나만 묻자. 양 비서 나이가 이제 스물둘인데 가족을 부양할 나이는 아니잖아?"

최대출의 물음에 양희원은 쓸쓸하게 웃었다.

"그냥 뻔뻔하게 살아. 뻔뻔해져야 이 새끼 저 새끼한테 휘둘리지 않고 나답게 살 수 있어. 양 비서가 헌신하면 가족이 알아줄 것 같나? 시간 지나면 모조리 잊어. 인간은 배은망덕해. 이 은혜 평생 잊지 않겠다고 말하는 새끼들이 더 빨리 잊어. 양 비서가 안쓰러워서 하는 말이야."

양희원의 눈에 눈물이 어른거렸다.

"양 비서는 젊은 사람이 왜 그렇게 그늘이 깊어?"

"가끔씩 죽고 싶을 때도 있어요."

양희원은 애써 담담한 목소리로 말했다.

"왜? 가족 때문에?"

"네."라고 말하고 싶었지만 양희원은 "아니오."라고 말했다.

최대출은 눈물을 글썽이는 양희원에게 손수건을 건네주었다. 잠시 후 최대출이 말했다.

"인간이 얼마나 영악한 줄 아나? 인간이 악마와 함께 살아야 한다면 인간은 악마의 좋은 점 하나를 기어코 만들어내. 그래야 악마를 견딜 수 있으니까. 부모든 직장 상사든 그게 누구든 악당을 만났을 때 인간들은 똑같이 반응해. 나도 그랬어. 내 아버지는 지독한 악당이었어. 그런데 이상하더라. 그 인간에게서도 좋은 점이 찾아지더라. 내가 살려고 억지로 찾은 거야. 씨발, 착하지 않은 사람이 어딨나? 착하게 살면 좆되니까 악마 되는 거지."

최대출은 술잔에 남아 있는 와인을 단숨에 마시고 말을 이었다.

"사업가 되고 싶다고 했지? 사업하려면 먼저 나쁜 사람이 돼. 그래야 뻔뻔해질 수 있어. 이 바닥엔 친구도 없고 적도 없어. 친구가 적이고 적이 친구야. 얼어붙은 강물이 깨질 때까진 친구인지 적인지 알 수 없다는 인디언 속담도 있잖아?"

이따금씩 최대출의 말이 잠언처럼 선뜻 받아들여지는 것은 왜일까, 양희원은 궁금했다. 똑같은 물도 뱀이 마시면 독이 되고 소가 마시면 우유가 된다는 화엄경의 말이 자꾸만 떠오르는 것은 또 무슨 까닭일까, 양희원은 생각했다. 잠시 후 최대출이 말했다.

"양 비서, 다음 주에 제주도 출장 같이 가자. 리조트 부지도 알아보고 관계자들도 만나려면 일주일은 걸릴 것 같은데 아무리 생각해봐도 나 혼자 할 수 있는 일이 아냐. 숙소는 내가 머물 호텔에 별도로 마련해줄 거야. 제주에서 제일 비싼 특급 호텔이야. 출장비도 충분히 지급될 거고. 여행 간다고 생각해. 근데 씨발, 나는 왜 이렇게 사는지 모르겠다. 만날 돈 벌 궁리만 하고 있으니……. 언제든 세계여행 떠날 수 있는 돈 많은 새끼가 세계여행 가려고 돈 모으는 새끼보다 행복할 수 있겠나?"

최대출은 텅 빈 눈빛으로 말했다. 양희원은 아무 말도 하지 않았다. 잠시 후 최대출이 말했다.

"돈은 많을수록 좋아. 돈 많은 놈들 보고 낚시나 다니지 왜 개고생을 하냐고 말하는 새끼들도 있지만, 그 새끼들이 몰라서 하는 소리야. 생각해봐라. 일 년 내내 낚시할 수 있는 새끼들에게 자유가 있겠나?"

자기 과시와 자기 비하가 위태롭게 줄타기하는 최대출의 분열된 자아가 양희원은 몹시 혼란스러웠다. 잠시 후 최대출이 긴 하품을 하며 말했다.

"백화점 가서 여성 브라하고 팬티 좀 사와. 이번 달 안으로만 사오면 돼."

"네?"

"왜 놀라? 선물할 거야. 내가 여자 속옷을 잘 모르잖아."

"따님 드리려고요?"

"자기 딸한테 브라자 팬티 선물하는 아빠가 어디 있나? 거

62

래처 여직원에게 선물할 거야."

"사이즈는요?"

"몸은 마른 편인데 엉덩이도 크고 가슴도 커. 나이는 마흔한 살이야. 나도 검색해봤는데 캘빈클라인이나 빅토리아시크릿이 좋을 것 같아. 비싸도 괜찮으니까 예쁜 걸로 사와. 상품교환권도 받아오고, 꼭 백화점 쇼핑백에 넣어가지고 와. 그래야 폼 나."

최대출은 방긋 웃으며 말했다. 발밑으로 우연히 바라본 최대출의 명품 구두 위엔 밤에도 정오의 태양이 떠 있었다. 안주로 나온 닭 날개를 포크로 쿡 찌르며 최대출이 말했다.

"왜 안 먹나? 먹어봐."

"네."

"양 비서, 닭은 원래 인도나 인도네시아 야생에서 살았던 새야. 야생 닭은 20미터도 넘는 나무 위로 거뜬히 날아올랐어. 원래 이놈들은 높은 나무 위로 올라가 멀리 있는 먹이를 찾았던 놈들이야. 그런 놈들을 인간이 어떻게 길들였는지 아나?"

최대출은 판도라의 상자를 열듯 비밀스럽게 말을 이었다.

"매일매일 땅바닥에 모이만 뿌려주면 돼. 많이 줄 필요도 없어. 모자라지만 않으면 돼. 눈앞에 일용할 양식만 있으면 닭이든 인간이든 날개 힘 저절로 빠지게 되어 있어. 마당에 뿌려진 모이나 쪼아 먹으며 닭대가리들은 소확행이라는 근사한 말까지 만들어냈어. 한심한 놈들……."

비아냥거리는 최대출의 말이 양희원은 낯설지 않았다.

9

계산대 위에 놓여 있는 책의 표지를 유심히 들여다보며 영선이 용팔에게 물었다.

"와! 책 제목 참 멋있다. 『참을 수 없는 존재의 가벼움』? 여보, 책 제목이 왜 『참을 수 없는 존재의 가벼움』이야?"

"궁금해?"

"궁금하니까 물었지."

"나도 몰라."

"여러 날 동안 읽던데. 아직 다 못 읽었어?"

"아니. 다 읽었어."

"다 읽었는데 책 제목이 무슨 뜻인지도 몰라?"

"응. 밀란 쿤데라한테 만나서 물어봐."

"그 사람이 누군데?"

"그 책 쓴 사람."

잠시 사이를 두고 용팔이 다시 말했다.

"책 제목이 왜『참을 수 없는 존재의 가벼움』인지 밀란 쿤데라는 알까? 모를지도 몰라."

"정말?"

"응."

"하긴 당신이 그걸 알았다면 이렇게 겸손할 리가 없지. 따발총처럼 털 테니까."

"정말 알고 싶어?"

"알면 말해줘. 지난번부터 이 책 제목이 궁금했거든. 알고 있구나?"

"책을 완독했는데 대충은 알지 않겠어? 긴가민가해서 말 못 하는 거지."

"그냥 당신 생각을 말해주면 되잖아. 독서모임에서 당신이 발표하면 모두 감동받고 쓰러진다면서?"

"그런 적도 몇 번 있었지."

"벌써 10년도 넘었지?"

"뭐가?"

"당신이 독서모임 시작한 거."

"벌써 10년이 넘었다. 세월 참 빠르다. 10년이 물고기처럼 지나갔네."

"참 오래 했다. 강산이 한 번 변했네."

영선은 무심히 말했다. 잠시 침묵이 흘렀다. 용팔이 불쑥 말했다.

"정말 알고 싶어?"

"말해보라니까. 뜸 들이지 말고."

용팔은 길게 숨을 내쉬고 말을 시작했다.

"모든 책이 그렇겠지만『참을 수 없는 존재의 가벼움』도 읽는 사람들마다 독법이 다를 거야. 그냥 내 생각이니까 감안하고 들어. 대부분의 사람들이『참을 수 없는 존재의 가벼움』이라는 책 제목에 대한 질문을 품고 첫 장을 열었을 거야. 나도 그랬거든."

잠시 사이를 두고 용팔이 말을 이었다.

"이 책을 읽는 내내 '인간의 역사를 이끌고 가는 주체는 무엇인가?'라는 질문이 나를 떠나지 않았어. 인간의 역사를 이끌고 가는 것은 강인하고 주체적인 인간의 자아일까? 아닐 수도 있다고 생각했거든. 인간의 역사를 이끌고 가는 주체는 부서지기 쉬운 인간의 자아인지도 모르잖아. 단순화시켜서 말하면 인간의 찌질함이 인간의 역사를 이끌고 가는 주체일 수도 있다는 생각이 들었어."

"재밌네. 인간의 찌질함이 인간의 역사를 이끌고 가는 주체가 될 수 있다는 말이 무슨 뜻이야?"

영선의 물음에 용팔은 난감한 표정을 지었다. 잠시 침묵이 흐른 뒤 용팔이 말했다.

"내 삶을 되돌아보면 다시 떠올리기 싫은 기억들이 있어. 그땐 왜 그랬는지, 왜 그렇게 찌질하게 살았는지, 도무지 이해되지 않는 시간들이 있거든. 삶의 굽이마다 중요한 결정을 해야 하는데 그때마다 나를 더 많이 각성시키고 발전시킨 것은 뜻밖에도 찌질했던 시간들이었어. 다시는 그렇게 살지 말자는 뼈아픈 각성은 그렇게 살았던 자들에게만 오는 거잖아."

"맞아. 확 와닿네."

"적어라. 좀 적어."

용팔은 충만한 표정으로 어깨를 추어올리며 말했다. 영선이 물었다.

"그래서 책 제목이 왜『참을 수 없는 존재의 가벼움』인 건데?"

용팔이 흠칫 놀란 눈빛으로 대답했다.

"아, 질문이 그거였지? 아까도 말했지만 그냥 내 생각이야. 『참을 수 없는 존재의 가벼움』속엔 토마시와 테레자와 사비나와 프란츠라는 네 명의 주인공이 나와. 주인공들은 나름대로 고유하고 진중한 삶을 살아. 정의도 있고 철학도 있고 꿈도 있어. 하지만 인간의 삶이 그렇듯 그들에겐 또 다른 이면도 있어. 그들은 시정잡배처럼 단순한 본능에 이끌려 행동하기도 해. 마치 줄타기를 하듯 존재의 무거움과 가벼움 사이를 오가며 그들의 내면은 더욱 깊어져. 인간의 역사를 이끌고 가는 주체는 부서지기 쉬운 그들의 자아였어. 참을 수 없는 존재의 가벼움…….”

“그래서 책 제목이『참을 수 없는 존재의 가벼움』이야?”

“내 생각은 그래.”

“재밌네. 근데 장용팔은 말을 너무 멋있게 하는 거 아냐?”

“지랄…….”

잠시 후 용팔은 자신들 이야기에 아랑곳하지 않고 테이블 한쪽에 앉아 숙제를 하고 있는 동배를 소리쳐 불렀다.

“똥빼!”

동배는 용팔을 쳐다보지도 않았다.

“똥빼! 아빠 말 안 들려?”

들은 척도 하지 않는 동배를 용팔이 상냥한 목소리로 다시 불렀다.

“동배야.”

“왜 불러? 짜증나게.”

“무슨 공부하니?”

“수학 공부해.”

“공부하는 게 아니라 숙제하는 거지?”

“당신, 동배 약 좀 올리지 마. 숙제하는 게 공부하는 거야.”

영선이 용팔에게 지청구를 주었다.

“동배 너, 수학 시험 빵점 받았다면서?”

"수학 시험 아니거든. 칠판에 낸 문제로 쪽지 시험 본 거란 말이야."

"쪽지 시험이든 뭐든 수학 시험 맞잖아?"

그 순간 동배는 영선을 노려보았다.

"엄마가 아빠한테 말했지?"

"뭘 말해?"

"수학 빵점 맞은 거."

"……어어, 그거? 엄마가 말은 했는데 그냥 쪽지 시험이라고 아빠한테 분명히 말했어."

"아무한테도 말하지 말랬잖아."

"미안."

"엄마, 나빴어. 나랑 약속해놓고."

"야 인마, 괜찮아. 빵점 맞을 수도 있지. 엄마는 아빠한테 매너 빵점이라고 했어. 매너 빵점보단 수학 빵점이 낫지. 매너 빵점이란 말은 인간성이 빵점이라는 뜻이야."

동배는 영선과 용팔을 번갈아보며 여전히 식식거렸다.

"동배야, 아빠가 문제 낼게. 맞추면 군만두 열 개, 오케이? 오늘은 특별히 탕수육도 만들어준다. 어때?"

"싫어."

"아주 쉬운 문제야. 정말 싫어?"

"응. 싫어."

"아주 쉬운 문제라니까? 문제 나간다?"

동배는 용팔의 말을 들은 척도 하지 않았다.

"첫 번째 문제. 1,000 더하기 0은 몇일까요?"

"1,000."

눈동자를 동그랗게 돌리며 동배가 말했다.

"딩동댕! 근데 1,000 더하기 0은 왜 1,000일까요?"

"0은 있으나 마나 한 수₍數₎니까."

"좋아. 두 번째 문제 나간다. 1,000 빼기 0은 몇일까요?"

"1,000."

"딩동댕! 아주 쉽지? 근데 1,000 빼기 0은 왜 1,000일까요?"

"0은 있으나 마나 한 수₍數₎니까."

"좋아. 세 번째 문제 나간다. 1,000 곱하기 0은 몇일까요?"

"0."

"딩동댕! 근데 1,000 곱하기 0은 왜 0일까요?"

"어? 이상하다. 1,000 곱하기 0은 0이잖아."

말문이 막힌 동배는 이해할 수 없다는 듯 고개를 갸웃거렸다. 용팔은 예상했다는 듯 어깨를 추어올리며 말했다.

"동배야, 네가 말한 대로 0이 있으나 마나 한 수라면 1,000 곱하기 0을 해도 1,000이 되어야 하잖아. 그런데 1,000에 0을 곱하니까 왜 0이 되었을까? 너의 말대로 0은 있으나 마나 한 수가 아니라는 뜻이야. 우리 집 주소 409에서 0은 있으나 마나 한 수가 아니라 십의 자리 수야. 0_{zero}이라는 수를 발명한 사람은 브라마굽타$_{Brahmagupta}$라는 인도 사람이야. 똥빼야, 오늘 잘했어."

"탕수육 해줄 거지?"

"거림!"

용팔은 환하게 웃으며 말을 이었다.

"똥빼야, 0은 아무것도 아닌 수가 아냐. 빵점 맞아도 그냥 빵점을 맞는 게 아냐. 0이 아무것도 아닌 수가 아닌 것처럼……."

용팔의 말이 끝나자마자 영선이 말했다.

"그런 이야기는 어디서 들었어?"

"뭔 이야기?"

"0에 대한 이야기."

"최진석 교수 강연 듣고 알았어. 신기하더라."

용팔은 웃으며 말했다. 용팔은 동배를 보며 말했다.

"똥빼! 잠깐만 기다려. 아빠가 얼른 탕수육 만들어 올 테니까."

용팔은 콧노래를 부르며 주방으로 들어갔다. 주방 안에서 용팔의 노랫소리가 흥겹게 들려왔다.

10

햇볕이 내려앉은 커피숍의 창가에서 인하가 정인에게 물었다.

"이 집에 자주 와보셨어요?"

"아니요. 오늘 처음 와요."

"다음엔 제가 정인 씨 동네로 갈게요. 저희 집에서 출발하면 30분이나 40분이면 갈 수 있어요."

"일부러 그러실 필요 없어요. 저희 동네엔 예쁜 카페가 없어요. 자주 갔던 곳이 몇 군데 있는데, 제가 멀쩡할 때 자주 갔던 곳이라 주인이 이상한 눈빛으로 저를 바라보는 것 같았어요."

"그 정도로 느껴지셨어요?"

"네. 눈에 보이진 않았지만 주인의 눈빛이 이전과 달랐어요. 인하 씨도 무슨 뜻인지 아시잖아요."

"그럼요. 알지요."

잠시 침묵이 흐른 뒤 정인이 말했다.

"지난번엔 제가 너무 예민했어요. 인하 씨한테 화낼 일은 정말 아니었는데. 죄송합니다."

"아닙니다. 제가 마땅히 해야 할 일을 못 한 것 같아 내내 마음 아팠습니다. 정인 씨를 제대로 지키지 못했잖아요."

"아니요. 인하 씨가 그날 했던 말이 맞아요. 그런 사람 굳이 상대할 필요 없었습니다."

"그런 놈들은 좀 맞아야 하는데, 제가 패줄 방법이 없었어요."

"도무지 말이 통하지 않는 사람이었어요. 그 사람은 매를 맞아도 자기가 왜 맞는지 모를 거예요."

"그렇겠죠?"

"네."

정인이 웃으며 말했다. 잠시 후 정인이 다시 말했다.

"지난번 일 다시 한번 사과드립니다."

"아닙니다. 정인 씨가 사과하실 일 아닙니다. 화나실 만했어요."

"인하 씨, 이제 우리 다른 이야기해요."

"네. 다른 이야기해요."

잠시 후 인하가 정인에게 물었다.

"재밌는 얘기 해드릴까요?"

"네."

"남성의 정자와 여성의 난자가 만나서 아기가 만들어지잖아요. 수억 개의 정자는 바쁘게 꼬리를 흔들며 난자를 향해 치열하게 달려갑니다. 이 중 어떤 정자가 선택받을까요?"

"가장 빠른 애가 선택받겠지요. 아닌가요?"

"아닙니다. 여성의 난자는 1등으로 도착한 정자를 선택하지 않습니다."

"그럼 어떤 애가 선택받나요?"

"난자는 가장 튼튼한 정자를 신중하게 고른대요. 그 많은 정자들 중 딱 하나만 골라야 하는데, 달리기만 잘한다고 튼튼한 건 아니잖아요."

"그렇군요. 몰랐어요."

"저도 얼마 전에 알았어요. 이성을 고를 때 여성이 남성보다 훨씬 신중하잖아요. 이유가 뭘까요?"

"글쎄요. 분명히 이유가 있을 것 같은데 금방 떠오르지 않네요. 뭐죠?"

"생물학적으로 젊은 남성은 하루에 여러 명의 아이를 만들수 있습니다. 하지만 여성은 9개월이 되어야만 아이 한 명을 낳을 수 있습니다. 오해하지 마세요. 생물학적으로 그렇다는 것입니다."

잠시 후 인하가 말을 이었다.

"하루에도 여러 명의 아이를 만들 수 있는 남성과 9개월을 기다려야만 아이 한 명을 낳을 수 있는 여성 중 배우자를 선택할 때 누가 더 신중하겠습니까? 여성은 불편한 몸으로 9개월을 기다려야 하고 엄청난 출산의 고통도 따릅니다. 당연히 여성이 남성보다 더 신중할 수밖에 없습니다."

인하는 그렇게 말하고 나서 정인에게 다시 물었다.

"남자와 여자 중 타자他者에 대한 공감은 누가 더 클까요?"

"여자요."

"맞습니다. 왜 그런지 이유 아세요?"

"이유요? 남자보다 여자가 더 세심하잖아요."

"여자보다 세심한 남자도 많아요."

"일반적으로는 여자가 더 세심하지요."

"그렇지요. 그것도 이유가 될 수 있겠지만, 여자가 남자보다 타자에 대한 공감이 더 큰 분명한 이유가 있습니다."

"그게 뭘까요?"

"저도 오래전에 한 철학자로부터 들은 이야긴데요. 남자는 임신이 불가능하지만 여자는 임신이 가능합니다. 그 말은 자신의 몸에 타자를 수용할 수 있다는 뜻입니다. 자신의 아이지만 임신한 아이는 분명한 타자입니다. 남자는 아무리 원해도 자신의 몸에 타자를 수용할 수 없습니다. 내 몸에 타자를 수용할 수 있는 사람과 타자를 수용할 수 없는 사람은 타자에 대한 공감력이 근본적으로 다를 수밖에 없다고 합니다."

"정말 그럴 수 있겠네요."

정인은 가만가만 고개를 끄덕였다. 잠시 후 정인이 말했다.

"남자인데도 여자보다 여자에 대해서 더 잘 아시네요."

"그럴 리가 있나요."

"정말 그래요. 오늘 들은 이야기, 저는 몰랐어요."

정인이 웃으며 말했다. 잠시 침묵이 흐른 뒤 인하가 말했다.

"무겁지 않은 이야긴데 질문 하나 더 해도 되나요?"

"네."

인하는 장난기 어린 목소리로 말했다.

"결혼할 때 여자가 결혼 전에 꼭 확인해야 할 것이 있대요. 뭔지 아세요?"

"한두 가지겠어요? 성격도 봐야 하고, 직장이나 경제력도 봐야 하고, 외모도 봐야 하고, 술버릇도 봐야 하잖아요. 함께 음식점에 갔을 때 그가 음식점 직원을 어떤 방식으로 대하는지도 봐야 하고요. 또 있나요?"

"네, 또 있어요. 어쩌면 가장 중요한 것인지도 모릅니다."

"뭘까요?"

"여자는 결혼 전에 결혼할 남자의 아버지를 여러 번 만나야 한대요. 그리고 남자의 아버지가 남자의 어머니를 어떤 방식으로 대하는지 유심히 살펴야 한답니다. 왜냐하면 대부분의 남자는 자기 아버지가 어머니를 대하는 방식으로 자신의 아내를 대한답니다. 아들은 어릴 적부터 아버지를 보고 배우는 것입니다. 가부장적인 아버지 밑에서는 가부장적인 아들이 자라고, 세심하고 정 많은 아버지 밑에서는 세심하고 정 많은 아들이 자라고, 인색한 아버지 밑에서는 인색한 아들이 자란대요. 정말 그럴 것 같지 않나요?"

"정말 그렇겠네요. 그걸 알려면 배우자 될 사람의 아버지를 열 번도 넘게 만나야겠어요."

정인이 웃으며 말했다. 잠시 후 정인이 인하에게 뚜벅 물었다.

"인하 씨 아버지는 어떤 분이세요?"

갑작스러운 질문에 인하는 잠시 머뭇거렸다.

"제가 제 입으로 말하면 이상하지 않나요?"

"전혀 이상하지 않아요. 말씀해주세요."

"저희 아버지요?"

"말씀하고 싶지 않으시면 안 하셔도 돼요."

"아닙니다. 말씀드릴 수 있어요. 저희 아버지는 섬세하고 낭만적인 분이세요. 마음도 약하고 아내에 대한 배려심도 깊으세요."

잠시 사이를 두고 인하가 웃으며 말을 이었다.

"근데 이상하네요. 꼭 제 자랑하는 거 같아서요. 죄송합니다."

인하는 고개를 꾸벅 숙이며 장난스럽게 말했다. 잠시 후 인하가 깊은 숨을 내쉬며 말했다.

"저희 아버지, 돌아가셨어요. 몇 년 전에요. 지병도 있으셨지만 제가 이렇게 되고 나서 상심이 몹시 크셨나 봐요."

"죄송합니다. 괜한 말씀 여쭸습니다."

"아닙니다. 괜찮습니다. 아버지 이야기는 제가 먼저 꺼냈잖아요."

환하게 웃는 인하 얼굴 위로 쓸쓸함이 지나갔다. 잠시 뒤 정인이 말했다.

"앞을 볼 수 없는 사람들을 위해 앞으로 30년 동안 그림을 그릴 거예요. 그게 어떤 그림인지 저는 한 번도 본 적이 없어요. 다행입니다. 밤이 되면 빛은 평등하니까요."

"앞을 볼 수 있는 사람들을 위해서도 앞으로 30년 동안 그림을 그려주세요. 앞을 볼 수 없는 정인 씨의 그림은 앞을 볼 수 없는 사람들보다 앞을 볼 수 있는 사람들에게 더 큰 울림이 될지도 모릅니다."

인하의 말에 정인의 얼굴빛이 환해졌다. 정인은 아무 말 없이 인하를 바라보았다.

11

밤바다가 내려다보이는 호텔 바bar에 앉아 최대출이 말했다.

"사람은 이래서 돈이 있어야 돼. 특급 호텔은 바도 특급이야. 술맛 난다."

방향을 잃을 만큼은 아니었지만 최대출의 목소리는 비틀거렸다.

"양 비서, 발렌타인 괜찮지? 이거 30년산이야."

"네. 좋아요."

"한 병으로 모자라지 않겠어? 양 비서가 좋아하는 양주는 뭔가?"

"특별히 없습니다."

"양주를 모르는구나? 내가 추천해줄까? 조니워커 블루라벨 30년산도 좋고 발베니도 좋아. 로얄 살루트 32년산도 좋고. 코냑 좋아하면 헤네시XO도 좋겠다. 뭐로 주문할까?"

감귤빛 조명 아래 병정처럼 서 있는 황금빛 양주들을 둘러보며 최대출이 말했다.

"평소에 마셔보고 싶은 술 없었나? 이런 날 마시는 거야. 우리 코냑 마실까?"

"네."

양희원은 무심히 대답했다. 최대출은 손을 번쩍 들어 헤네시XO를 주문했다. 바다 향기 가득한 바람이 창문으로 들어왔다.

"양 비서, 무슨 일 있나? 온종일 왜 그렇게 슬퍼 보여?"

"아무 일 없습니다."

"양 비서 얼굴에 쓰여 있어. 슬픈 일 있다고⋯⋯."

최대출이 웃음 띤 표정으로 나직이 말했다. 양희원은 희미하게 웃었다.

"양 비서, 프란츠 카프카 아나?"

"네."

"구스타프 야누흐가 프란츠 카프카를 만났을 때 해준 유명한 중국 이야기가 있어. 잘 들어봐. 우리 마음엔 두 개의 침실이 있는데 한쪽 방에는 근심이 살고 다른 쪽 방에는 기쁨이 산대. 만약 기쁨이 큰 소리로 웃으면 옆방에 있는 근심이 깨어난대. 근심이 큰 소리로 울면 옆방에 있는 기쁨이 깨어날까? 안 깨어나. 기쁨은 귀가 먹어서 근심이 우는 소리를 못 듣는대. 재밌지? 양 비서, 힘내. 슬픔에 빠져 있으면 기쁜 일이 안 생겨."

"감사합니다."

"내일은 나랑 같이 귤 농장 가자. 거래처 주소 가져왔지?"

"네."

"최상품으로 귤 한 박스씩 보내자."

"네. 알겠습니다."

"양 비서, 옛날엔 임금에게 진상품을 바쳤잖아. 제주도는 진상품으로 뭘 바쳤겠나?"

"귤이요. 아닌가요?"

"귤 맞아. 조선시대엔 귤 때문에 제주도 농민들이 피 봤어. 조선시대엔 아전衙前 새끼들이 세금 관리했잖아. 아전 새끼들은 귤 농사를 짓는 농민들을 믿지 않았어. 아전 새끼들이 농민들에게 무슨 짓 했는지 아나?"

최대출의 물음에 양희원은 고개를 가로저었다.

"귤꽃이 피면 귤꽃이 몇 송이 피었는지 똘마니 시켜서 하나하나 셌어. 왜 그랬겠어? 꽃송이 수만큼 귤 내놓으라는 거잖아. 농민들이 당하기만 했겠나?"

최대출은 마른 침을 삼키고 나서 말을 이었다.

"농민들은 귤꽃이 필 무렵이면 야심한 밤에 귤 밭으로 나가 아무도 모르게 귤나무 뿌리에 펄펄 끓는 뜨거운 물을 부었어. 꽃 피지 말라고. 꽃 피면 자기들만 죽으니까. 조선시대 아전 같은 새끼들 지금도 대한민국에 가득해. 그런 새끼들은 안 없어져. 자는 놈은 깨울 수 있어도 자는 척하는 놈은 깨울 수 없다는 인디언 속담도 있잖아. 내 주변에도 그런 새끼들 가득해. 씨발놈들……."

최대출은 금세 표정을 바꾸고 군은 시선으로 밤바다를 바라보았다. 잠시 후 최대출은 미간을 좁히고 코냑 병에 붙어 있는 라벨을 세심히 들여다보았다.

"양 비서, 이게 헤네시XO라는 코냑이야. 비싼 술이야. 양주 파는 숍에 가면 30만 원 넘어. 내가 아는 새끼는 나랑 같이 룸살롱 가면 무조건 이것만 시켜. 숍에서 30만 원인데 룸살롱에선 얼마 받겠나? 우리 사무실에 가끔 오는 국회의원 있잖아. 바로 그 새끼야. 그 개새낀 룸살롱 가고 싶으면 나한테 와. 아무튼 갑질하는 새끼들은 모조리 죽여야 돼. 씨발놈들……."

최대출은 적의 가득한 눈빛으로 술병을 노려보았다.

"양 비서, 자꾸 하품하네. 피곤한가?"

최대출의 물음에 양희원은 희미하게 웃었다.

"피곤하구나. 먼저 가서 쉬어라. 나는 한 잔 더 하고 갈게."

양희원은 자리에서 일어났다.

"죄송합니다. 저 먼저 일어나겠습니다."

"아, 깜빡할 뻔했다."

최대출은 안주머니에서 흰 봉투를 꺼냈다.

"선물이야. 부모님 갖다 드려. 이 호텔 3박 4일 숙박권이야. 조식은 매일 이용할 수 있고, 뷔페는 한 번 이용할 수 있어. 할인받은 거 아냐. 원금 주고 산 거야."

최대출이 건넨 뜻밖의 선물에 양희원은 어쩔 줄 몰랐다.

"……대표님, 감사합니다."

"감사는 무슨……. 내일은 짧은 치마 입어. 귀한 손님들 만나니까."

양희원은 여느 때처럼 "네."라고 대답하지 않았다.

"왜? 짧은 치마 안 가져왔나?"

"아니오. 가져왔습니다. 저 먼저 일어나겠습니다."

양희원은 정중히 인사하고 승강기가 있는 곳으로 천천히 걸어갔다. 할 말을 하지 못해 마음은 무거웠다. 소신이 솟구쳐 오를 때마다 돈이 목을 졸랐다. 돈은 식구들의 생명이었다.

양희원은 객실 유리창에 서서 한참 동안 바다를 바라보았다. 자정이 지나도록 수평선은 점점이 환했다. 한치잡이 배들이 만들어낸 풍경이었다. 수평선 위에 섬처럼 박혀 있는 불빛은 애처로웠다. 양희원은 아버지를 생각했다. 플라스틱 공장에서 일하다 사고를 당해 보상도 제대로 받지 못한 아버지는 온종일 방 안에만 누워 있었다. 호텔 숙박권이 아버지에게 기쁨이 될 수 있을까, 양희원은 생각했다. 그때 카톡 신호음이 울렸다.

방에서 혼자 술 마시고 있다.

술 마시고 싶으면 건너와.

잠들었으면 잘 자고.

참 이상하다.

내 아버지 같은 사람은 되지 말아야 한다고

수도 없이 다짐했는데

나는 자꾸만 그쪽으로 가고 있다. 씹새끼.

삶이 참 힘들다.

12

김수영 시詩를 이야기하다 말고 담임이 아이들을 향해 말했다.

"자기 집이 중산층이라고 생각하는 사람 손 들어봐라."

아이들은 아무도 손을 들지 않았다.

"우리 반에도 여러 명 있는데 왜 손 들지 않나? 중산층이 싫어?"

담임의 물음에 아이들은 여전히 묵묵부답이었다.

"그럼 자기 집이 부자라고 생각하는 사람 손 들어봐라."

손을 든 아이는 한 명도 없었다. 담임은 서연과 몇몇 아이를 번갈아 바라보며 말했다.

"집이 부자인 사람 있잖아. 왜 손을 안 드나? 부자인 게 싫어?"

"네."

정태가 큰 소리로 대답했다.

"김정태, 너희 집이 부자는 아니잖아."

"아닙니다. 부자입니다."

"아버지가 무슨 일 하신다고 했지?"

"포클레인이요."

"포클레인 운전하시니?"

"네."

"그럼 부자는 아니잖아. 안 그런가?"

"공사판에서 포클레인 한 대 있으면 부자라고 아버지가 말하셨습니다."

"그래? 그럴 수도 있겠다."

담임은 공감의 눈빛으로 고개를 끄덕이며 말했지만 진심이 느껴지진 않았다. 잠시 후 담임이 다시 물었다.

"대한민국을 왜 헬조선이라고 말하는지 알고 있나?"

"지옥이라서요."

이번에도 정태가 대답했다.

"김정태, 어째서 대한민국이 지옥인가?"

"그냥 지옥입니다."

"김정태, 대한민국이 왜 지옥이냐고 물었다. 말해봐라."

"사는 게 지옥입니다."

아이들이 웃음을 터트렸다. 담임이 빙긋이 웃으며 정태에게 말했다.

"한심한 놈. 말이나 못하면…….."

담임은 아이들을 향해 다시 말했다.

"모두 잘 들어라. 며칠 전에 사회심리학자 허태균 교수의 강의를 들었는데 기가 막혀 말이 안 나왔다. 한국 사람들이 말하는 중산층의 기준과 프랑스, 영국, 미국 사람들이 말하는 중산층의 기준이 달랐다. 달라도 너무 달랐다. 한국 사람들이 말하는 중산층의 기준이 무엇일 것 같나?"

담임의 물음에 아이들은 아무런 대답이 없었다.

"그냥 생각나는 거 말해봐라. 누구 말해볼 사람 없나?"

담임은 반 아이들을 둘러보며 다시 물었다. 잠시 후 담임이 동현을 바라보며 말했다.

"장동현, 말해봐라. 대한민국 사회에서 중산층이 되려면 어떤 조건이 필요하겠나?"

"연봉이 많아야 됩니다. 좋은 직장 다녀야 하고요. 그렇게 되려면 좋은 대학도 나와야 합니다."

동현은 또렷한 목소리로 말했다.

"그래. 장동현 말이 맞다. 대한민국을 왜 헬조선이라고 부르는지 그 이유를 생각하면서 내가 하는 말 잘 들어봐라. 대한민국 사람들이 생각하는 중산층의 기준은 다음과 같다. 첫 번째는 월수입이 500만 원은 되어야 중산층이고, 두 번째는 자신이 살고 있는 아파트가 은행 부채 없이 30평 이상은 되어야 대한민국 사람들은 자신이 중산층이라고 생각한다. 세 번째는 은행에 현금으로 1억 정도는 가지고 있어야 중산층이 될 수 있고. 네 번째는 자기 집 자동차가 2,000cc는 돼야 중산층이 될 수 있다고 한다. 소형차를 몰고 있으면 중산층이 될 수 없다는 뜻이다. 마지막으로 다섯 번째는 1년에 한 번은 해외여행을 갈 수 있어야 중산층이 될 수 있다고 대한민국 사람들은 생각한다. 어떤가? 자기 집이 중산층인지 아닌지 바로 계산 나오지? 방금 전에 내가 말한 다섯 가지 조건을 모두 가졌을 때 중산층이 되는 거다. 그중 한 가지만 없어도 한국 사회에선 중산층에 못 껴. 김정태, 이다음에 중산층 될 수 있겠냐?"

"네. 될 수 있습니다."

"그래. 된다는 보장은 없지만 열심히 해봐라. 너는 공부를 안 해서 쉽진 않을 거다."

아이들이 웃음을 터트렸다. 정태는 아이들보다 더 큰 소리로 웃었다. 담임은 한심하다는 듯 정태를 잠시 바라보더니 시선을 돌려 동현에게 물었다.

"장동현, 너는 이다음에 중산층 될 수 있겠나?"

"잘 모르겠습니다."

"최서연, 너는?"

서연은 담임의 물음에 아무 말도 하지 않았다.

"최서연, 너는 충분할 것 같은데. 공부도 아주 잘하고 집도 부자잖아."

서연은 담임의 말을 들은 체하지 않았다. 잠시 후 담임이 아이들을 향해 낮은 목소리로 말했다.

"너희들도 사회 나가 돈 벌어보면 알 거다. 한국인들이 말하는 중산층 조건 다섯 개 채우려면 평생 동안 뼛골 빠지게 일해야 한다. 그것도 월급 많이 주는 회사 들어가 뼈 빠지게 일해야 가능하다. 그 전에 우리가 생각해볼 것이 있다. 한국 사람들이 말하는 중산층의 기준이 너무 천박하지 않나? 중산층의 기준을 오직 돈으로만 환산해놓고 그 기준에 못 미치는 사람들은 하층민이 되어 대한민국을 헬조선이라고 부른다면 문제 있는 거 아닌가? 프랑스나 영국이나 미국 사람들이 세운 중산층 기준으로 보면 대한민국도 헬조선이 아닐 수 있다. 프랑스, 영국, 미국 사람들이 말하는 중산층의 기준은 한국 사람이 말하는 중산층의 기준과 완전히 달랐다. 그들이 말하는 중산층의 기준은 뭐였을까? 최서연, 말해봐라."

담임의 물음에 서연은 또렷한 목소리로 대답했다.

"그들이 중산층이 되려면 사회적 약자의 편이 돼주어야 합니다."

"또 어떤 것들이 있을까?"

"봉사활동도 해야 합니다."

"또?"

서연은 더 이상 말하지 못했다. 담임은 시선을 돌려 동현을 바라보았다.

"장동현, 네가 말해봐. 너는 책 많이 읽으니까 알 수도 있겠다."

"중산층이 되려면 올바른 비판 능력이 있어야 합니다."

"또?"

"중산층이 되려면 반칙 없이 페어플레이를 해야 합니다."

"책 많이 읽은 놈은 다르네. 인마, 공부를 그만큼 해라. 이런 것만 잔뜩 알아봐야 소용없어. 시험을 잘 봐야지. 한쪽 눈으로는 현실을 정확히 바라보고 나머지 한쪽 눈으로는 영원을 바라보라는 말도 모르나? 책에 나오는 유명한 말이잖아."

담임은 오랜만에 환하게 웃으며 말했다. 잠시 후 담임이 다시 말했다.

"모두 잘 들었지? 방금 전에 최서연하고 장동현이 말한 것들이 프랑스, 영국, 미국 사람들이 세운 중산층의 기준이다. 어떤가? 한국 사람들이 말하는 중산층의 기준과 판이하게 다르지 않나? 대한민국 사회가 얼마나 심각한 물질주의에 빠져 있는지 단적으로 말해주는 거다. 한 번 더 정리해보자. 나라마다 다소 차이가 있지만 프랑스, 영국, 미국 사람들이 세운 중산층의 기준을 대략적으로 종합하면 다음과 같다. 물론 이것도 사회심리학자 허태균 교수의 강의를 통해 들은 거다. 첫 번째는 불의한 강자에게 저항하고 사회적 약자의 편이 돼 줄 수 있을 때 그들은 스스로를 중산층이라고 생각한다. 두 번째는 사회 복지 기관에서 정기적인 봉사 활동을 하고 있을 때 그들은 스스로를 중산층이라고 생각한다. 세 번째는 올바른 비판 능력을 가진 신문이나 잡지를 한 개 이상 구독하고 있을 때 그들은 스스로를 중산층이라고 생각한다. 네 번째는 사람들 앞에서 독선적인 행동을 하지 말아야 하고, 경쟁 구도 속에 놓일 때도 언제나 페어플레이를 할 수 있어야 그들은 스스로를 중산층이라고 생각한다. 다섯 번째는 몸과 마음을 단련할 수 있는 운동을 해야 하고, 자신과 타인의 영혼을 위로해줄 수 있는 악기를 적어도 한 개는 연주할 수 있어야 그들은 스스로를 중산층이라고 생각한다. 자, 그럼 생각해보자. 우리가 말하는 중산층의 기준과 서양 사람들이 말하는 중산층의 기준이 어떻게 다른가? 말해볼 사람 손들어라."

아무도 손을 들지 않았다. 담임이 서연에게 말했다.

"최서연, 말해봐라."

"대한민국이 제시한 중산층의 기준은 모두 눈에 보이는 것들이고 수치로 환산할 수 있는 것들입니다. 프랑스나 영국, 미국 사람들이 제시한 중산층의 기준은 모두 눈으로 볼 수 없는 인간 내면의 가치들입니다."

"그렇지. 그게 가장 큰 차이다. 그렇다면 왜 그런 차이가 생겼을까? 최서연, 말해볼 수 있겠나?"

"철학적 토대가 없는 내면은 빈곤하기 짝이 없습니다. 한국 사람들은 빈곤한 내면을 감추기 위해 아파트나 차나 돈과 같이 눈으로 보여줄 수 있는 것들로 외면을 장식한 거 아닌가요?"

서연은 또랑또랑한 눈빛을 빛내며 말했다.

"최서연 말이 맞다. 내면이 빈곤한 사람들은 빈곤한 내면을 감추려고 자꾸만 외면을 꾸민다. 대한민국처럼 물질주의가 비정상적으로 강한 나라는 더 그렇다. 그러면 어째서 대한민국 사람들은 철학적 토대를 갖춘 내면을 만들지 못하고 자꾸만 외면을 꾸밀까? 말해볼 사람 있나?"

담임의 물음에 아이들은 말이 없었다. 아이들의 반응을 살피던 담임이 정태를 바라보며 말했다.

"김정태, 왜 안 끼나?"

"엄마 모시고 오고 싶지 않습니다."

정태는 큰 소리로 말했다. 담임은 정태 말을 들은 체도 하지 않았다. 더 말하면 정태에게 낚인다는 걸 담임도 알고 있었다. 담임은 아이들을 향해 말했다.

"시간이 없으니까 내가 간단히 말해주겠다. 조금 전 말했던 사회심리학자 말에 의하면 한국 사람들을 작동시키는 주요 동력은 본능적 쾌락이다. 이를테면 한국 사람들을 움직이게 하는 주요 동력은 식욕, 수면욕, 성욕이라는 뜻이다. 한국 사람들이 서양 사람들처럼 철학적 토대를 갖춘 내면을 쉽게 만들지 못하는 이유는 본능적 쾌락인 식욕과 수면욕과 성욕에 더 많이 이끌리기 때문이야. 너희들도 쉽게 공감할 수 있을 거다. 텔레비전 틀면 주로 무슨 프로그램이 나오나?"

"먹방이요."

정태가 말했다.

"먹방만 나오나?"

"쿡방도 나와요."

"맞다. 홈쇼핑 봐도 먹는 것들이 가득하다. 잔뜩 먹었으니 성인병 걸리지 말라고 건강식품도 잘 팔린다. 홈쇼핑에 많이 나오는 상품이 또 뭐가 있나?"

담임의 물음에 정태가 답했다.

"살 빼는 운동기구도 잘 팔립니다. 잔뜩 먹었으니 살 빼야 합니다."

정태의 재치 있는 대답에도 담임은 낚이지 않았다. 담임은 정태의 말을 들은 체도 하지 않고 아이들을 향해 말했다.

"셰프도 멋있는 직업이지만 요리하는 셰프가 연예인보다 인기 좋은 나라는 대한민국밖에 없을 거다. 한국 사람들이 식욕에 얼마나 집착하는지 알겠나? 한국 사람들의 수면욕은 어떻다고 생각하나? 어른들 만나면 물어보지도 않았는데 어제 몇 시간 잤다는 이야기를 아주 자연스럽게 한다. 전신 안마기가 우리나라처럼 잘 팔리는 나라가 또 있겠나? 전신 안마기도 일종의 수면욕과 깊이 관련되어 있다. 뉴스를 틀면 성추행, 성범죄 사건들도 끊이지 않는다. 심지어는 성범죄자들을 잡아야 하는 몇몇 경찰들까지도 성범죄를 저지른다. 지나쳐도 너무 지나치지 않나?"

"가위로 잘라야 돼요."

정태의 말에 아이들이 웃음을 터트렸다. 담임이 정태에게 물었다.

"김정태, 말해봐라. 뭘 자르나?"

"성욕이요."

둘러대는 정태를 바라보며 아이들은 웃었다. 정태를 노려보는 여자아이들도 있었고 정태를 향해 야유를 보내는 아이도 있었다. 한 아이가 웃으며 정태에게 말했다.

"김정태, 솔직히 말씀드려."

담임이 침착한 표정으로 정태에게 말했다.

"김정태, 솔직히 말해라. 뭘 자르나?"

"솔직히 말해도 돼요?"

담임은 대답 대신 고개를 끄덕였다.

"엄마 모시고 와야 되잖아요."

담임은 걱정 말라는 듯 정태를 향해 고개를 절레절레 저었다. 잠시 후 정태가 말했다.

"부랄이요."

아이들이 일제히 웃음을 터트렸다. 담임은 냉정한 얼굴로 정태에게 말했다.

"김정태, 정말 설마설마 했다. 내일 엄마 모시고 와라. 알았나?"

"그런 말 안 하시기로 했잖아요."

"와아, 깜놀! 김정태 네 입에서 그런 말 나올 줄 상상도 못 했다. 그게 학생이 수업 시간에 할 수 있는 말인가? 저질……. 내일 무조건 엄마 모시고 와라."

정태는 황당한 낯빛으로 담임을 바라보았지만 되돌릴 수 없는 일이었다. 잠시 후 담임이 고개를 갸웃하며 진지한 표정으로 정태에게 말했다.

"김정태, 엄마 오시면 내가 뭐라고 말씀드려야 하나? 부랄 때문에 오시라고 했다고 말씀드릴까?"

아이들이 웃음을 터트렸다. 책상을 두드리며 웃는 아이도 있었다. 정태를 낚은 담임의 표정 속엔 통쾌함이 역력했다. "김정태, 좆됐다."라는 말이 웃음소리에 섞여 들려왔지만 담임은 못 들은 체했다. 담임은 흐뭇한 표정을 지으며 아이들의 웃음이 완전히 사라질 때까지 아무 말도 하지 않았다. 잠시 후 담임이 발랄한 목소리로 말했다.

"한국 사람들은 다른 나라 사람들에 비해 불안장애가 심하다. 왜 그렇겠나? 본능적 쾌락인 식욕과 수면욕과 성욕은 항상성을 유지하고 싶어 한다. 항상성이란 모자라면 채우고 싶고, 넘치면 덜어내고 싶어 하는 것을 말한다. 본능적 쾌락 중 어느 하나가 조금만 모자라도 사람들은 불안을 느끼는 거다. 그 불안을 채우기 위해 오늘도 일중독에 빠진 한국 사람들이 헤아릴 수 없이 많다. 그것 또한 대한민국을 헬조선으로 만든 일등공신이다. 그렇다면 프랑스나 영국, 미국 사람들을 움직이게 하는 동력은 뭐겠나?"

"내면의 가치요."

조금 전 잘못을 만회하려는 듯 정태가 말했다.

"맞다. 서양 사람들은 내면의 가치를 소중히 생각한다. 자신이 가치 있는 일이라고 생각하면 타인의 시선 같은 건 의식하지 않는다. 자, 그럼 오늘의 결론을 말해볼 사람 있나?"

"중산층이 되자."

정태가 절박한 심정으로 말했다.

"틀렸어."

"공부 열심히 하자."

정태가 다시 말했다.

"틀렸어."

담임은 히죽 웃었다. 잠시 후 담임이 흐뭇한 표정을 지으며 말했다.

"오늘의 결론은 사람은 쉽게 변하지 않는다는 것이다. 한국인의 의식 구조는 쉽게 바뀌지 않는다. 조금씩 나아지고 있지만 아직도 대한민국 구석구석엔 천박함과 후진성이 가득하다. 그렇다고 한국 사람들을 움직이게 하는 식욕이나 수면욕이나 성욕을 함부로 깔보지 마라. 사회 구성원들을 지배하는 의식 구조는 하루아침에 만들어지는 것이 아니라 역사의 전개 과정과 함께 견고히 만들어진 거니까……. 질문 있는 사람 질문해라."

"선생님, 질문 있습니다."

정태가 번쩍 손을 들었다. 담임이 정태를 바라보며 고개를 끄덕였다.

"선생님, 한국인의 의식 구조를 바꿀 수 있는 방법은 없나요?"

"나도 모른다."

담임은 방긋 웃으며 말했다. 잠시 후 담임이 말했다.

"더 이상 질문 없으면 마지막으로 하나만 더 말한다. 이런저런 불평 늘어놓지 말고 세상 한복판으로 들어가 경쟁에서 살아남아라. 다른 방법 없다. 나도 너희들에게 낭만적인 말 얼마든지 늘어놓을 수 있다. 하지만 선생으로서 너희들이 처한 지금의 현실을 외면할 순 없었다. 이런 사회가 마음에 안 들면 너희들이 어른 돼서 이 사회를 송두리째 바꾸면 된다. 하지만 김정태 같은 저질 친구가 너희들 곁에 있는 한 쉽지 않을 거다."

담임 얼굴에 웃음을 참는 빛이 역력했다. 담임은 그렇게 말하고 평소와 다른 걸음으로 씩씩하게 교실 문을 빠져나갔다. 자신이 한 말에 담임은 스스로 도취되었던 것일까? 수업이 끝나려면 아직 15분이나 남아 있었다.

13

영선이 오토바이 뒷자리에 앉으며 근심스러운 표정으로 용팔에게 물었다.

"아이들이 외삼촌 집으로 갔으면 어쩌지?"

"어쩌긴 뭘 어째? 그냥 오면 되지."

"그러니까 내가 지난번에 가자 그랬잖아."

영선은 용팔의 등짝을 손바닥으로 후려치며 말했다.

"아파! 이 여자가 왜 사람 때리고 그래. 가고 싶었으면 당신 혼자 갔으면 됐지. 누굴 원망해? 난 지금도 가고 싶지 않거든."

용팔은 부아 난 목소리로 오토바이 시동을 걸려다 말고 발을 땅 위에 내려놓았다.

"알았어, 알았어. 미안, 미안. 어서 시동 걸어."

영선은 달래듯 용팔에게 말했다. 용팔은 꼼짝하지 않았다.

"진짜로 아팠나 보네. 내 손이 그렇게 매워?"

"당신 몸무게가 있는데 안 아프겠어?"

"맞아. 아팠겠다, 많이."

용팔은 그제야 마뜩잖은 표정을 지으며 오토바이 시동을 걸었다. 오토바이는 탈탈거리며 달리기 시작했다. 저녁 무렵 일요일의 거리는 한산했다.

"현대 사우나까지 얼마나 걸릴까? 10분도 안 걸리지?"

"현대 사우나까지는 금세 가는데 거기로 가면 안 돼."

"뭔 소리야? 인혜가 한 말 내가 분명히 기억하는데. 현대 사우나 바로 뒤쪽이라고 했어. 분명해."

"이 사람아, 아니라면 아닌 줄 알아."

"내 기억이 맞는다니까 또 우기네."

"맞긴 개뿔이 맞아."

용팔이 빈정거렸다. 영선이 용팔의 등짝을 다시 후려치며 말했다.

"장용팔, 나하고 내기할까?"

"이 사람아, 아파! 때리지 마! 성질나면 오토바이 핸들 집 으로 돌리는 수가 있어."

"알았어. 알았어. 미안."

영선은 식식거리는 용팔을 달랬다. 잠시 침묵이 흘렀다.

"오랜만에 당신 등 뒤에 타니까 좋다. 당신도 좋지?"

영선의 물음에 용팔은 아무 말도 하지 않았다. 잠시 후 용팔이 말했다.

"걔네들 사는 집은 현대 사우나에서 좀 떨어져 있어."

"당신이 어떻게 알아?"

"어떻게 알긴 어떻게 알겠어. 걔네들 사는 집에 짜장면 배달 갔으니까 알지."

"진짜?"

"그럼 내가 거짓말하겠어?"

"언제 배달 갔는데?"

"한참 됐어."

"왜 나한테 말하지 않았어?"

"그걸 꼭 말해야 하니? 그냥 말하고 싶지 않았어."

"인혜하고 인석이가 주문한 거야?"

"아니. 함께 산다는 주인집 할아버지가 주문한 거야. 아이들 먹이려고 주문한 것 같던데."

"그랬구나. 맞아. 주인집 사람들이 잘해준다고 인혜가 말했어."

바로 그때 용팔이 고개를 뒤로 돌리며 히죽 웃었다.

"왜 웃어?"

영선에게 용팔이 물었다.

"주인집 할아버지가 누군지 알아?"

"누군데?"

"그 할아버지 기억나?"

"어떤 할아버지?"

"예전에 거지꼴로 들어온 놈이 짬뽕에 소주까지 마시고 돈 없다고 한 적 있잖아. 기억나지?"

"그런 사람들이 몇 명 있었잖아. 그런데?"

"잘 차려입은 한 할아버지가 다가와 카드 주면서 그놈 음식 값도 함께 계산하라고 했던 거 기억나? 예전에 교장인가 교감인가 했다는 할아버지 있잖아. 기억 안 나?"

"아아, 그 할아버지…… 당연히 기억나지."

"그 할아버지가 걔네들이 살고 있는 집에 살더라고. 나도 깜짝 놀랐어."

"그랬구나. 세상 참 좁다."

영선이 환하게 웃으며 말했다. 잠시 후 용팔이 영선에게 물었다.

"그놈 안 왔지?"

"어떤 놈?"

"어떤 놈은 어떤 놈이야. 짬뽕에 소주까지 먹고 배 째라고 한 놈이지."

"아아, 그놈? 안 온다고 당신한테 내가 말했잖아. 척 보면 알지."

그렇게 말하는 영선이 한심한 듯 용팔은 고개를 가로저으며 아무 말도 하지 않았다. 영선이 달뜬 목소리로 용팔에게 말했다.

"배달까지 갔다 왔으면 집 찾느라 헤매진 않겠네. 그치?"

"내 머릿속엔 읍내 지도가 촘촘히 그려져 있어. 눈 감고도 찾아간다. 거의 다 왔어."

용팔은 기세등등한 낯빛을 하고 핸들을 손목으로 힘차게 감아 올렸다. 오토바이는 더 큰 소리로 탈탈거리며 나지막한 언덕을 올랐다. 언덕 아래로 보이는 올망졸망한 집들이 저녁빛 속으로 스며들고 있었다.

오토바이는 조붓한 골목을 지났다. 조금은 경사진 곳에 양옥집들이 늘어서 있었다. 옹색한 주변 집들에 비하면 비교적 넓은 집들이었다. 그곳에서 조붓한 골목길을 100미터쯤 지났을 때 용팔은 오토바이를 세웠다.

"여기야?"

"응."

"이 집?"

"아니, 그다음 집."

"틀림없지?"

"이 사람이 왜 사람 말을 못 믿어? 어서 내려."

"왜 성질은 내?"

영선은 오토바이에서 내리며 이죽거렸다.

"……으흠, 으흠……. 나는 여기 있을게. 당신 혼자 들어갔다 와."

"여기까지 와서 왜 그래. 당신도 같이 들어가."

"싫어. 불편해."

"기왕에 여기까지 왔으니 아이들 음식 먹는 건 보고 가야지. 어떻게 음식만 딸랑 주고 나와."

"으흠, 으흠……. 아이들 음식 먹는 거 당신이나 천천히 보고 오셔. 나는 여기서 기다릴 테니까. ……으흠, 으흠……."

용팔은 헛기침을 하며 단호하게 말했다. 영선이 다정히 웃으며 용팔에게 말했다.

"장용팔 씨, 당신답지 않게 왜 그래. 부탁할게. 당신도 같이 들어가자. 당신이 여기 있으면 내 마음이 얼마나 분주하겠어. 같이 들어가자. 아이들도 좋아할 거야."

영선은 한쪽 손에 음식 봉지를 포개어 들고는 용팔의 손을 억지로 끌었다.

"어허, 이 사람이 왜 그래. 가기 싫다는 사람을 왜 억지로 끌고 가."

용팔은 기가 막힌다는 눈빛으로 엉거주춤 걸음을 옮겼다. 영선이 눈을 동그랗게 뜨고 용팔에게 물었다.

"설마 시골 외삼촌 집으로 간 건 아니겠지?"

"……으흠, 으흠……. 그걸 내가 어떻게 알아?"

"아직 안 갔을 거야. 틀림없어."

영선은 주문을 걸듯 확신에 찬 목소리로 말했다. 용팔은 영선의 손에 이끌려 대문 앞에 섰다. 집 안에서 텔레비전 불빛이 번쩍거리며 새어나왔다. 용팔의 마음이 변할까 봐 용팔의 손을 꼭 잡은 채 영선이 말했다.

"어서 초인종을 누르셔."

용팔은 영선의 얼굴을 잠시 바라보다가 마땅찮은 표정을 지으며 초인종을 눌렀다. 집 안에서는 아무런 인기척이 없었다.

"안에 사람 있는 것 같은데. 다시 눌러봐."

영선의 말에 용팔은 초인종을 다시 눌렀다. 잠시 후 마루문이 다르르 열렸다.

"뉘쇼?"

주인집 할아버지 목소리였다. 영선이 상냥한 목소리로 말했다.

"잠시 실례하겠습니다."

"뉘쇼?"

"저는 인혜하고 인석이 엄마 친구예요. 할아버지, 문 좀 열어주시겠어요?"

영선은 간절한 목소리로 말했다.

"한발 늦으셨네요. 아이들, 시골 외삼촌 집으로 갔어요."

주인집 할아버지는 마루에 서서 말했다.

"정말요? 언제 갔어요?"

"지난 일요일이요. 벌써 나흘이나 지났네요."

영선은 낭패스러운 표정을 지으며 길게 한숨을 내쉬었다. 잠시 후 집 안에서 마루문 닫는 소리가 들려왔다. 영선이 주인집 할아버지를 향해 큰 소리로 다급히 물었다.

"할아버지, 혹시 아이들 외삼촌네 집 주소 알고 계신가요?"

"그걸 제가 어떻게 알겠어요. 아이들이 외삼촌 집에 가서 제게 편지한다고 했으니까 조만간 편지 오겠죠. 편지 오면 주소도 알 수 있겠네요. 다음에 다시 오시면 주소 알려드릴게요."

"언제쯤 오면 될까요?"

"그거야 제가 알 수 없죠. 장담할 순 없지만 편지 올 거예요."

"다음 주에 제가 다시 오면 될까요?"

"다음 주요? 너무 빨라요. 한 달 후쯤 와보세요. 아이들 엄마 친구라고 하셨죠?"

"네."

애태우는 영선을 향해 용팔이 작은 목소리로 말했다.

"바보야, 왜 그렇게 미련해. 고래반점 주인이라고 말하면 되잖아. 저 할아버지도 우리 가게 전화번호 알고 있으니까 편지 오면 전화로 알려달라고 부탁하면 되지."

"맞다. 당신 머리 좋네."

영선은 주인집 할아버지를 향해 다시 다급히 말했다.

"저기요. 할아버지, 고래반점 아시죠?"

"뭐요?"

"고래반점이요. 효재공원 근처에 있는 중국집 고래반점이요."

"고래반점?"

"네. 고래반점이요. 고래반점 아시죠?"

"네. 고래반점 알아요."

"저는 고래반점 주인이에요. 할아버지 저희 가게 오셨을 때 몇 번 뵌 적 있어요."

"아아, 그래요? 고래반점 잘 알지요."

"저희 가게 전화번호도 아시죠? 예전에 배달 주문도 하셨거든요."

"전화번호요? 어디 전화번호요?"

"고래반점 전화번호 아시죠?"

"아아, 고래반점이요. 찾아보면 전화번호 있을 테지요."

영선은 더 큰 목소리로 말했다.

"할아버지, 아이들 편지 받으시면 고래반점으로 전화 좀 부탁드리겠습니다. 전화 주시면 제가 다시 오겠습니다."

"일부러 오실 필요 없어요. 아이들 편지 받으면 전화로 주소 알려드릴게요."

"그렇게 해주시면 더 감사하고요. 할아버지, 꼭 좀 부탁드립니다. 실례 많았습니다. 안녕히 계세요."

집 안에서 거칠게 마루문 닫히는 소리가 들려왔다. 영선은 송골송골 맺힌 이마의 땀방울을 닦아내며 안도의 숨을 쉬었다. 영선의 눈이 금세 붉어졌다. 영선이 오토바이 옆에 서서 혼잣말을 했다.

"속상해……."

영선의 목소리에 눈물이 가득했다. 용팔은 아무 말도 할 수 없었다. 영선은 원망스런 눈빛으로 용팔을 바라보며 말했다.

"지난번에 오자고 했을 때 왔으면 만날 수 있었잖아."

용팔은 어이없다는 표정으로 영선을 잠시 바라보았다. 용팔이 낮은 목소리로 말했다.

"왜 나를 원망해. 나는 아이들 만나고 싶은 마음 전혀 없었어. 만날 이유도 없었고. 아이들 만나고 싶으면 당신 혼자 만나면 되지, 왜 나를 걸고 넘어져? 오늘도 나 끌려온 거야. 당신이 나를 억지로 끌고 온 거라고. 당신도 알지?"

영선은 아무 말 없이 눈물을 닦았다. 잠시 후 영선이 용팔에게 물었다.

"이 음식, 저 할아버지 드리고 갈까?"

"왜?"

"그게 좋을 것 같아서. 식은 음식 집으로 가져가봐야 동배도 안 먹을 게 뻔해."

영선은 속마음을 감추며 말했다. 아이들을 향한 영선의 마음은 그만큼 간절했다.

"동배가 먹을지 안 먹을지 당신이 어떻게 알아? 동배 안 먹으면 내가 먹을게. 하여간에 음식 귀한 줄 몰라요."

다그치듯 말하는 용팔에게 영선은 아무 말도 할 수 없었다. 잠시 후 영선이 말했다.

"당신 먼저 가. 나는 걸어서 갈게."

"뭔 소리야? 멀어. 30분도 더 걸어야 돼."

"나는 그냥 걸어갈게. 당신 먼저 가."

용팔은 울고 있는 영선을 그곳에 두고 혼자 갈 수 없었다.

"그렇게 걷고 싶으면 같이 걷자."

용팔은 오토바이를 끌며 앞장섰다. 몇 걸음 뒤에서 영선이 따라왔다. 조붓한 골목을 걸어 나오며 용팔이 고개를 갸웃거렸다. 용팔의 표정이 심상치 않았다. 용팔은 방금 걸어왔던 길 쪽으로 오토바이 핸들을 급히 돌리며 영선에게 물었다.

"아이들이 살고 있는 집 대문이 하늘색이라고 했지?"

"응. 현대 사우나 바로 뒤쪽에 있는 하늘색 대문 집이라고 했어. 내가 분명히 기억해."

"사실은 나도 지난번에 하늘색 대문이라고 분명히 들었

거든."

"근데?"

"이상하지 않아?"

"뭐가 이상해?"

"방금 전에 다녀온 집 대문 말이야. 하늘색 아니잖아. 초록색 대문이었어. 당신도 봤지?"

"나는 자세히 안 봐서 모르겠는데. 초록색이었어?"

"응. 분명히 초록색이었어. 초록색을 하늘색이라고 말할 리 없잖아."

"그야 그렇지. 그러니까 당신 말은 아까 그 집이 아이들이 살고 있는 집이 아니라는 거야? 당신이 그 집에 배달까지 다녀왔다고 했잖아?"

영선이 의아한 눈빛으로 용팔에게 물었다. 용팔은 진지한 얼굴로 영선을 향해 말했다.

"혹시 모르니까 현대 사우나로 빨리 가보자. 어서 타."

"갑자기 거길 왜 가?"

영선은 그렇게 물으며 영문을 모르겠다는 낯빛으로 오토바이 뒷자리에 올랐다. 용팔은 다급히 오토바이 시동을 걸었다.

"현대 사우나 찾아갈 수 있겠어?"

"눈 감고도 간다."

용팔은 전속력으로 오토바이를 몰았다. 현대 사우나 앞에

도착하자마자 오토바이를 세우며 용팔이 영선에게 말했다.

"최대한 빨리 하늘색 대문을 찾아야 돼. 최대한 빨리."

"최대한 빨리?"

"응. 최대한 빨리."

"날이 어두워져서 찾을 수 있을까? 벌써 캄캄해졌잖아. 근데 당신 지금 무슨 생각하는 거야?"

"지체할 시간 없어. 빨리 찾자."

용팔이 빠른 걸음으로 앞장섰다. 영선도 서둘러 용팔의 뒤를 따랐다. 다행히 현대 사우나 바로 뒤쪽에 하늘색 대문이 보였다. 용팔이 서둘러 초인종을 눌렀다. 곧바로 집 안에서 인기척이 들려왔다.

"누구시죠?"

"잠시 실례하겠습니다. 이 집에 인혜하고 인석이 살고 있나요?"

용팔이 큰 소리로 물었다. 잠시 후 대문이 열렸다. 한 노인이 경계하는 눈빛으로 용팔을 바라보며 물었다.

"누구세요?"

"이 집에 인혜하고 인석이 살고 있나요?"

"그렇습니다만, 누구세요?"

"아아, 그렇군요."

용팔은 안도의 숨을 내쉬며 말을 이었다.

"옆에 있는 제 아내가 아이들 엄마 친구예요. 아이들을 만나고 싶어 왔습니다."

"아이들 엄마 친구라고요?"

노인은 여전히 경계의 눈빛을 풀지 않은 채 되물었다. 영선이 상냥하게 웃으며 노인에게 말했다.

"할아버지, 안녕하세요. 제가 인혜 엄마 친구예요. 아이들한테 물어보시면 금방 확인하실 수 있어요. 아이들 집에 있나요?"

"그쪽이 인혜 엄마 친구란 말씀이시죠?"

"네. 아이들 먹이려고 음식을 만들어 왔어요."

"그러시군요. 우선 안으로 들어오세요."

노인은 그제야 경계심을 풀고 용팔과 영선을 집 안으로 안내했다. 노인은 마당 오른편에 있는 방을 향해 뚜벅뚜벅 걸어갔다.

"인혜야, 인석아, 나와봐라. 손님 오셨다."

잠시 후 방문이 열렸다.

"어? 아줌마."

인석이 방문을 활짝 열어 젖히며 놀란 눈빛으로 영선을 바라보았다.

"인석아, 아직 외삼촌 집으로 안 갔구나. 다행이다."

영선은 빠른 걸음으로 인석에게 다가가 인석의 얼굴을 쓰다듬었다.

"너희 집이 여기구나. 아줌마는 그것도 모르고 다른 집에 갔었어. 누나는 집에 없니?"

"네."

인석의 말이 끝나자마자 용팔이 인석을 향해 퉁명스럽게 물었다.

"누나는 언제 나갔는데?"

"한참 됐어요."

"몇 시에 나갔는데?"

인석은 방문을 열고 벽시계를 바라보았다. 인석은 손가락을 헤아리며 잔뜩 주눅 든 목소리로 용팔에게 말했다.

"3시에 나갔어요."

용팔은 미간을 찌푸리며 손목시계를 유심히 바라보았다.

"3시에 나갔으면 벌써 다섯 시간이 다 돼가는데……. 너는 왜 누나랑 같이 안 갔어?"

"누나 혼자 갔다 온다고 했어요. 누나가 친구 집에도 간다고 했는데……."

"누나가 친구 집 간다고 했다고?"

용팔이 다시 물었다.

"네."

"다른 사람한테 온 전화는 없었니?"

용팔의 물음은 탐문 수사하는 형사처럼 용의주도했다.

"아 참, 할아버지 전화도 받았어요."

인석의 말을 듣고 용팔의 얼굴엔 더욱 긴장이 감돌았다. 용팔은 옆에 서 있는 주인집 노인의 얼굴을 흘긋 바라보더니 인석에게 다시 물었다.

"어느 할아버지 전화를 받았는데?"

바로 그때 주인집 할아버지가 혼잣말을 했다.

"나는 전화 건 일이 없는데."

용팔이 심각한 표정을 지으며 인석에게 물었다.

"잘 생각해봐. 어떤 할아버지 전화를 받은 거야? 혹시 교장인가 뭔가 했다는 그 할아버지 전화 받은 거 아니니?"

"모르겠어요. 누나가 말 안 했어요."

심상치 않은 상황을 알아차린 듯 주인집 노인이 근심스러운 얼굴로 영선에게 물었다.

"인혜한테 무슨 일 있는 거예요?"

"아닙니다, 할아버지. 그냥 걱정이 돼서요."

영선은 노인을 향해 담담히 말했다. 긍정의 여왕인 영선의 얼굴에도 불안이 가득했다. 용팔이 인석에게 말했다.

"누나한테 전화 걸어봐."

용팔의 말이 끝나기가 무섭게 영선이 불편한 얼굴로 눈을 흘기며 용팔에게 말했다.

"어린애한테 좋게 좀 말해라. 명령하듯이 말하지 말고."

용팔은 민망했지만 아무 말도 하지 않았다. 인석은 인혜에게 전화를 걸었다. 인석의 핸드폰 저편에서 신호음만 계속 희미하게 들려왔다.

"누나가 전화 안 받아요."

인석이 용팔의 눈치를 살피며 말했다.

"다시 전화 걸어봐."

용팔은 조금 전 영선의 말에 아랑곳하지 않고 인석에게 다그치듯 말했다. 인석은 인혜에게 다시 전화를 걸었다. 신호음만 계속 들릴 뿐 인혜는 전화를 받지 않았다. 용팔은 조금 전 다녀온 서늘한 노인의 집 풍경을 떠올렸다. 불길한 예감이 틀림없이 현실로 이어질 것 같았다. 용팔은 확신에 찬 표정으로 영선에게 말했다.

"내 예감이 맞았어. 빨리 가자."

"어딜 가?"

"아직도 모르겠니? 아까 갔던 노인 집으로 빨리 가야 해."

더욱 예민해진 용팔의 말에 영선은 당혹스러운 표정을 지었다.

"여기서 잠깐만 기다려."

용팔은 영선을 향해 그렇게 말하고 대문 밖으로 성큼성큼 걸어 나갔다. 용팔이 누군가와 통화하는 소리가 대문 밖에서 들려왔다. 잠시 후 용팔이 대문을 열고 몇 걸음 들어와 영선을 향해 큰 소리로 말했다.

"빨리 와. 시간 없어."

용팔은 그렇게 말하고는 대문 밖으로 사라졌다. 영선은 차분한 목소리로 인석에게 말했다.

"인석아, 아저씨랑 아줌마 금방 어디 좀 다녀올 테니까 방에 들어가 있어. 걱정하지 마. 아무 일 없을 거야. 알았지?"

인석은 가만가만 머리를 끄덕였다. 영선은 인석의 머리를 다정히 쓰다듬고 서둘러 대문 밖으로 나갔다. 오토바이 시동을 걸고 있는 용팔을 향해 영선이 물었다.

"밖에서 누구하고 통화했어?"

"누구하고 통화했겠냐? 당신, 아직도 모르겠어?"

용팔은 시동을 걸다 말고 답답하다는 눈빛으로 영선을 바라보았다.

"모르긴 뭘 몰라?"

"정말 모르겠어? 당신 생각보다 엄청 둔하다."

"당신이 예민한 거 아냐? 당신 지금 무슨 생각하는 거야?"

"잘 생각해봐. 여기가 아이들이 살고 있는 집인데 아까 만난 그 영감은 마치 자기 집에 아이들이 살고 있는 것처럼 말했잖아. 그 영감이 우리한테 거짓말한 거라고."

"아닌데. 그 할아버지는 자기 집에서 아이들이 살았다고 말하진 않았어. 아이들이 여러 날 전에 시골 외삼촌 집으로 갔다고만 말했지. 아이들이 그 집에 살고 있다고 말한 건 당신이야. 나는 아이들이 그 집에 살고 있다고 말한 당신이 더 이상했어. 현대 사우나 뒤편에 산다고 인혜가 말한 거, 나는 똑똑히 기억하고 있거든⋯⋯."

"됐고. 지금 당신하고 싸울 시간 없어. 빨리 그 집으로 가야 돼. 빨리 타."

용팔의 오토바이는 영선을 태우자마자 전속력으로 달렸다.

"와아, 이 오토바이 고물인 줄 알았는데 아직 쓸 만하다. 조금만 더 세게 밟으면 하늘로 날아오르겠어."

용팔은 영선의 말을 들은 체하지 않았다. 영선이 빽 소리쳤다.

"좀 천천히 가라니까! 죽고 싶어서 그래?"

영선은 다급히 소리쳤지만 용팔은 아랑곳하지 않고 더 빨리 오토바이를 몰았다. 겁에 질린 영선은 두 눈을 꼭 감고 두 팔로 용팔의 허리를 더 세게 감았다. 얼굴을 기댄 용팔의 등짝에서 심장 소리가 쿵쿵 들리는 것만 같았다. 얼마 후 오토바이가 멈췄다. 영선이 여유 있는 척 담담하게 말했다.

"눈 깜짝할 사이 순간이동 했네."

"한가한 소리 그만하고 지금부터 내가 하는 말 잘 들어."

"장용팔, 당신 지금 영화 주인공 같아. 007 제임스 본드."

조롱하듯 말하는 영선을 지그시 바라보며 용팔이 또렷한 목소리로 말했다.

　"지금부터 당신 눈앞에서 영화 같은 일이 벌어질 거야. 잘 보라고. 둔하기 짝이 없는 당신의 촉과 내 예민한 촉이 세상을 어떻게 분별하는지……. 무한긍정으로만 세상을 바라보는 당신의 촉과 무한부정으로 세상을 바라보는 나의 촉이 만들어내는 차이가 얼마나 엄청난 것인지 잘 보라고. 세상에 대한 당신의 믿음이 얼마나 부질없는 것인지 보여줄게. 저기 보이지?"

　용팔이 손으로 가리키는 곳에 경찰차 한 대가 올라오고 있었다. 용팔은 경찰차를 향해 양팔을 높이 흔들었다. 잠시 후 경찰 세 명이 빠른 걸음으로 용팔을 향해 걸어왔다. 용팔은 작은 목소리로 경찰관에게 말했다.

　"제가 말씀드린 집이 이 집입니다."

　용팔이 먼저 고개를 길게 빼고 집 안을 유심히 살폈다. 노인의 집 안은 등이 모두 꺼진 채 텔레비전 불빛만 번쩍거렸다. 용팔이 낮은 목소리로 그러나 단호하게 경찰에게 말했다.

　"현장범입니다. 초등학생 여자아이가 지금 저 집 안에 있어요. 아이가 봉변당하기 전에 최대한 서두르셔야 합니다."

　"확실하신 거죠?"

　"네. 확실합니다. 제가 장담합니다."

용팔은 눈을 지그시 감으며 확신에 찬 표정으로 말했다. 용팔은 경찰관과 한마디 상의도 없이 낮은 담벼락을 훌쩍 뛰어넘었다. 용팔은 소리 나지 않도록 최대한 조심스럽게 녹슨 대문을 열었다. 경찰관들은 용팔의 돌발 행동이 당황스러웠지만 모른 척 대문 안으로 들어섰다.

"현장범입니다. 현장을 그냥 덮치세요."

용팔은 아주 작은 목소리로 경찰관들을 향해 말했다. 용팔의 눈빛은 단호하고 간절했다. 경찰은 마루문을 지나 텔레비전 불빛이 번쩍거리는 노인의 방문을 열고 들어갔다. 노인의 방에 불이 켜졌다. 노인은 깜짝 놀라 소리쳤고 경찰관들은 노인의 방을 이곳저곳 샅샅이 살폈다. 인혜는 보이지 않았다. 그사이 인혜가 노인의 집을 빠져나간 것은 아닐까, 경찰관들은 노인을 심문하며 이런저런 상황을 면밀히 살폈다. 영문을 몰라 쩔쩔매는 노인의 모습만으로도 노인이 범죄자가 아닐 거라고 경찰관들은 생각하는 것 같았다. 경찰관 한 명이 용팔에게 물었다.

"어떻게 된 거예요?"

"잠깐만요."

용팔은 그렇게 말하고 노인의 방문을 나섰다. 용팔은 다른 방까지, 심지어는 농문까지 열고 유심히 살폈지만 인혜는 없었다. 용팔은 노인의 방 옆, 밖으로 나 있는 철 계단을 따라

서둘러 옥상으로 올라갔다. 잠시 후 용팔은 철 계단을 내려와 노인을 향해 단단한 목소리로 물었다.

"할아버지, 인혜하고 인석이가 지난 일요일 외삼촌 집으로 갔다고 저에게 분명히 말했잖아요. 저기 있는 제 아내도 분명히 들었거든요? 여보, 당신도 분명히 들었지?"

용팔은 영선을 향해 날 선 목소리로 물었다. 영선은 얼빠진 얼굴로 말없이 고개만 끄덕였다. 용팔은 노인을 향해 검을 찌르듯 물었다.

"저희들한테 왜 거짓말하셨어요?"

"내가 거짓말했다고요?"

"네. 거짓말하셨어요. 그 아이들 아직 외삼촌 집으로 안 갔거든요. 두 아이 모두 지금 서울에 있다고요. 할아버지가 저희들한테 거짓말하신 거잖아요."

용팔은 긴장된 목소리로 그렇게 말하고는 영선을 향해 다시 물었다.

"여보, 당신도 분명히 들었지? 아까 우리가 이 집에 왔을 때 이 할아버지가 인혜하고 인석이 외삼촌 집으로 갔다고 분명히 말했잖아. 그치?"

다그치듯 묻는 용팔의 물음에 영선은 또다시 고개를 끄덕였다. 노인은 당황스런 낯빛으로 용팔을 향해 말했다.

"내 말 잘 들으세요. 그 아이들이 서울에 있는지 시골 외삼촌 집으로 갔는지는 잘 모르겠지만 나는 그 아이들한테 분명히 그렇게 들었어요. 지난 일요일 날 외삼촌 집으로 간다고 아이들이 내게 말했으니 나는 그렇게 믿을밖에요. 보자 보자하니까 젊은 사람이 말을 함부로 하시네. 도대체 내가 무슨짓을 했다는 거요?"

노인은 죽일 듯이 용팔을 노려보며 말했다. 경찰관들은 노인과 용팔이 주고받는 대화를 유심히 듣고 있었다. 용팔의 얼굴엔 난감한 기색이 역력했지만 용팔은 당당히 노인에게 물었다.

"인혜하고 인석이, 이 집에 온 적 있죠?"

"그렇소. 두세 번 왔소."

"두세 번이요?"

"네."

"두 번이면 두 번이고 세 번이면 세 번이지 두세 번은 뭐예요? 얼버무리지 마시고 정확히 말씀하세요. 두 번이에요? 세 번이에요?"

"얼버무리다니? 말 함부로 하지 마! 내가 그 아이들을 어떻게 했단 말이야?"

그때서야 경찰관 한 명이 상황을 정리하려는 듯 노인에게 물었다.

"할아버지, 그 아이들이 이 집에 온 적이 있다는 건 확실한 거죠?"

"네. 몇 번 왔어요. 두 번 아니면 세 번입니다."

"두 번이든 세 번이든 여길 올 땐 두 아이가 항상 같이 왔나요?"

"그럼요. 항상 둘이 같이 왔어요."

옆에 있던 또 다른 경찰관이 물었다.

"할아버지, 이 집에 남자아이가 혼자 오거나, 여자아이가 혼자 온 적은 단 한 번도 없다는 거죠?"

"네. 그렇다니까요. 부모 없이 살아가는 어린아이들이 보기 딱해서 음식 몇 번 사줬어요. 그게 뭐 잘못됐습니까?"

"그게 잘못됐다고 말씀드리는 건 아닙니다. 가엾은 아이들을 위해 좋은 일 하셨습니다. 아무튼 인혜라는 여자아이를 잘 아시죠?"

"알다 뿐입니까. 인혜에게 무슨 일이라도 생겼나요?"

"아직 모릅니다. 조사 중입니다. 차후에 그 여자아이를 찾은 뒤 혹시라도 할아버지께 여쭤볼 것이 있으면 다시 오겠습니다. 그때도 협조 부탁드립니다. 오늘은 결례가 많았습니다. 아침에 눈만 뜨면 끔찍한 일들이 하도 많이 일어나는 세상이라 저희가 이러는 것이니 할아버지께서 이해해주세요. 많이 놀라셨죠? 죄송합니다."

경찰관은 정중히 말했다. 경찰관의 말이 끝나기가 무섭게 용팔이 노인을 향해 물었다.

"그렇다면 인혜는 어디로 간 거예요?"

"그걸 내가 어떻게 알아요? 그렇게 안 봤는데 참으로 경솔한 사람이군요."

마당으로 내려가 있던 영선이 마루로 올라와 할아버지를 향해 머리를 조아리며 말했다.

"어르신, 정말 죄송합니다. 세상에 끔찍한 일들이 하도 많으니까 제 남편이 어르신을 오해했어요. 정말 죄송합니다. 제가 대신 사과드릴게요. 정말 죄송합니다. 어르신……."

용팔은 경찰관들을 향해 당당히 말했다.

"확실한 증거도 없이 전화 드려 죄송합니다. 여자아이 행방이 아직도 묘연하니 상황이 끝난 것은 아닙니다. 이런 일들이 빈번히 일어나 신고한 것이니 저희들 입장도 이해해주세요. 제가 과민하게 대처했다면 죄송합니다."

용팔은 경찰관들을 향해 정중히 사과했다. 경찰관 한 명이 용팔을 향해 웃으며 말했다.

"아닙니다. 잘하셨습니다. 어른들이 깨어 있어야 우리 아이들을 지킬 수 있습니다. 할아버지껜 본의 아니게 결례를 했지만 신고는 잘하셨습니다."

노인은 같잖다는 표정으로 그들을 바라보고는 피식 웃으며 말했다.

"당신들은 모두 정의로운 사람들이고 나만 좆됐네."

노인은 그렇게 말하고 텔레비전 화면으로 얼른 눈을 돌렸다.

"어르신, 죄송합니다. 정말 죄송합니다."

영선이 노인에게 머리를 조아리며 사과했다.

"죄송이고 뭐고 빨리 나가세요. 우리 아들하고 며느리 집에 있었으면 어쩔 뻔했어요? 나잇살이나 먹어가지고 가족들한테 파렴치범으로 오해받으면 당신들이 책임질 거야?"

소리치는 노인의 주름진 이마 위에 굵은 핏대가 서 있었다. 경찰관 한 명이 노인을 향해 정중히 사과했다.

"어르신, 죄송합니다. 요즘은 이런 일들이 빈번해서 저희가 결례를 했습니다. 죄송합니다, 어르신."

"알았어요. 우리 아들하고 며느리 오기 전에 어서 가세요."

노인은 화난 목소리로 또박또박 말했다.

용팔은 몹시 민망했지만 그 집을 빠져나올 때까지 끝끝내 노인에게 사과하지 않았다. 다시 보아도 노인의 눈빛 속에 검은 그림자가 숨어 있다고 용팔은 생각했다. 집을 나와 잠시 대화를 나눈 뒤 경찰은 갔다. 오토바이 뒷자리에 오르며 영선이 용팔에게 나직이 말했다.

"당신 말대로 눈앞에서 영화 같은 일이 벌어졌네. 당신 감방 가고 싶어? 무단 가택 침입 죄로 할아버지가 당신 고발하면 어쩌려고 도둑처럼 담을 넘어?"

"으흠, 으흠……. 내 시나리오는 이게 아닌데. ……으흠, 으흠……."

용팔은 난감한 표정을 지으며 말했다.

"시나리오는 개뿔……. 빨리 인석이네 집으로 가."

영선은 인상을 잔뜩 찌푸리며 용팔을 향해 소리쳤다. 영선의 지청구에도 용팔은 아무 말 할 수 없었다. 영선이 이죽거렸다.

"장용팔 씨, 둔하기 짝이 없는 당신의 촉과 예민한 내 촉이 세상을 어떻게 분별하는지 잘 보라며?"

"아직 끝나지 않았어."라는 말을 마음 깊은 곳으로 삼키며 용팔은 오토바이를 세워둔 곳으로 걸어갔다. 용팔이 영선에게 말했다.

"미안한데 잠깐만 기다려."

"왜?"

"잠깐이면 돼."

용팔은 윗주머니에서 스프링 수첩과 볼펜을 꺼냈다.

"나중에 써. 지금 그걸 쓰고 싶냐?"

영선이 불평 섞인 목소리로 말했다.

"안 돼. 써야 돼. 내 대가리 믿었다가 그냥 날린 게 한두 개가 아냐. 잠깐이면 돼."

"그럼 빨리 써."

영선은 마뜩잖은 표정으로 말했다. 용팔은 선 채로 방금
전 떠오른 생각들을 빠른 속도로 써내려갔다.

> '음악은 음표 안에 있지 않고 음표와 음표 사이에 있
> 는 침묵 속에 있다.'는 모차르트의 말을 나는 신뢰한다.
> 슬픔과 슬픔 사이의 침묵을 노래하자. 고통과 고통 사이
> 의 침묵을 노래하자. 체 게바라처럼. 넬슨 만델라처럼.
> 안중근처럼. 이순신처럼. 어둠 속에서도 바다는 푸르다.

용팔은 서둘러 스프링 수첩과 볼펜을 윗주머니에 넣었다.

"다 썼어?"

영선이 물었다. 용팔은 대답 없이 오토바이 시동을 걸었
다. 오토바이는 어둠을 가르고 다시 인석의 집으로 향했다.
영선이 용팔에게 말했다.

"그 할아버지 전직 교장 맞아?"

"왜?"

"할아버지가 자기만 좆됐다고 했잖아. 당신도 들었지?"

"응. 나도 들었어."

"설마 전직 교장 선생님이 "나만 좆됐네." 그런 욕 할까? 교
장이라는 거 뜬소문인가 봐."

"교장은 사람 아니냐. 성질나면 욕할 수도 있지. 그리고 내가 봤을 땐 그 사람 교장 아니야. 눈빛 봐라. 눈빛이 음흉하잖아. 안 그래?"

"눈빛은 선해 보이던데."

"선해 보이기는……. 당신은 아직 멀었어. 아직 사람 볼 줄 몰라."

용팔은 긴장 가득한 얼굴로 한숨을 내쉬며 말했다. 오토바이가 차도로 들어섰을 때 영선이 큰 소리로 용팔에게 말했다.

"장용팔 씨, 목이 컬컬한데 잣 사다가 잣 까서 잣막걸리나 만들어 마실까?"

영선은 그렇게 말하고 나서 큰 소리로 웃었다. 영선의 과장된 웃음에 오토바이가 이리저리 흔들렸다. 양팔로 오토바이 중심을 잡으며 용팔도 기가 막힌 듯 너털웃음을 웃으며 말했다.

"오영선, 엉덩이 흔들지 마. 여기서 넘어지면 '잣'돼."

인석이 있는 집으로 다시 돌아왔지만 인혜는 집에 없었다. 용팔은 활짝 열린 방문 밖에 서서 근심스러운 얼굴로 거듭 손목시계만 들여다보았다.

"당신도 방으로 들어와."

"난 괜찮아. 여기 있을게."

"다리 아픈데 왜 거기 서 있어?"

"괜찮다니까."

"하여간에 고집도."

가게에 딸린 썰렁한 방에 혼자 남아 있을 동배 생각에 영선은 애를 태웠다. 그렇다고 모른 척 집에 갈 수도 없었다. 영선이 인석에게 물었다.

"인석아, 외삼촌 집엔 언제 가니?"

"원래는 지난 일요일 날 가기로 했어요. 근데 삼촌 집에 일이 생겨서 내일 가요. 삼촌이 내일 저녁에 오신다고 했거든요."

"아아, 그렇구나. 내일 가는구나."

영선은 원망스러운 눈빛으로 방문 밖에 서 있는 용팔을 힐끗 바라봤다. 용팔은 고개를 갸웃거리며 민망한 낯빛으로 영선의 얼굴을 빤히 바라보았다. 영선이 인석에게 다시 물었다.

"인석아, 누나는 어디 갔을까? 짐작되는 곳 없니?"

"네."

인석의 눈에 눈물이 그렁 맺혔다.

"인석아, 울지 마. 누나 올 거야. 아줌마가 얼른 집에 갔다가 다시 올게. 아줌마 아들 동배 알지? 지금 집에 혼자 있거든. 혼자 있어서 무섭대. 아줌마가 얼른 집에 가서 동배 데리고 올게."

영선은 뺨 위로 흘러내리는 인석의 눈물을 닦아주며 말했다. 잠시 후 영선이 용팔에게 말했다.

"여보, 일단 집으로 가자고. 당신은 집에 있고 나는 다시 와야지."

"당신 혼자 여길 온다고?"

용팔이 놀란 눈빛으로 영선에게 물었다.

"아이가 안 돌아왔는데 나라도 당연히 와야지."

잠시 후 영선의 눈치를 살피며 용팔이 말했다.

"동현인 아직 안 들어왔어?"

"응."

"동현이 그놈은 하필 이럴 때 없냐?"

"동현이가 이런 사정을 알 리 없지."

"동현이한테 전화해봤어?"

"수십 통 했지. 뭔 짓을 하고 있는지 전화 안 받아."

용팔은 자리에서 벌떡 일어서며 말했다.

"내가 얼른 집에 가서 동배 데리고 올게."

"그럴 거야? 그래주면 고맙지. 당신 말대로 영화 같은 일이 눈앞에 펼쳐지네."

용팔을 빤히 바라보며 영선이 말했다.

"아직 끝나지 않았어. 안심하지 마."

용팔은 또다시 아리송한 이야기를 의문처럼 남긴 채 대문을 나섰다. 용팔의 말대로 아직 끝나진 않은 걸까 영선은 생각했다. 영선의 눈빛이 혼들렸다.

  용팔은 다급한 마음에 전속력으로 집을 향해 달렸다. 상황이 아직 끝나지 않았다는 불길한 예감이 용팔의 마음을 무겁게 짓눌렀다.

  가게에 이르러 다급히 오토바이를 세웠다. 조심스럽게 다가오는 어린 고양이들을 보고도 용팔은 모른 체했다. 용팔은 출입문을 향해 빠른 걸음으로 걷다가 갑자기 걸음을 멈췄다. 밤이 내려앉은 고래반점 담벼락에 검은 실루엣이 보였다. 용팔은 발걸음 소리를 죽이며 한 걸음 한 걸음 조심스럽게 다가갔다. 인혜였다. 인혜는 차란차란 물이 담긴 양동이에서 솔을 꺼내 담벼락의 낙서를 지우고 있었다. 며칠 전 동네 아이들이 붉은색 스프레이로 큼지막하게 써놓은 낙서였다.

  용팔은 더 이상 다가갈 수 없어 발길을 돌려 오토바이를 세워둔 곳으로 다시 걸어갔다. 지난겨울 추운 날씨에 장갑도 없이 고래반점 담벼락의 낙서를 지우던 아이들의 모습이 떠올랐다. 그때 벽 뒤에 잠잠히 숨어서 들었던 아이들의 대화도 또렷이 기억났다. 인혜는 인석에게 아저씨는 우릴 미워하지 않는다고, 아저씨가 우리를 미워했다면 아줌마도 우리에게 짜장면을 주지 못했을 거라고 말했었다. 용팔은 고개를 돌려 멀지 않은 곳에 있는 인혜를 바라보았다.

잠시 후 용팔은 용기를 내어 성큼성큼 큰 걸음으로 인혜가 있는 곳으로 다가갔다. 갑작스럽게 용팔을 만난 인혜 얼굴에 당황스러운 빛이 역력했다.

"……안녕하세요?"

용팔은 인혜 얼굴을 처연히 바라보았을 뿐 아무 말도 할 수 없었다. 잠시 침묵이 흐른 뒤 용팔이 말했다.

"……으흠, 으흠……. 다행이다. 여기 있었구나."

인혜는 잠시 용팔을 바라보다가 고개를 숙였다. 낙서 가득한 벽을 바라보며 인혜가 울먹이며 말했다.

"……안 지워져요."

용팔은 인혜에게 아무 말도 할 수 없었다.

"……비누로 지워도 안 지워져요."

인혜 뺨 위로 눈물이 흘러내렸다. 용팔은 인혜와 눈을 마주치치 않은 채 퉁명스럽게 말했다.

"집으로 가자. 오토바이로 데려다줄게."

물이 담긴 양동이를 들고 앞서 걸어가는 용팔의 뺨 위로 눈물이 흘러내렸다.

용팔이 가게 서터 문을 열고 들어가자 동배가 방에서 뛰어나왔다.

"아빠, 어디 갔다 왔어?"

"형 안 들어왔지?"

"응."

"혼자 있기 무섭지 않았어?"

"안 무서웠어. 엄마는?"

"동배야, 아빠랑 같이 나가자."

"어디 가는데?"

"가보면 알아. 엄마도 거기 있어."

"아빠, 나 과학 숙제해야 돼. 내가 내일 우리 모둠 대표로 발표해야 하거든. 어떡하지?"

"뭘 어떡해? 집에서 숙제해야지. 아빠가 밖에서 자물쇠 채우면 귀신도 못 들어와. 숙제하고 있어. 가서 엄마 데리고 올게. 그렇게 늦진 않을 거야. 알았지?"

"응. 나 하나도 안 무서워."

"그래야지. 사내놈이 뭐가 무서워. 똥빼야, 요즘 드라마 참 재밌어. 그치?"

"……어?"

"똥빼, 너 지금 드라마 보고 있는 거 다 알아. 똥빼 네가 왜 귀여운 줄 아니? 너는 거짓말을 해도 투명하게 해. 속이 다 보여. 그래서 밉지 않아."

용팔을 멀뚱히 바라보던 동배는 히죽 웃으며 쏜살같이 방으로 뛰어 들어갔다. 용팔은 서둘러 가게 밖으로 나갔다. 출

입문에서 몇 걸음 떨어진 곳에 인혜가 서 있었다. 용팔이 서
터 문을 내리고 자물쇠를 채우려 할 때 인혜가 다가왔다. 인
혜가 작은 목소리로 용팔을 향해 말했다.

"저희들 내일 밤에 외삼촌 집으로 가요. 가기 전에 아줌마하
고 아저씨한테 인사드리려고 왔어요. 아저씨, 고맙습니다."

인혜는 눈물을 글썽이며 말했다. 인혜는 아무 말 없이 용
팔을 향해 흰색 비닐봉지 하나를 내밀었다. 용팔은 잠시 망
설이다 인혜가 건네준 봉지를 받았다. 봉지 속엔 단팥빵 두
개와 카스텔라 한 개가 들어 있었다. 용팔은 눈물을 글썽이
며 아무 말도 할 수 없었다. 용팔은 서터 문을 다시 올리고 가
게 안으로 들어가 인혜가 준 카스텔라를 봉지에서 꺼내 계산
대 아래 서랍에 넣어두었다. 단팥빵 두 개는 계산대 위에 올
려두었다. 용팔은 서둘러 가게 밖으로 나갔다.

"가자."

용팔은 인혜를 바라보며 나직이 말했다. 용팔은 인혜가 가
져온 양동이와 비누와 솔을 한 손에 들고 오토바이가 있는 곳
으로 앞장서 걸었다. 용팔은 아무 말 없이 오토바이 헬멧을
인혜에게 씌워주었다.

"으흠, 으흠……. 아저씨 허리 꼭 붙들어. ……으흠, 으
흠……. 알았지?"

"네."

인혜는 다른 때와는 달리 큰 소리로 대답했다.

용팔도 인혜와 인석이가 살고 있는 작은방으로 들어갔다. 용팔이 조심스럽게 인혜에게 물었다.

"으흠, 으흠…… 네 동생 말을 들어보니까, 오늘 네가 어떤 할아버지 전화를 받았다고 하던데 그 할아버지가 누구니? 어떤 것도 숨기지 말고 솔직히 말해야 돼."

"낮에 재활용센터 할아버지 전화를 받았어요. 저희 집에 있는 가구는 너무 낡아서 가져가지 않겠다고 하셨어요."

"오늘 재활용센터 할아버지 전화만 받은 거니? 다른 할아버지 전화는 없었어?"

"네."

"분명하지?"

"네."

인혜는 머리를 끄덕이며 분명하게 말했다.

"무엇이든 감추면 안 돼. 마지막으로 한 번만 더 물을게. 오늘 다른 할아버지 전화 받은 적은 정말 없는 거지?"

"네, 없어요."

"그럼 됐다."

용팔은 안도의 숨을 내쉬고 고개를 숙였다. 용팔의 눈에 어느새 눈물이 고였다. 영선은 용팔을 잠시 바라보고 나서 인혜에게 말했다.

"인혜야, 오늘 너 때문에 아줌마하고 아저씨가 얼마나 걱정했는데. 무사히 돌아와서 정말 다행이다."

"걱정 끼쳐 드려 죄송합니다."

"이렇게 만났으니 됐어. 그동안 왜 우리 가게에 한 번도 안왔니? 아줌마가 얼마나 기다렸는데. 그동안 어떻게 지냈어?"

영선이 환하게 웃으며 인혜의 손을 잡았다.

"저희들은 잘 지냈어요."

인혜는 담담한 목소리로 말했다. 인석은 인혜 옆에 앉아 엄지손가락을 빨고 있었다.

"우리 귀여운 인석이도 다시 만나 좋구나."

영선의 말에 인석이 해죽 웃었다. 인석은 다시 엄지손가락을 빨았다.

"인석아. 왜 그동안 아줌마 가게에 한 번도 놀러오지 않았어. 보고 싶었는데……. 혹시나 너희들이 외삼촌 집으로 간것은 아닐까 걱정하며 왔어. 인석아, 그동안 아줌마네 집 짜장면 먹고 싶지 않았어?"

영선의 물음에 인석은 인혜 눈치를 살폈을 뿐 아무 말도 하지 않았다. 인석은 말없이 용팔을 바라보았다. 용팔은 당황한 기색으로 헛기침을 시작했다.

"……으흠, 으흠……. 그동안 잘 지냈냐? 인……석아?"

용팔은 수줍은 표정으로 더듬거리며 말했다.

"어! 아저씨도 제 이름 아세요?"

"그럼 알지. 으흠, 으흠……. 아줌마가 너희 엄마 친구니까 당연히 네 이름을 알지. 으흠, 으흠……."

영선은 인혜와 인석이 살고 있는 남루한 방 안 풍경을 둘러보며 아픈 마음을 감추지 못했다. 영선이 인혜를 바라보며 말했다.

"인혜야, 그동안 많이 힘들었지?"

"아니요. 힘들지 않았어요. 일주일 전에도 외삼촌 다녀가셨어요. 주인아줌마랑 아저씨도 저희들에게 잘해주셨어요, 주인집 할아버지도 잘해주셨고요."

"내일 가는구나. 그것도 모르고 이제 와서 미안하다, 인혜야……. 여기 오면서도 혹시나 너희들이 외삼촌 집으로 갔을까 봐 얼마나 마음 졸였다고. 인혜야, 인석아, 아줌마 아저씨가 너희들 주려고 탕수육 만들어왔어. 군만두도 만들어왔고."

영선은 커다란 비닐봉지에 담겨 있는 탕수육과 군만두를 꺼내 정성스럽게 비닐을 벗겼다. 영선은 속상한 표정을 지으며 말했다.

"따끈할 때 먹어야 맛있는데 다 식어버렸구나. 이걸 어쩌니? 데워 먹을 전자레인지도 없고……."

인석은 잔뜩 신이 나 달뜬 목소리로 말했다.

"와! 맛있겠다. 아줌마, 아저씨, 고맙습니다."

"인석아, 많이 먹어."

영선이 인석의 등을 쓰다듬으며 말했다. 인석이 탕수육을 입에 넣고 오물거리며 인혜에게 말했다.

"누나, 탕수육 먹어. 완전 맛있어."

"아줌마 아저씨도 좀 드세요."

인혜가 영선과 용팔 앞으로 젓가락을 놓으며 말했다. 영선이 인혜를 향해 손사래를 치며 말했다.

"인혜야, 우리는 저녁 먹고 왔어. 더 이상 들어갈 데가 없어. 이거 봐라, 이거 봐."

영선은 용팔의 불룩 나온 배를 손가락으로 꾹꾹 누르며 말했다.

"이 사람이 왜 남의 배를 누르고 있어. 쪽팔리게."

용팔은 불룩한 자신의 배를 안으로 쑤욱 밀어 넣으며 민망한 듯 웃었다. 영선은 군만두를 허겁지겁 먹고 있는 인석에게 말했다.

"인석아, 천천히 꼭꼭 씹어서 먹어. 빨리 먹으면 체하니까."

"네. 아줌마. 천천히 먹을게요."

"인혜야, 내일이면 아주 떠난다니 서운해서 어쩌냐."

영선은 쓸쓸히 웃으며 말했다. 인혜가 영선과 용팔을 번갈아 바라보며 말했다.

"아저씨, 아줌마처럼 저희들에게 잘해주신 분 없어요. 아저씨, 아줌마, 고맙습니다."

"인혜야, 아직도 어린 네가 이렇게 다 커버렸으니 어쩌냐? 초등학교 6학년이면 한창 어리광 부릴 나인데……."

영선의 말에 눈물이 가득했다. 잠시 침묵이 흘렀다. 용팔이 헛기침을 하며 아이들을 향해 말했다.

"……으흠, 으흠……. 인혜야, 인석아, 아저씨가 재밌는 옛날이야기 해줄까?"

용팔의 말이 끝나기가 무섭게 영선이 거들었다.

"인석아, 아저씨는 재미있는 옛날이야기 대빵 많이 알아."

"아저씨, 해주세요."

인석이 군만두를 오물거리며 말했다.

"으흠, 으흠……. 좋았어. 그럼 잘 들어라. 시작한다. 옛날 옛날에 욕심쟁이 거미 한 마리가 살고 있었어. 욕심쟁이 거미는 불빛이 환한 가로등 밑에 집을 지어놓았어. 거미들은 거미줄에 걸린 곤충을 먹고 사는 거, 너희들도 알고 있지?"

"네. 거미줄에 한 번 걸리면 잠자리도 나비도 절대로 못 빠져나와요."

인석이 큰 소리로 대답했다.

"그렇지. 거미줄에 한 번 걸리면 힘센 매미도 쉽사리 못 빠져나와. 근데, 거미가 왜 불빛이 환한 가로등 밑에 집을 지어

놓았을까?"

용팔의 물음에 인석이가 환한 얼굴로 대답했다.

"곤충들이 불빛을 좋아해서 불빛이 있는 곳으로 많이 날아 오니까요. 그러니까 거미가 가로등 불빛 아래 거미집을 지어 놓으면 거미줄에 걸리는 곤충도 많아지잖아요."

"딩동댕!"

용팔은 경쾌한 목소리로 종을 쳤다. 용팔이 달뜬 얼굴로 다시 말했다.

"와! 인석이 정말 똑똑하네. 아무튼 욕심쟁이 거미는 가로 등 환한 불빛을 이용해서 다른 거미들보다 많은 먹이를 잡을 수 있었어. 그렇다면 욕심쟁이 거미는 뚱뚱한 돼지가 됐을 까, 아니면 비쩍 마른 갈비씨가 됐을까?"

"당연히 돼지가 됐겠지요. 먹을 게 많아서 만날 만날 먹기 만 할 테니까요."

인석이 확신에 찬 표정으로 말했다.

"땡! 틀렸어."

용팔은 여전히 경쾌한 목소리로 그러나 단호하게 말했다. 난감해하는 인석을 바라보며 잠시 후 용팔이 말을 이었다.

"욕심쟁이 거미는 먹을 게 아주 많았는데도 매일매일 살이 빠져서 비쩍 마른 갈비씨가 됐거든. 왜 그랬을까?"

용팔은 인혜와 인석의 얼굴을 번갈아 바라보며 물었다. 용팔의 물음에 인석이 재빠르게 대답했다.

"알아요. 너무 많이 먹어서 배탈 난 거죠?"

"땡!"

용팔은 이번에도 경쾌한 목소리로 종을 쳤다. 잠시 후 용팔이 말을 이었다.

"사람이든 동물이든 배탈이 날 만큼 매일매일 많이 먹을 수는 없거든. 매일매일 배탈 나는 사람은 없잖아, 그치?"

"아저씨, 그럼 욕심쟁이 거미는 왜 비쩍 마른 갈비씨가 됐나요?"

인석이 뚱한 표정으로 물었다. 인석의 물음에 용팔은 다시 헛기침을 시작했다.

"으흠, 으흠…… 인혜야 인석아, 지금부터 아저씨가 하는 말 잘 들어야 돼. 욕심쟁이 거미가 갈비씨가 된 건 가로등 불빛 때문이야. 가로등 불빛 때문에 눈이 부셔 욕심쟁이 거미는 깊은 잠을 잘 수 없었던 거야. 사람도 불빛이 너무 환하면 깊은 잠을 잘 수 없어서 점점 갈비씨가 되고 나중엔 목숨을 잃을 수도 있거든. 아저씨가 하는 말 무슨 뜻인지 알겠니?"

"아저씨, 완전 재밌어요."

인석은 환하게 웃으며 말했다. 용팔은 인석의 얼굴을 잠시 바라보다가 다시 헛기침을 시작했다. 용팔의 표정 속에 망설임과 주저함이 가득했다. 용팔은 더듬거리며 말했다.

"으흠, 으흠······. 욕심쟁이 거미는 곤충을 많이 잡아 배불리 먹으려고 가로등 불빛이 환한 곳에 거미집을 지어놓았는데, 불빛이 너무 환해서 잠을 잘 수 없었던 거야. 으흠, 으흠······. 그러니까······ 그러니까 말이다······. 먹을 것이 많다고 해서, 그리고 좋은 집에 산다고 해서 더 행복한 것만은 아냐. 욕심쟁이 거미는 하나만 생각했지 둘은 생각하지 못했잖아. 욕심이 지나치면 욕심쟁이 거미처럼 하나만 생각하고 둘을 생각하지 못하니까 중요한 것을 놓치게 되어 있어. 힘내라. 으흠, 으흠······. 인혜야, 인석아······. 으흠, 으흠······ 아저씨가 미안하다."

용팔은 그렇게 말하고 고개를 숙였다.

"······아니에요, 아저씨."

인혜가 슬픈 표정을 지으며 말했다. 용팔이 고개를 숙인 채 다시 말했다.

"인혜야, 인석아, 미안하다. 아저씨가 너희들을 쌀쌀맞게 대했지만 아저씨 본심은 아니었어."

잠시 침묵이 흘렀다. 영선이 인혜와 인석에게 말했다.

"이제는 아저씨 마음 알겠지? 아저씨도 너희들을 싫어하지 않았어. 오해하면 안 돼."

"저희도 알고 있었어요."

나직한 목소리로 인혜가 말했다. 잠시 침묵이 흘렀다. 영선이 환하게 웃으며 인석에게 말했다.

"인석아, 바닷가 외삼촌 집으로 이사 가니까 좋니?"

"네, 완전 좋아요. 아줌마, 아저씨도 우리 외삼촌 집으로 놀러 오세요. 만리포에 가면 외삼촌하고 배 타고 나가서 큰 물고기도 많이 잡아요. 개구리도 잠자리도 매미도 얼마나 많은데요. 캄캄한 밤이 되면 하늘에 별도 정말 많아요."

"인석인 좋겠다. 바닷가에 살아서."

영선이 웃으며 말했다. 인석의 말을 듣고 용팔이 헛기침을 하며 말했다.

"으흠, 으흠…… 너희들 외삼촌 집으로 내려가기 전에 짜장면 먹고 싶으면 아저씨네 가게로 놀러 와라. 아저씨가 짜장면 만들어줄 테니까. 아저씨가 아줌마보다 짜장면 훨씬 더 잘 만들거든. 근데 올 수 있는 날이 내일 하루밖에 없구나. 내일 밤에 간다 그랬지? 낮엔 올 수 있겠네."

환하게 웃고 있는 인석을 바라보며 용팔이 말을 이었다.

"내일 오면 아저씨가 더 재밌는 옛날이야기 해줄게. 내일 낮에 올 수 있지?"

"네, 아저씨, 내일 갈 수 있어요. 삼촌은 저녁에 오시거든요. 근데요. 짜장면 말고 탕수육 먹어도 되나요?"

"인석아. 그런 말 하는 거 아냐."

인석의 다리를 툭 치며 인혜가 말했다. 민망해하는 인석을 바라보며 용팔이 익살스럽게 말했다.

"아니다. 괜찮다. 탕수육 먹고 싶으면 말해. 돈 내고 먹으면 되니까. 탕수육은 좀 비싸거든."

"헐……."

인혜가 당황스러운 눈빛으로 말했다.

"인혜야, 너도 그런 말 할 줄 아니? 철들었어도 아이는 아이로구나."

영선이 웃음을 터트리며 말했다. 용팔은 다시 헛기침을 시작했다.

"으흠, 으흠……. 인석아, 저기 말이다……. 아저씨를 위해 노래 좀 불러줄래? 아저씨가 듣고 싶은 노래가 있는데 그 노래 불러주면 내일 점심때 탕수육도 해줄게."

"네. 아저씨. 부를게요. 어떤 노래 부를까요?"

인석의 묻는 말에 용팔은 잠시 머뭇거렸다. 용팔은 고개를 숙인 채 헛기침을 하며 말했다. 용팔의 목소리는 떨리고 있었다.

"으흠, 으흠……. 그 노래 있잖아……. 으흠, 으흠……. 〈즐거운…… 나의 집〉."

"아, 〈즐거운 나의 집〉이요? 저 그 노래 알아요."

인석은 자리에서 벌떡 일어나 노래를 불렀다.

노래가 끝나기도 전에 용팔의 눈물이 뺨을 타고 흘러내렸다. 용팔은 혼자 방문을 빠져나와 밤하늘을 올려다보았다. 푸른 별빛이 밤하늘에 가득했다. 달빛도 환했다.

한참 동안 밤하늘을 바라보다가 용팔은 윗주머니에서 스프링 수첩과 볼펜을 꺼냈다. 용팔은 달빛 아래 서서 방금 전 떠오른 생각을 수첩 위에 써내려갔다.

옥토沃土는 씨앗을 받기 위해 자신을 송두리째 갈아엎었다. 옥토의 자기부인이 없었다면 풍성한 결실도 없었다. 자아를 내려놓아야 만날 수 있는 진실이 있다. 그러나 자아를 내려놓는다는 것이 가능한 일일까.

14

운전을 하며 용팔이 인하에게 물었다.

"정 선생, 오늘 스케줄이 환기 미술관 갔다가 점심 먹고 에버랜드로 가는 거 맞지?"

"네. 저는 그렇게 알고 있습니다."

긴 하품을 하며 영선이 용팔에게 물었다.

"에버랜드 가면 당신은 뭐 탈 건데?"

"회전목마."

"만날 애들 타는 것만 타지 말고 이번엔 T-익스프레스 도전해봐."

"나보고 롤러코스터 타라고?"

"응."

"오영선, 과부 되고 싶구나?"

"말 좀 예쁘게 해라. 하여간에 말 참 무식하게 해."

"당신은 개구리 못 만지잖아. 사람마다 못 하는 게 있는 거야."

잠시 후 어색한 분위기를 수습하려는 듯 용팔이 인하에게 물었다.

"정 선생은 뭐 탈 거야?"

"T-익스프레스요."

"헐!"

용팔은 허허로운 눈빛으로 인하를 바라보았다. 용팔이 정인에게 물었다.

"정인 씨는 뭐 타실 거예요?"

"모조리 다요. T-익스프레스, 독수리요새, 롤링 엑스 트레인, 더블 락스핀, 허리케인까지 다 탈 거예요."

"무섭지 않으세요?"

"무섭죠."

"무서운데 왜 타요?"

"무서우니까 타죠."

"네?"

"무서워서 비명 지르는 거예요."

웃고 있는 정인의 얼굴엔 설렘이 가득했다. 용팔은 할 말이 없었다. 잠시 후 용팔이 인하에게 물었다.

"정 선생, 김환기 그림 〈우주〉가 홍콩 크리스티 경매에서 132억에 팔렸다면서? 누가 샀을까?"

"아무도 모르죠. 누가 샀는지는 비밀이니까요."

"틀림없이 졸부는 아닐 거야. 그림은 돈으로 사는 게 아니라 안목으로 사는 거니까."

"500년 전 레오나르도 다빈치가 그린 예수 초상화 〈살바토르 문디〉는 5,000억 원에 팔렸답니다. 〈살바토르 문디〉는 처음에 짝퉁으로 취급받아 1958년 경매가가 7만 원이었어요. 나중에 진품으로 밝혀지면서 5,000억 원이 됐어요. 7만 원짜리 그림이 59년 만에 5,000억 원이 된 거예요. 대박이죠?"

"와아! 대박……!"

용팔은 믿을 수 없다는 듯 감탄사를 날렸다. 영선도 놀란 표정으로 말했다.

"방탄소년단이 뮤직비디오 찍을 때 입은 옷이 미국 온라인 경매에서 1억 8,000만 원에 팔렸다는 기사 보고 깜놀했는데 그림 한 장이 5,000억이요? 대박……."

영선이 다시 말했다.

"정인 씨, 정인 씨가 그린 그림 보고 싶어요. 전시회 언제 하세요?"

"이번 겨울에요."

"정인 씨는 어떤 그림을 그릴지 궁금해요. 꼭 초대해주세요."

"네."

잠시 후 인하가 정인에게 물었다.

"정인 씨, 김환기 그림 〈우주〉 보신 적 있다고 했죠?"

"네. 오래전에 한 번 봤어요."

"느낌이 어땠나요?"

"김환기의 〈우주〉는 독립된 두 개의 그림을 나란히 붙여놓은 그림입니다. 두 개의 그림을 붙이면 가로세로 모두 2미터가 넘어요. 그림 속엔 완벽한 우주가 담겨 있습니다. 언제 다시 그 그림을 볼 수 있을까요? 132억 원에 팔렸으니 김환기의 〈우주〉는 얼마나 깊은 곳으로 들어갔을까요?"

정인의 목소리가 흔들렸다. 용팔은 마음이 찌르르 아팠다. 눈으로 볼 수도 없는 그림을 그리워하는 사람이 있었다. 한참 동안 침묵이 지나갔다. 아픈 마음을 누르며 용팔이 말했다.

"나는 신윤복 그림이 좋아. 길바닥에서 아무렇지도 않게 짝짓기 하는 개새끼들을 음탕한 눈빛으로 바라보는 양반집 처녀를 신윤복은 적나라하게 그렸잖아. 신윤복은 조선 양반의 위선과 타락과 권위주의를 난도질한 거야. 혁명가처럼."

영선은 흐뭇한 표정으로 용팔을 바라보았다. 잠시 후 용팔이 인하에게 물었다.

"정 선생, 쓰고 있는 소설은 잘 되고 있지?"

"네. 그럭저럭 쓰고 있어요."

"소설 제목은 정했어?"

"아직 못 정했어요. 시간 많아요."

"정 선생도『소설작법』읽어봤지?"

"휘트 버넷이요?"

"읽었구나?"

"네. 몇 년 전 우리 동아리에서 같이 읽었잖아요."

"아아, 맞다. 우리 동아리에서 읽은 책이구나. 기억난다. 내 대가리가 이래."

"오래전에 읽은 책이라 저도 내용은 가물거려요."

"정 선생, 그 책에 나오는 요트 이야기 기억나지?"

"네. 기억나요."

"나는 그 이야기가 잊히질 않아. 나한테 들려주는 이야기 같아."

바로 그때 정인이 두 사람의 대화 속으로 들어왔다.

"인하 씨, 그 이야기 해주세요."

"요트 이야기요?"

"네."

인하는 깊은 생각에 잠긴 듯 하늘을 향해 눈꺼풀을 여러 번 깜박거렸다. 잠시 뒤 인하가 말했다.

"휘트 버넷의『소설작법』에 나오는 이야기입니다. 부둣가를 지나던 한 소년이 부둣가에 정박된 화려한 요트를 발견했습니다. 소년은 요트 주인에게 다가가 물었습니다. '이 요트 얼마예요?' 요트 주인은 소년을 멀뚱히 바라보다가 이렇게 말했습니다. '너는 이 요트를 가질 수 없어.' 요트 주인은 소년에게 왜 이렇게 말했을까요?"

인하가 정인에게 물었다. 인하의 물음에 정인은 아무 말이 없었다. 잠시 후 인하가 말했다.

"요트 주인은 말했습니다. '네가 이 요트를 가질 수 없는 이유는 내게 요트의 가격을 물었기 때문이야.'"

인하의 말에 정인이 귀를 쫑긋 세웠다.

"그게 뭔 말이래?"

영선도 놀란 눈빛으로 끼어들었다. 용팔은 그들의 반응을 예감했다는 듯 통쾌한 표정이었다. 잠시 후 인하가 말했다.

"소년은 요트 주인에게 요트 가격을 묻지 말았어야 했어요. 가격을 물었으니 소년은 요트가 얼마인지 알았을 것입니다. 화려한 요트였으니 3억에서 5억쯤 됐겠죠. 소년은 한 살 한 살 나이를 먹으며 요트를 사기 위해 3억이나 5억을 마련한다는 것이 얼마나 어려운 일인지 알게 될 것입니다. 어느 날부터는 요트를 살 수 없는 불가능성에 대한 핑곗거리를 하나씩 하나씩 만들지도 몰라요. 예를 들면 이렇게요. '요트를 타고 먼바다로 나갔다가 폭풍을 만나면 나는 꼼짝없이 죽을 거야. 요트는 위험해.' 또 이런 핑계도 만들 수 있습니다. '요트를 보관하려면 항구에 정박시켜야 하는데 갑자기 몰아친 태풍 때문에 요트가 산산조각 날 수도 있잖아.'"

정인의 얼굴이 환해졌다. 용팔이 인하에게 물었다.

"휘트 버넷은 그 이야기를 통해 무슨 말을 하고 싶었던 걸까?"

"열망하는 것이 있으면 쫄지 말고 일단 시작하라. 불가능성이 핑곗거리를 만들기 전에. 이런 거 아닐까요?"

"맞아. 그래서 나도 용감하게 장편소설 집필 시작했잖아. 불가능성이 핑곗거리를 만들기 전에."

용팔은 웃으며 말했지만 마음이 찌르르 아팠다. 김환기 그림 앞에 애처롭게 서 있을 인하와 정인이 생각났다. 높이도, 깊이도, 넓이도 가늠할 수 없는 놀이기구 속에 앉아 속도를 감당해야 하는 인하와 정인은 어떤 모습일지 용팔은 가늠할 길이 없었다. 어쩌면 그것은 무한無限과 대적하는 일일지도 모른다고 용팔은 생각했다.

서울에 도착해 환기 미술관을 관람했다. 엄마의 세심함과 아빠의 무심함 속에서 균형감각을 배우는 아이처럼 용팔은 그림 앞에 섰다. 김환기 그림 속에 펼쳐진 '별'을 보고 단박에 '별'이라 해석할 순 없었지만, 그것이 '별'이라는 것을 알고 나면 이전에 알았던 '별'을 지울 수도 있겠다고 용팔은 생각했다. 핵심을 요약한다는 것은 변화무쌍한 삶의 상황들 속에서 '공통성'을 발견하는 것이라고, 김환기의 추상抽象이 말해주는 것 같았다.

　용인 에버랜드 출입문을 지나자마자 네 사람은 가장 가까운 캐릭터 숍에 들러 머리띠를 샀다. 용팔은 꽃게 머리띠를 했고 영선과 인하와 정인은 빨간 튤립 머리띠를 했다. 영선과 인하와 정인은 목이 쉬도록 다채로운 놀이기구를 탔다. 인하와 정인의 행복한 웃음을 바라보며 공간에 대한 기억만으로도 공간을 헤쳐 나갈 수 있다는 것을 용팔은 짐작할 수 있었다.

　집으로 돌아오는 차 안에서 영선과 인하와 정인은 내내 잠들어 있었다. 차가 읍내로 막 들어섰을 때 인하가 잠에서 깨어났다.

　"헐! 다 왔네요."

　"정 선생, 잘 잤어? 모두 죽은 줄 알았다."

　용팔은 낄낄거렸다. 용팔의 웃음소리에 영선과 정인이 깨어났다.

　"장 사장님, 저희는 씨티 극장 앞에 내려주시면 됩니다."

　"둘이서 오붓하게 술 마시려고?"

　"아닙니다. 같이 가세요. 대리 부르시면 되잖아요."

　"우리 똥빼 집에 혼자 있어. 빨리 가야 돼. 정인 씨, 안녕히 가세요. 오늘 즐거웠습니다. 저희 집에 자주 놀러오세요."

"장 사장님, 감사합니다. 사모님, 감사합니다."

"사모님 아니라니까요. 그냥, 언니……."

영선이 웃으며 말했다. 작별인사를 하고 인하와 정인은 떠났다. 영선이 용팔에게 말했다.

"우리 똥빼 기린 됐겠다."

"왜?"

"엄마 기다리다 목 빠졌을 거야."

"웃기시네. 오영선, 착각하지 마. 잔소리하는 엄마 없어서 똥빼 행복했을 거야."

"헐!"

영선은 용팔의 말을 도무지 인정할 수 없었다.

"뭐 해? 빨리 가!"

영선이 도끼눈을 뜨고 쏘아붙였다. 용팔은 집을 향해 힘껏 액셀러레이터를 밟았다.

인하와 정인은 씨티 극장 뒤편에 있는 횟집에 앉아 술을 마셨다. 커다란 횟집은 손님들로 가득했다. 밤 9시를 지날 무렵 인하가 정인에게 말했다.

"정인 씨, 잠깐만요. 장 사장님께 카톡 하나만 보낼게요."

인하는 핸드폰을 꺼내 익숙한 손놀림으로 용팔에게 카톡을 보냈다.

두 분께 감사합니다.

오늘은 저희들 최고의 날이었습니다.

제 마음 깊은 곳에 숨어 있던 것들이

오늘 다시 세상으로 나왔습니다.

뭐라 감사 말씀을 드려야 할지 모르겠습니다.

두고두고 갚겠습니다.

카톡을 보내기도 전에 인하 눈에 눈물이 맺혔다. 전송 버튼을 누르는 인하의 뺨 위로 눈물이 흘러내렸다.

"인하 씨, 울지 마요⋯⋯."

정인이 눈물을 글썽이며 인하에게 손수건을 건네주었다. 인하는 한참 동안 아무 말도 하지 못했다.

"정인 씨, 저 안 울어요. 제가 왜 울어요."

인하는 정인이 건네준 눈앞의 손수건도 알아차리지 못했다. 잠시 후 인하 핸드폰에서 카톡 알람이 울렸다.

정 선생, 2차 하고 있지?

그럴 줄 알았다. 용서해줄게.

이성 같은 건 모조리 지우고

욕망이 칼춤을 출 때까지 술 마셔.

오늘 밤엔 두 사람 모두 망가지기.

착한 사람 모조리 버리고

완전히 망가지기.

딱 스무 걸음이면 갈 수 있는 횟집에 앉아 용팔과 영선은 물끄러미 인하와 정인을 바라보고 있었다. 용팔이 영선에게 말했다.

"생선회는 우럭이 최고야."

"어떡해? 정 선생님 울고 있잖아……."

멀찍이 앉아 있는 인하를 바라보며 용팔의 눈에 금세 눈물이 고였다. 용팔이 작은 소리로 영선에게 물었다.

"우리 여기 있는 거 모르겠지?"

"당연히 모르지. 저 두 사람이 말하는 소리 여기까지 안 들리잖아? 당신은 들려?"

"아니. 안 들려."

"이따가 두 사람 헤어질 땐 어떻게 할 건데?"

"뭘 어떻게? 나는 정인하 뒤 따라가고 당신은 서정인 뒤 따라가야지. 임무 마치고 차에서 만나. 우리 차 어디 있는지 알지?"

"쉿! 작게 말하라니까……."

영선이 오른쪽 검지를 입술 위에 대고 속삭였다. 잠시 후 영선이 말했다.

"근데 말이야. 꼭 그렇게까지 할 필요 있을까? 우리가 이러

156

는 거 두 사람이 알면 불쾌할 수도 있어."

"걸리지만 않으면 돼. 정 선생은 내가 아끼는 사람이잖
아……."

"정 선생은 빈틈이 없어 재수 없다면서?"

"항상 좋기만 한 친구가 친구냐? 좋기도 하고 싫기도 하고
왔다 갔다 해야 진짜 친구지."

"그 말은 맞네. 좋기도 하고 싫기도 해야 진짜 친구지. 근데
두 사람이 택시 타고 가면 어쩌지?"

"택시 안 타. 정 선생도 정인 씨도 택시 타고 여러 번 봉변
당했어."

"쉿! 작게 말하라니까."

"오영선, 만약에 두 사람이 모텔로 가면 어떻게 할까? 우리
도 따라가야겠지?"

"미쳤어? 거길 왜 따라가?"

"좋잖아. 바로 옆방 잡자. 뼈와 살이 부서질 때까지 밤을 불
태우자고. 장렬하게……."

"미쳤구나?"

"응. 미쳤어."

용팔이 이기죽거리며 술잔을 들었다. 잠시 후 영선이 눈물
을 글썽이며 말했다.

"어떡해? 정 선생님 계속 울어……."

용팔은 애써 슬픔을 누르며 말했다.

"작전일 거야. 모텔로 가려면 모성애를 자극해야 하니까."

"어휴, 이 쓰레기……."

바로 그때 인하가 자리에서 벌떡 일어났다. 인하는 용팔과 영선이 있는 쪽으로 천천히 걸어왔다. 용팔과 영선은 깜짝 놀라 자세를 한껏 낮추었다. 용팔은 자신도 모르게 인하를 바라보며 웃음 지었다. 인하는 용팔과 영선이 앉아 있던 자리를 아무렇지도 않게 쓰윽 지나갔다. 화장실 쪽으로 걸어가던 인하가 테이블 모서리에 급작스레 한쪽 다리를 부딪쳤다. 용팔은 "조심해!"라고 소리칠 뻔했다. 인하가 화장실로 들어간 뒤 용팔과 영선은 안도의 숨을 내쉬었다. 용팔이 빨개진 얼굴로 영선을 바라보며 작은 소리로 말했다.

"와아……. 좆될 뻔했다."

15

일요일 낮, 양희원은 서둘러 집을 나섰다. 정오를 지나고
있었다. 골목길을 걸어 차도로 막 빠져나가려 할 때 편의점
앞에서 용길을 만났다. 본체만체 걸어가는 용길에게로 양희
원이 다가갔다.

"양용길, 친구 집에서 자면 친구 집에서 잔다고 전화 좀 해
라. 엄마 걱정하시잖아."

"상관 마."

"눈은 또 왜 그래? 또 싸웠니?"

"네 마음대로 생각해라."

"눈알이 빨개. 병원 안 가도 되겠어?"

"응. 안 가."

"양용길, 부모 속 좀 그만 썩여라."

"씨발, 그 소리 좀 그만해. 지긋지긋하니까. 너나 잘해라."

용길은 피식 웃고 뒤돌아 걸어갔다.

"야! 양용길!"

양희원이 큰 소리로 용길을 불렀다. 용길은 걸음을 멈추고 고개를 돌려 양희원을 바라보았다. 양희원은 용길이 있는 곳으로 다가가 5만 원을 건넸다. 용길은 무표정한 얼굴로 양희원이 건넨 돈을 낚아채듯 받았다. 무색해진 얼굴로 양희원이 말했다.

"급식비는 다음 주에 줄게."

"주든지 말든지."

용길은 퉁명스럽게 양희원의 말을 받고 등을 돌려 걸어갔다. 양희원은 우두커니 서서 용길의 뒷모습을 바라보았다. 용길을 바라보는 양희원의 눈빛 속엔 원망이 가득했다. 너나 잘하라는 용길의 옹이 박힌 말을 양희원은 이해할 수 없었다.

양희원은 버스를 타고 사무실로 갔다. 월요일 아침까지 제출해야 할 서류의 참고문헌을 사무실에 두고 왔기 때문이다. 흐린 날씨 때문인지 대낮에도 사무실 복도는 어두웠다. 사무실 출입문을 열고 안쪽으로 한 걸음 들어갔다. 불을 켜려고 출입문 바로 왼쪽에 있는 스위치로 손을 가져갔다. 스위치를 누르려는 순간 양희원은 화들짝 놀라며 반사적으로 몸을 낮춰 사무실 한쪽 기둥 뒤로 재빨리 몸을 숨겼다. 빼꼼히 문이 열린 최대출 방안 풍경은 도무지 믿어지지 않았다. 최대출은 자신의 방 안 의자에 앉은 채 한 여성과 뒤엉켜 있었다. 먹이의 숨통을 조이는 뱀처럼 최대출과 뒤엉켜 있는 여자는 분식집 여자였다. 한낮의 숨 가쁜 시간을 주도하는 사람도 분명 그녀였다. 오크 책상 위엔 뚜껑이 열린 양주병이 놓여 있었고, 양주병 바로 옆에 양희원이 사온 브라와 팬티가 담겨 있는 백화점 쇼핑백이 쓰러져 있었다. 최대출이 속옷을 선물한 거래처 여직원은 분식집 여자였다.

양희원은 그림자처럼 사무실을 빠져나왔다. 양희원은 텅 빈 표정으로 머리를 가로저으며 어둑한 복도를 빠져나왔다. 분식집 여자의 천박한 풍만함이 자꾸만 울렁거렸다. 배신감인지 실망감인지 모를 그 무엇이 양희원의 깊은 곳에서 솟구쳐 올랐다. 최대출의 지시도 있었지만, 분식집 여자에게 사무실로 다시 오라고 비밀스럽게 귀띔해준 사람은 자신이었다. 그로부터 며칠 뒤 사무실로 다시 찾아온 그녀는 다른 사람이었다. 그녀의 옷차림은 가슴에서 다리까지 건강한 육체의 선이 드러나는 젊고 세련된 것이었다. 비밀은 일상 속에 가득했고 진실은 저만큼의 거리에 있었다. 세 다리만 건너면 꽃도 칼이 되는 세상이었다.

16

"이곳엔 그림이 몇 점이나 있나요?"

볼 수도 없는 정인의 작업실을 둘러보며 인하가 정인에게
물었다.

"저도 몰라요. 세어보지 않았어요. 지금은 셀 수도 없고요.
이 작업실에서 그림 그린 지 10년이 넘었네요."

"강산이 한 번은 바뀌었네요."

"커피 드실래요?"

"네. 고맙습니다."

"믹스커피는 없고 원두커피밖에 없어요."

"원두커피가 더 좋습니다."

인하는 그렇게 말하고 작업실의 환한 빛을 따라 몇 걸음 걸
어갔다. 평소보다 빠른 걸음이었다. 걸음을 멈추고 인하가
말했다.

"작업실에 왔는데 정인 씨 그림을 볼 수가 없네요. 오늘 여

기 오게 될 줄 알았다면 시각보조기를 가져왔을 텐데요."

"제 그림 보고 싶으세요?"

"네."

"안타깝네요. 저라도 갖고 왔으면 좋았을 텐데 집에 두고 왔어요. 요사이 며칠 동안 집에서 그림을 그렸거든요. 어쩌죠?"

"괜찮습니다. 다음에 보면 되지요. 오늘은 마음으로 보겠습니다."

인하의 눈빛 속 간절함을 정인은 볼 수 없었다. 인하가 손에 들고 있는 망고튤립도 정인은 볼 수 없었다. 인하가 호기심 어린 눈빛으로 정인에게 물었다.

"정인 씨가 좋아하는 화가는 누구예요?"

"뭉크요."

"아아, 뭉크 좋아하시는구나. 뭉크를 좋아하는 특별한 이유 있으세요?"

"영혼의 시詩잖아요……. 뭉크의 그림은 영혼의 시입니다."

정인의 목소리에 뭉크에 대한 간절함이 가득하다고, 인하는 생각했다.

"정인 씨 그림은 뭉크를 닮았나요?"

"아니요. 저는 마크 로스코를 닮고 싶었어요."

"마크 로스코의 그림은 뭉크의 그림과 결이 완전히 다르잖아요."

"맞아요. 두 사람은 화풍이 완전히 다르죠. 그래서 통합 니다."

정인은 잔뜩 고양된 표정으로 말했다. 잠시 후 정인이 다시 말했다.

"제가 그린 그림을 인하 씨는 볼 수 있습니다."

"지금요?"

인하는 호기심어린 눈빛으로 정인을 향해 물었다.

"눈으로 볼 수 있는 사람들에겐 제 그림이 보이지 않을 수도 있어요. 어쩌면 그림이 아닐 수도 있습니다."

"무슨 뜻인가요?"

"만일 시각보조기가 없었다면 저도 제가 그린 그림을 볼 수 없으니까요."

"무슨 뜻인지 아직 모르겠습니다. 무슨 뜻이죠?"

"제 그림이 신비를 간직하고 있다는 뜻은 아닙니다. 눈으로 볼 수 있는 사람들에겐 제가 그린 그림이 미친 사람의 허무맹랑한 낙서처럼 보일 수도 있다는 뜻입니다."

정인은 그렇게 말하고 나서 담담하게 말을 이었다.

"제 그림을 보고 미친년 그림 같다고 말한 사람도 있어요. 직접 들은 이야기는 아니지만요."

"어떤 놈인가요?"

"어떤 년이에요."

잠시 후 정인이 말을 이었다.

"친한 지인으로부터 그 말을 전해 들었을 때 몹시 창피했지만 참을 수 있었습니다. 저도 제 그림을 볼 수 없으니 변명을 할 수 없었어요. 저는 인간과 세계 사이에 놓여 있는 '침묵의 독백'을 그리고 싶어요. 마크 로스코처럼, 뭉크처럼요. 그런데 마크 로스코의 말이 저를 두렵게 합니다. '내가 걱정하는 것은 검정이 빨강을 집어삼키는 것'이라고 그가 말했거든요."

당당했던 정인의 목소리는 금세 작아졌다. 인하는 정인을 향해 한 걸음도 다가갈 수 없었다. 가까이 걸어가 그녀의 손이라도 따뜻하게 잡아주고 싶었지만 지금의 자신을 그렇게 만나고 싶지 않았다. '내가 걱정하는 것은 검정이 빨강을 집어삼키는 것'이라는 마크 로스코의 말이 왜 그녀를 두렵게 하는지 묻고 싶었지만 묻지 않았다.

잠시 후 정인이 말했다.

"앞도 못 보는 주제에 그림을 그린다고 비웃는 사람들 많아요. 실제로 그런 소리가 가까운 곳에서도 들려요. 그래도 저는 꿋꿋하게 그릴 겁니다."

인하는 아무 말도 하지 않았다. 한참 동안의 침묵이 이어졌다. 인하는 정인이 있는 곳으로 한 걸음 다가갔다. 인하가 정인에게 물었다.

"정인 씨, 유발 하라리 아세요?"

"『사피엔스』저자요?"

"네. 아시네요."

"책 제목만 알아요."

"책을 쓴 저자 이름도 아시네요. 그것도 대단한 겁니다."

인하의 말에 정인이 활짝 웃었다. 잠시 후 인하가 말했다.

"복지관에서 봉사하는 분이 저를 위해 『사피엔스』를 읽어 줬어요. 완독하는 데 한 달 반 걸렸습니다. 그 책을 끝낸 뒤 '플라톤 아카데미TV'에서 유발 하라리 강연을 들었습니다. 정말 감동적이었어요. 그 후 그의 이야기를 점자로 만들어 주머니 속에 늘 넣고 다녀요. 필요할 때마다 읽으려고요. 읽 어드릴까요?"

"지금요?"

"네. 다음에 할까요?"

"아니요. 지금 읽어주세요."

정인의 목소리는 따뜻했다. 인하는 서둘러 안주머니에서 종이를 꺼냈다. 인하가 정인에게 세심히 말했다.

"유발 하라리는 영어로 말했고 저는 그의 말을 알아들을 수 없었습니다. 제 영어 실력이 변변치 못합니다. 영상 아래쪽 에 뜨는 한글 자막이 보일 리도 없고요. 친한 친구에게 전화 걸어 부탁했어요. 친구를 통해 한글 자막을 어렵게 받아 적을 수 있었습니다. 유발 하라리의 말을 제가 아는 사람들에게 전해주고 싶어서 그의 구어체 문장을 문어체 문장으로 조금 고쳤습니다. 제가 왜 갑자기 정인 씨에게 이 글을 읽어드리고 싶었는지는 저도 잘 모르겠네요. 그냥 편히 들어주세요."

인하가 펼친 종이 위엔 점자가 눈송이처럼 수북이 내려앉아 있었다. 인하가 나직이 낭독했다.

"학생들을 어떻게 가르칠까 생각하는 분이라면 지금부터 제가 드리는 말씀이 좋은 교훈이 될 것입니다. 교육과정을 진행하면서 보통 우리는 정답에 대해 집착합니다. 확실성에 대해서도 집착합니다. 선생님뿐 아니라 학생도 집착합니다. 제가 교실에서 질문을 던지고 토론하면 금방 학생 한 명이 손을 들고 저에게 물어봅니다. '시험에 이 문제가 나오면 뭐라고 써야 하나요?', '정답이 뭔가요?', '여러 가지 이론이 분분한데 시험에 이 문제가 나오면 뭐라고 써야 만점을 받을 수 있나요?' 앞에서 말씀드렸던 것처럼 선생님도 학생도 항상 확실성을 요구합니다. 또한 정답을 요구합니다. 물론 저는 교육 시스템 전체를 어떻게 개혁해야 하는지 모릅니다. 하지만 학생들을 가르칠 때는 불확실성을 받아들이고, 무지함을 받아들이고, 정답 없는 질문에 대해서도 편안함을 느낄 수 있도록 가르쳐야 한다고 저는 생각합니다. 역사적으로 과학의 큰 장점은 모르는 것을 기꺼이 모른다고 인정한다는 것입니다. '빅뱅이 어떻게 시작된 거죠?', '모릅니다.', '의식이 무엇인가요?',

'모릅니다.' 이것이야말로 우리 학생들에게 줄 수 있는 가장 근본적인 능력 아닐까요? '나는 모릅니다.'라고 말할 수 있는 용기를 학생들에게 심어주는 것입니다."

인하는 낭독을 마쳤다. 잠시 침묵이 흘렀고 인하가 다시 말했다.

"유발 하라리의 강연은 여기서 끝났습니다."

"와아, 고맙습니다. 지금 제게 필요한 말이었어요."

정인은 활짝 웃으며 말했다. 잠시 후 정인이 다시 말했다.

"힘드시겠지만 점자 페이퍼로 저도 하나 만들어주실 수 있나요?"

"네. 만들어드릴게요. 점자 읽으시죠?"

"아니요. 아직 못 읽어요. 배우려고요."

"정성껏 만들어 다음에 만날 때 꼭 드릴게요."

"고맙습니다."

정인이 웃으며 말했다. 잠시 후 인하가 정인에게 말했다.

"저는 오랫동안 학생들을 가르쳤습니다. 유발 하라리의 말을 들었을 때 제가 잘못 가르쳤다는 생각이 들었어요. 세상엔 답이 없는 질문도 있다고, 저는 아이들에게 제대로 말해주지 못했습니다."

잠시 침묵이 흐른 뒤 인하가 정인에게 물었다.

"정인 씨, 낙타 보신 적 있지요?"

"네. 동물원에서요."

"사막에 있는 낙타 보신 적 있나요?"

"아니요. 고비 사막에 가본 적은 있지만 말들만 잔뜩 본 것 같은데요."

잠시 후 인하가 다시 물었다.

"정인 씨는 낙타가 사막에 살고 있는 이유를 아세요?"

"사막에서 태어났으니까 사막에서 살겠죠."

"아닙니다. 낙타는 사막에서 태어나지 않았습니다."

"정말요?"

"낙타는 맹수들의 먹이가 되는 것이 두려워 천적이 없는 곳을 찾아 사막까지 갔대요. 몸집은 코끼리에 육박했지만 사나운 눈빛도 없었고, 맹수를 대적할 무기도 없어 낙타는 물 한 모금 없는 사막까지 쫓겨간 것입니다. 물 한 방울 없이도 한 달을 살 수 있을 때까지 낙타의 시간은 얼마나 고됐을까요?"

"몰랐어요. 낙타는 사막에서 태어나 사막에서 죽는 줄 알았어요. 대부분 사람들이 그렇게 알고 있지 않나요?"

"저도 그렇게 알고 있었습니다."

인하는 마른침을 삼키고 나서 말을 이었다.

"정인 씨, 저는 낙타처럼 살고 싶지 않습니다. 천적이 없는 곳을 찾아 사막까지 갔으면 낙타는 안락하게 살아야 했습니다. 어째서 인간이 부린 무거운 짐을 등에 지고, 인간이 주는 먹이에 만족하며 낙타는 인간의 사막을 걷고 있나요. 어째서 낙타는 낙타의 사막을 걷지 않고 인간이 이름 지은 실크로드를 마치 자신의 운명처럼 묵묵히 걸었을까요. 저는 그렇게 살지 않으려고요. 악이 가득한 세상, 선동과 장광설이 가득한 세상, 음모와 모략이 가득한 세상, 그러나 헌신과 배려도 가득한 세상에서 한 걸음도 도망가지 않으려고요. 앞 못 보는 놈이 소설 쓴다고 누군가 손가락질해도 눈앞의 한 걸음이 천 리 길인 사람만 쓸 수 있는 그런 소설을 쓸 거예요. 정인 씨도 지켜봐주세요. 그렇게 해주실 거죠?"

인하의 물음에 정인은 아무 말도 하지 않았다. 잠시 후 민망한 낯빛으로 인하가 다시 물었다.

"그렇게 해주실 거죠?"

정인의 목소리는 여전히 들리지 않았다. 인하는 몹시 난감한 표정을 지으며 잠시 망설이다가 조심스럽게 말했다. 환하게 웃고 있었지만 인하 목소리엔 간절함이 있었다.

"정인 씨에게 마지막으로 한 번 더 기회를 드릴게요."

인하의 말이 끝나기가 무섭게 정인이 큰 소리로 말했다.

"저요. 인하 씨가 물을 때마다 계속해서 고개 끄덕였거든요."

인하의 얼굴이 금세 붉어졌다. 인하는 더 이상 말할 수 없었다.

"인하 씨, 궁금한 거 있는데 물어봐도 돼요?"

"네."

정인은 잠시 머뭇거리다 물었다.

"인하 씨 정말 영화배우처럼 잘생기셨어요?"

"헐……. 누가 그래요?"

"우리 처음 만났던 날 동행하신 분이 그렇게 말했잖아요."

"아아, 그랬구나. 기억납니다."

"기억나시죠?"

"네. 분명히 기억납니다. 근데 제 얼굴 궁금하세요? 궁금하시면 제 사진 한 장 찍어 가세요. 시각보조기로 보시면 되잖아요."

"그래도 되나요?"

"그럼요. 앞모습 옆모습 뒷모습까지 다 찍으셔도 돼요. 근데 제 외모 궁금하세요?"

"당연히 궁금하죠. 상상의 세계는 정확히 현실로부터 출발한다고 인하 씨가 말했잖아요."

"어? 저는 그런 말 한 적 없는데요."

인하는 고개를 갸웃거렸다. 아무리 돌이켜 생각해봐도 자신은 정인에게 그런 말을 한 적이 없었다. 그 말은 정인을 소개받던 날 장용팔 사장이 뒤풀이에서 자신에게 했던 말이 틀림없었다. 인하는 그제야 알게 되었다. 인하는 마음이 찌르르 아팠다. 상상의 세계는 정확히 현실로부터 출발했다.

17

　강물이 어둠에 지워지고 있었다. 동현은 밤이 내리는 무지개강가에서 서연을 다시 만났다. 늘 그랬던 것처럼 서연의 얼굴은 그늘져 있었다. 서연이 동현에게 말했다.

　"이상해. 읍내에 우뚝 서 있는 아파트를 바라보면 가슴이 답답한데 강 건너로 보이는 아파트는 정겨워. 심지어는 아늑해 보이기도 하고. 나하고 아파트 사이에 아름다운 강이 있기 때문일 거야. 강 하나가 아파트의 풍경을 바꿔놓았어."

　동현은 서연의 말에 아무 대꾸 없이 손에 들고 있던 작은 돌멩이를 강물 위로 던졌다. 서연이 동현에게 물었다.

　"요즘은 어떤 책 읽어?"

　"『장미의 이름』."

　"책 이름이『장미의 이름』이야? 장미는 꽃 이름이잖아?"

　서연의 말에 동현의 얼굴이 조금 환해졌다. 서연이 다시 물었다.

"그 책 누가 쓴 거야?"

"움베르토 에코."

"재밌니?"

"응. 재밌어. 시험 공부하는 것보다 책 읽는 게 더 좋아."

"독서도 공부잖아."

"그런가? 책보다 영화가 더 좋고."

"좋은 영화는 웬만한 책보다 더 좋잖아."

동현은 가만가만 고개를 끄덕였다. 어른들 중에 그렇게 말해준 사람은 단 한 명도 없었다고 동현은 생각했다. 아버지는 독서도 공부라고, 좋은 영화는 책보다 유익하다고 말한 적 있었으니 예외였다. 아버지는 자신이 알고 있는 사람들 중에서 책을 가장 많이 읽는 사람이었다. 잠시 후 서연이 동현에게 다시 물었다.

"제일 좋아하는 영화가 뭐야?"

"〈시네마 천국〉."

"그 다음으로 좋아하는 영화는?"

"〈일 포스티노〉."

"〈시네마 천국〉은 봤는데 그 영화는 못 봤어. 〈일 포스티노〉? 어떤 영화야?"

"세계적인 시인 파블로 네루다와 마리오라는 시골 청년의 우정을 그린 영화야."

"재밌니?"

"재밌다는 말로는 설명이 안 돼."

"영화 줄거리 이야기해줄 수 있어?"

호기심 가득한 눈빛으로 서연이 말했다.

"직접 보는 게 좋을 텐데. 설명할 만큼 쉬운 영화도 아니고."

"집에서 영화 못 봐. 영화보다 걸리면 핸드폰 산산조각 나."

"왜?"

그렇게 묻는 순간 서연이 말했던 끔찍한 아버지가 동현의 머릿속을 지나갔다. 동현은 서둘러 말머리를 돌렸다.

"영화 몰래 보면 되잖아."

"몰래 보다 걸려서 부서진 거야."

"영화 본다고?"

"아니. 공부하라고."

잠시 침묵이 흐른 뒤 서연이 말했다.

"조금 전에 말했던 영화 이야기 해줘."

"〈일 포스티노〉?"

동현의 물음에 서연은 가만가만 고개를 끄덕였다.

"마이클 래드포드 감독이 영상을 시처럼 담은 영화라서 말로 하면 감동이 떨어질 거야."

동현은 그렇게 말하고 나서 잠시 난감한 표정을 지으며 다시 말했다.

"〈일 포스티노〉는 짧게 줄여서 말할 수 있는 영화가 아냐. 생각보다 서사가 깊어. 솔직히 말하면 조화롭게 말해줄 자신이 없어."

"동현아, 너는 뭐가 그렇게 조심스럽니? 네가 본 장면 중 가장 좋았던 장면을 말해줘도 되고 가장 좋았던 대사를 그냥 말해줘도 되잖아."

서연은 웃음 띤 얼굴로 못마땅하다는 듯 동현을 바라보았다. 서연의 말에 동현은 빙긋이 웃었다. 마음의 갈피를 헤아릴 수도 없고, 뭐라 설명할 수도 없는 자신의 마음을 서연이 알 리 없었다. 서연과 함께 있는 시간이 동현에겐 꿈처럼 아득하기만 했다. 동현이 용기를 내어 말했다.

"그 영화에서 내가 제일 좋아하는 장면만 이야기해줄게. 괜찮지?"

동현의 물음에 서연은 고개를 끄덕였다. 강바람이 불어왔다. 비릿한 강물 냄새를 실은 바람이었다. 가까운 곳에서 오리 우는 소리도 들려왔다. 동현은 이야기를 시작했다.

"그 영화 뒷부분에 별빛을 녹음하는 장면이 나와. 파도 소리를 녹음하는 장면도 나오고. 놀랍지 않아?"

"뭐가 놀라운데?"

"파도가 밀려오는 밤이 내린 바닷가에 서서 바다를 향해 마이크를 대고 파도 소리를 녹음하는 장면은 아름다웠지만 놀랍진 않았어. 그런데 별빛이 가득한 밤하늘을 향해 마이크를 대고 별빛을 녹음하는 장면이 나올 때 정말 놀라웠고 뭐라 말할 수 없는 감동이 있었어. 아름다운 섬마을의 밤하늘 가득한 별빛도 아름다웠지만, 별빛을 녹음하려고 숨을 죽이고 밤하늘을 향해 마이크를 대고 서 있는 순박한 주인공 청년의 모습이 놀라웠어. 별빛을 녹음하겠다는 생각을 어떻게 했을까? 별빛은 그냥 눈으로 보는 거잖아."

"별빛을 녹음한 소리도 영화에 나와?"

"아니. 하지만 별빛을 녹음하는 장면은 신비로웠어. 말로 설명하기 어려울 만큼."

"그 영화 꼭 봐야겠다. 설명 잘한다. 영화 해설해도 되겠다."

서연의 칭찬에 동현은 수줍게 웃었다. 강둑에 무덕무덕 피어 있는 흰색 풀꽃들이 바람에 흔들렸다. 서연이 동현을 향해 조심스럽게 물었다.

"제라늄 꽃 좋아해?"

"응."

"제라늄을 좋아하는 이유 있어?"

"색깔이 예뻐서."

"그게 다야?"

서연의 물음에 동현은 가만가만 고개를 끄덕였다. 서연이 다시 물었다.

176

"네가 우리 집 앞에 제라늄 화분 두고 간 거 맞지?"

서연의 물음에 동현은 말없이 고개만 끄덕였다. 서연이 수다스럽게 말했다.

"예전에 너랑 나랑 우리 집 앞에서 깡패 만난 적 있잖아. 기억나지?"

"응."

"혹시 그중에 한 명이 제라늄 화분을 갖다 놓은 건 아닐까, 잠깐 생각했었어. 아무리 생각해도 쇠파이프와 제라늄 꽃은 어울리지 않더라."

서연은 활짝 웃으며 말했다. 동현도 따라 웃었다.

"제라늄 화분 왜 갖다 놓은 거야?"

"어어, 그냥…… 예뻐서……."

동현은 그렇게 말했지만 마음은 요동치고 있었다. 잠시 후 동현이 말했다.

"솔직히 말하면 제라늄을 처음 본 게 네 방 창문가였어."

"그랬구나. 대문 앞에 놓여 있는 화분을 아빠가 먼저 보았다면 그냥 버렸을 거야. 내게 잔소리도 잔뜩 늘어놓았을 테고. 다행히 내가 먼저 발견했어."

"다행이다."라고 말하고 싶었지만 동현은 말없이 웃기만 했다. 한동안 침묵이 이어졌다. 강 건너로 보이는 아파트 불빛과 별빛 내려앉은 강물과 수런거리는 오리 떼와 간간이 들리는 사람들 목소리가 있어 침묵은 어색하지 않았다. 서연이 뚜벅 물었다.

"동현아, 나는 공부할 때 목숨 걸고 해. 공부가 목숨까지 걸 일은 아니잖아. 내가 왜 그러는 줄 아니?"

동현은 서연과 강물을 번갈아 바라보았을 뿐 말없이 귀만 쫑긋 세웠다.

"집에서 하루빨리 빠져나오고 싶어서 목숨 걸고 공부하는 거야. 전교 5등 안에만 들면 고등학교 졸업한 뒤 미국으로 유학 보내준다고 아버지가 약속했거든. 집에서 하루빨리 빠져나오고 싶어. 지옥이야. 악마 같은 사람과 하루하루를 보내고 있어. 정말 지긋지긋해."

서연은 긴 숨을 몰아쉬고 나서 잠시 뒤 말을 이었다.

"윽박지르고 협박하고 때리고 내 물건을 자기 멋대로 부수어도 결국은 참을 수밖에 없었어. 내겐 아직 경제력이 없으니까. 어떤 책인지 기억은 안 나지만, 악마의 소굴에서 빠져나오려면 악마와 함께 춤추는 법을 배워야 한다는 문장을 읽은 적 있어. 내가 목숨 걸고 공부하는 이유야."

"아빠하고 춤도 추니?"

"어머! 너도 농담할 줄 아니?"

서연이 웃으며 말했다. 동현도 따라 웃었다.

"동현아, 우리 공부 더 열심히 하자. 너도 알겠지만 우리가 살고 있는 위대한 대한민국은 공부 못하는 사람은 개무시하잖아. 아닌 척 말하는 사람들도 있지만 그들도 다르지 않아. 공부 못하면 앞에서도 무시하고 뒤에서는 더 무시해. 해방 이후부터 지금까지 70여 년 동안 견고하게 뿌리내린 학력지상주의가 하루아침에 없어질 리 없어. 그들의 머릿속에서 공부 못하는 사람은 그냥 무능한 사람인 거야. 국어나 영어, 수학 같은 학교 성적만으로 인간의 능력을 평가할 수 없다는 것을 너무 잘 알고 있으면서도 그러한 편견을 버리지 못하는 나라가 우리가 살고 있는 위대한 대한민국이야. 블라인드 면접이니 뭐니 떠들고 있지만 앞으로도 10년이나 20년, 더 길면 30년 동안은 똑같을 거야."

동현은 공감 어린 눈빛으로 서연의 말을 들었다. 가슴속에 소용돌이가 없었던 것은 아니지만 동현은 아무 말도 하지 않았다. 서연이 강물 속으로 작은 돌멩이를 던지며 다시 말했다.

"동현아, 나는 현실주의자가 좋아. 노력도 안 하면서 잘되겠지, 잘될 거야, 라고 말하는 무한긍정의 몽상가나 이상주의자는 되지 않으려고."

잠시 후 동현이 서연에게 조심스럽게 물었다.

"『돈키호테』 읽어봤니?"

"아니. 아직 못 읽었어."

"얼마 전에 『돈키호테』를 읽었어. 그 책을 읽기 전에 세르반테스는 왜『돈키호테』를 썼을까 생각하면서 읽어도 좋겠다고 아버지가 말했어. 돈키호테는 눈앞에 닥친 현실도 보지 못하는 이상주의자였어. 한마디로 덜떨어진 미친 사람이었어. 정말 이상했던 건 그런 돈키호테를 믿고 따르는 속물근성 가득한 부하 산초가 있었고, 늙은 말 로시난테는 돈키호테를 믿고 자신의 등을 내줬다는 점이었어. 산초나 로시난테도 돈키호테처럼 어리석기 짝이 없었고, 책의 시작부터 끝까지 좌충우돌의 연속이야.『돈키호테』는 세계적인 작품이니까 무언가 한마디라도 메시지가 있을 거라 생각하며 끝까지 읽었는데 아무것도 없었어. 책을 읽는 내내 세르반테스는 왜『돈키호테』를 썼을까 계속 생각했는데 아무것도 떠오르지 않았어. 세르반테스가 왜『돈키호테』를 썼는지 생각해본 적 있니?"

"『돈키호테』에 대한 이야기는 많이 들었는데 제대로 읽은 적이 없으니 당연히 모르지."

서연이 담담하게 말했다. 동현이 다시 물었다.

"돈키호테처럼 무모하지 말라고, 돈키호테처럼 허황된 꿈을 꾸어서는 안 된다고, 눈앞에 펼쳐진 현실을 똑바로 보아야 한다고, 세르반테스는『돈키호테』를 통해 우리에게 말하고 싶었던 것일까?"

동현의 물음에 서연은 그럴 리 없다는 듯 고개를 가로저었다. 잠시 후 동현이 다시 말했다.

 "곰곰이 생각해보았지만 그게 전부는 아닐 거라 생각했어. 어느 날 우연히 어떤 철학자 강의를 듣고 세르반테스가 왜 『돈키호테』를 썼는지 알게 됐어. 현실주의자들은 '그게 현실적으로 가능해?'라고 공공연히 말하잖아. 그들은 기껏해야 자신의 현실을 지켜낼 뿐, 세상의 지평을 한 뼘도 확장시킨 적이 없대. 현실주의자들은 눈앞의 모순과 부조리와 싸우며 더 나은 미래를 만들지만 그들의 상상력은 거기까지야. 그러한 이유로 현실주의자들의 걸음은 더딜 수밖에 없었대. 이상주의자들의 말도 되지 않는 몽상과 돈키호테식 무모한 도전이 한 뼘이라도 큰 걸음으로 세상을 확장시킨 거라고 철학자는 말했어."

 "현실주의자들이 잘하는 말 또 있어. 뭔지 아니?"

 서연이 동현에게 뚜벅 물었다.

 "뭔데?"

 "최소의 희생으로 최대의 효과를 거두자는 말. 이 말은 누구나 받아들일 수 있는 상식이야. 단지 그럴듯한 이야기가 아니라 분명히 맞는 말이야. 하지만 이 말은 자신에게 가능한 것만 도전하겠다는 뜻일 테니 자기 한계를 가질 수밖에 없잖아. 불가능한 가능성을 향해 갔던 것이 인류의 문명이었으니까. 나는 동현이 네 말에 충분히 공감할 수 있어."

또다시 강바람이 불어왔다. 멀지 않은 곳까지 헤엄쳐온 오리 떼가 일제히 강물을 박차고 하늘로 날아올랐다. 그 광경을 가만히 지켜보며 동현이 말했다.

"인간은 절대로 하늘을 날 수 없다고 말했던 현실주의자들은 비행기나 윙슈트를 만들 수 없었어. 인간도 하늘을 날 수 있다고, 인간도 하늘을 날아야 한다고, 말도 되지 않는 당위를 세운 사람은 수많은 불가능 속에서도 기어코 가능한 방법을 찾아내거든. 비행기도 결국 그렇게 만들어진 거잖아. 윙슈트도 그렇게 만들어진 거고……. 그리고 이런 말해서 미안한데…… 내 말이 이상하게 들릴지도 모르겠는데…… 서연아, 난 현실주의자야. 나는 공부 잘하는 아이들이 제일 부러워. 공부 열심히 하는 아이들이 제일 부러워……."

동현은 강 건너 불 켜진 아파트를 쓸쓸히 바라보며 담담하게 말했다. 서연은 가만히 동현을 바라보았다. 잠시 후 서연이 말했다.

"동현아, 나는 공부 빼놓고 잘하는 게 아무것도 없어. 사회성도 부족하고. 나 같은 애를 어디에다 써먹겠니?"

동현은 아무 말도 하지 않았다. 다시 바람이 불어왔다. 먼빛으로 보이는 달빛 내린 강물 위로 또 다른 새들이 내려앉았다. 서연이 작은 돌멩이를 강물 속으로 던지며 말했다.

"지난번에 너희 가게 갔을 때 아저씨와 아줌마가 참 잘해주셨어. 맛있는 음식도 만들어주셨어. 초등학생 시절 따뜻하게 나를 대해주셨던 그 모습 그대로셨어. 좋은 엄마 아빠를 가진 동현이 네가 참 부럽다."

서연의 목소리는 쓸쓸했다.

"동현아, 현실을 지킨다는 게 얼마나 힘든지 아니? 1등을 지킨다는 게 얼마나 힘든지 아니? 나와 치열하게 경쟁하는 친구들을 강박적으로 의식하고 질투하고 밀어내고 경멸하는 게 얼마나 힘든지 아니? 사람은 그렇게 살면 안 되잖아. 자랑스러운 대한민국의 어른들은 철부지 고등학생들에게 비인간적인 삶을 강요하고 있는 거야. 물고기 같은 청춘들을 대학입시라는 틀 속에 몰아넣고, 명문 대학과 삼류 대학이라는 이분법으로 인간의 능력을 단절시키고, 청춘들 가슴속에 비정상적인 우월감과 비정상적인 열등감을 내면화시키고 있어. 경쟁에 내몰린 1등이 또 다른 1등에게 열등감을 느껴야 하는 사회가 정상적인 사회니?"

서연의 목소리는 조금씩 흔들렸다. 동현이 바라본 서연의 눈가에 눈물이 맺혀 있었다.

18

평일의 도로는 한산했다. 최대출이 분식집 여자를 바라보며 말했다.

"해안 도로에서 운전할 땐 꼭 배를 타는 것 같아."

"바다는 언제 봐도 좋네요."

"희경 씨는 얼마 만에 바다 보는 건가?"

"3년 넘었을걸요."

"희경 씨, 쿠바 가봤나? 해안 도로를 달리니까 쿠바 생각난다. 쿠바 아바나에 가면 말레콘이라는 해변이 있어. 바람 부는 날 자동차를 타고 말레콘 해변을 지나면 집채만 한 파도가 자동차 위로 날아와. 어떤 차도 피해갈 수 없어."

"무섭지 않나요?"

"내가 탄 차 위로도 집채만 한 파도가 날아왔어. 깜짝 놀라 소리는 질렀는데 무섭진 않았어. 낭만적이야."

"가보고 싶네요."

"말레콘 해변 갔다가 노을 질 때쯤 '부에나 비스타 소셜 클럽'으로 가는 거야. 바카디 마시면서 쿠바 재즈 들으면 천국이야. 운 좋으면 전설의 재즈 보컬리스트 오마라 포르투온도도 만날 수 있어. 영화 〈부에나 비스타 소셜 클럽〉에 나오는 여가수 있잖아. 그 할머니 아직 살아 있어. 와아, 바다 냄새 좋다."

최대출은 코를 킁킁거리며 말했다. 멀리 보이는 아득한 수평선 위로 새들이 줄지어 날아가고 있었다. 잠시 후 그녀가 말했다.

"〈델마와 루이스〉 보셨어요?"

"봤지. 벼랑 끝에 몰린 델마와 루이스가 전속력으로 자동차를 몰아 절벽 아래로 뛰어내리잖아."

"하늘로 날아오른 거라고 말하는 평론가도 있어요."

"맞다. 하늘로 날아오른 거다."

최대출이 맞장구쳤다. 잠시 후 최대출이 말했다.

"대학 다닐 때 영화관에서 그 영화 봤거든. 엔딩 크레딧 올라가는데 사람들이 가만히 앉아 있더라고."

"대표님, 우리도 그 영화 엔딩처럼 해볼래요?"

"왜?"

"멋있잖아요."

"내 차 비싼 차야. 우리가 루이스처럼 사람을 죽이지도 않았는데 왜 절벽에서 뛰어내리나?"

"총이나 칼로만 사람 죽이나요?"

그녀의 말 속엔 뼈가 박혀 있다는 것을 알았지만 최대출은 내색하지 않았다. 잠시 후 그녀가 말했다.

"대표님은 좌우명이 뭐예요?"

"그런 거 없어. 좌우명에 매달리면 판단력이 흐려져. 희경 씨 좌우명은 뭔가?"

"거짓말을 잘하자."

"좋네. 거짓말을 잘해야 돼. 그래야 인생이 편해. 거짓말이 제일 싫다고 말하는 연놈들이 거짓말 제일 잘해."

최대출은 그녀를 바라보며 히죽 웃었다. 열린 차창 밖에서 파도 소리가 들려왔다. 수평선 너머로 노을이 지고 있었다. 잠시 후 그녀가 바다를 바라보며 태연하게 말했다.

"오늘도 제 속옷 찢으세요. 위아래 다요."

19

    동현은 자동차 다니는 대로를 지나 골목으로 들어섰다. 저 멀리 불빛 환한 서연의 집이 보였다. 먼 길을 돌아가는 것이지만 그 길이 동현에겐 집으로 가는 가장 가까운 길이었다. 어떤 날은 우두커니 서서 불 켜진 서연의 방을 잠시 바라보았고, 어떤 날은 깊은 생각에 잠겨 서연의 집 앞을 그냥 지나치기도 했다.

    부자 동네가 낯설기도 했지만 그곳에 살고 싶다는 생각도 들었다. 집집마다 넓은 정원을 가진 동네를 지나고 나면 왠지 마음이 풍요로워진 적도 있었다. 서연의 동네 어느 구석을 둘러보아도 독사처럼 도사리고 있는 위험이 보이지 않았다. 독사를 보며 눈살을 찌푸리며 걸어가는 사람들은 가난한 동네에 더 많이 살고 있었다. 부자 동네에 살고 있는 사람들의 옷차림은 그들이 살고 있는 집을 닮았다. 아이들의 모습도 그랬고 어른들의 모습도 그랬다. 얼굴 가득 주름살을 안고 있는 노인들의 모습까지도 그랬다.

　저 멀리 누군가 걸어오고 있었다. 두 사람이었다. 담배를 피우며 건들건들 걸어오는 그들을 동현은 단번에 알아차릴 수 있었다. 먼빛으로 보아도 삐딱하게 걸어오는 한 명은 악당의 얼굴을 가진 용길이었고 다른 한 명은 악당의 반대 얼굴을 가진 상수였다. 그들은 동현 앞에서 걸음을 멈추었다.

　"어라? 이 새끼 또 만났네."

　지난번 만났을 때 쇠파이프를 난폭하게 휘두르던 용길이 동현을 바라보며 말했다. 용길은 전갈 꼬리 같은 눈을 사납게 치켜뜨며 다시 말했다.

　"야, 오랜만이다."

　용길의 말에 동현은 아무런 대꾸도 하지 않았다. 전혀 움츠러들지도 않았다. 용길은 고압적인 목소리로 동현을 향해 다시 말했다.

　"야, 이 씨발놈아, 형들을 봤으면 인사를 해야지. 이 새끼 예의 존나 없네."

　"용가리, 착한 애한테 왜 욕을 하고 지랄이야. 살살 말해, 살살. 윽박지르지 말고……."

　옆에 있던 상수가 용길을 향해 낮은 목소리로 말했다. 상수는 빙긋이 웃으며 동현에게 물었다.

"서연이네 집 가는 거니?"

상수의 물음에 동현은 대꾸하지 않았다. 용길이 끼어들었다.

"야, 이 새꺄, 형이 묻잖아. 물으면 대답을 해야지. 이런 개념 없는 새끼……."

상수는 용길의 말을 들은 척도 하지 않고 동현에게 나직이 말했다.

"빨리 가봐라. 재밌는 거 볼 수 있을 거야. 아직 끝나지 않았을걸……."

용길이 성난 얼굴로 한 걸음 성큼 동현에게 다가서며 말했다.

"야, 이 새꺄, 다음에 형들 만나면 인사 꼭 해라. 알았어?"

동현은 대답 없이 용길을 노려보았다.

"어, 이 새끼 봐라. 눈 깔아!"

용길은 도끼 손을 올리며 으름장을 놓았지만 동현은 조금도 움츠러들지 않고 용길을 노려보았다.

"눈 깔아, 이 씨발놈아!"

동현은 양 주먹을 불끈 쥐고 오른발을 한 걸음 뒤로 빼며 몸을 낮췄다.

"용가리! 그만하라니까! 고2하고 싸울래? 가자!"

"상수야, 넌 좀 빠져. 이 씨발놈 오늘 죽여버릴 거야."

용길은 눈을 부라리며 우악스럽게 동현의 멱살을 잡았다. 동현은 재빠르게 그가 잡은 멱살을 풀어내며 금방이라도 용길을 공격할 자세를 취했다. 상수가 끼어들었다.

"그만하라고 했지? 쪽팔리게 고2하고 싸우지 마."

고압적인 상수의 말 한마디에 용길은 금방 꼬리를 내렸다. 상수는 아무 일도 없었다는 다정히 동현에게 말했다.

"또 만나자."

상수는 빙긋이 웃으며 뒤돌아 걸어갔다. 용길도 그의 뒤를 따랐다. 잠시 후 상수가 걸음을 돌려 동현을 향해 성큼성큼 걸어왔다. 상수는 동현에게 전화번호가 박힌 라이터를 건네며 말했다.

"언제 한번 찾아와라. 형이 술 한잔 사줄게. 그리고 다음에 만날 땐 주먹 쥐지 마라. 죽기 싫으면⋯⋯. 내 이름은 상수야. 박상수."

그는 겁을 주려고 다시 온 거라고 동현은 생각했다. 어둠 저편으로 그들의 그림자가 지워질 때까지 동현은 그들을 노려보았다.

동현은 복잡한 마음을 추스르며 서연의 집을 향해 걸었다. 멀지 않은 곳에서 고함 소리가 희미하게 들려왔다. 비명 소리도 들려왔다. 서연의 집에 가면 재밌는 걸 볼 수 있을 거라고, 아직 끝나지 않았을 거라고 했던 상수의 말이 생각났다. 서연의 집으로 다가가면 다가갈수록 고함 소리와 비명 소리는 더 크게 들렸다. 서연의 방 안에서 최대출의 고함 소리가 크게 들렸다. 물건을 부수는 소리도 들렸고 사납게 저항하는 울음 섞인 서연의 목소리도 들렸다. 서연의 목소리는 비명과도 같았다.

잠시 후 서연의 방 유리창이 날카로운 소리를 내며 산산이 부서졌다. 창문 바로 아래 고요히 서 있던 붉은 빛 제라늄 화분들 위로 부서진 유리 조각들이 쏟아져 내렸다. 유리창을 뚫고 나온 커다란 나무 의자가 마당으로 떨어지는 소리도 공포였다. 서연을 향해 막말을 하고 쌍욕을 해대는 최대출의 목소리는 더욱 크게 들렸다. 서연의 울음소리도 더욱 크게 들렸다. 심장 뛰는 소리가 동현의 귓가로 쿵쿵 들렸다.

20

　서연이 결석했다. 학교에 올 수 없는 충분한 이유가 서연에겐 있었다. 동현은 온종일 혼란스러웠다. 전화를 수차례 걸었지만 서연의 핸드폰 전원은 계속 꺼져 있었다.

　동현은 수업을 마치고 서둘러 서연의 집 앞으로 갔다. 날이 어두워지고 서연의 방에 불이 켜지기만을 바랐다. 어둠이 내리기 전 골목의 가로등이 먼저 켜졌다. 이 집 저 집 하나씩 불이 켜지고 서연의 집에도 불이 켜졌지만 서연의 방은 캄캄했다. 깨어진 유리창은 아무 일도 없었다는 듯 이전의 모습으로 되돌아갔다. 한 시간이 지나고, 두 시간이 지나고, 세 시간이 지나도 서연의 방엔 불이 켜지지 않았다.

　핸드폰의 벨이 울렸다. 아버지 전화였다. 동현은 전화를 받지 않았다. 핸드폰의 벨이 다시 울렸다. 이번엔 엄마였다. 동현은 몇 번을 망설이다 전화를 받았다.

　"응."

"너 왜 이렇게 안 와? 어디야?"

"친구 집."

"친구 집이 어디야? 멀어?"

"아니. 멀지 않아."

"급한 일이 있으니까 빨리 집으로 와."

"왜? 무슨 일인데?"

"전화로 이야기하기엔 길어. 몇 시쯤 집에 올 수 있는데? 30분 안에 올 수 있겠어?"

"엄마, 무슨 일인데?"

"전화로 말하기엔 너무 길다니까. 30분 안에 올 수 있냐니까?"

"알았어. 30분 안에 갈게."

동현은 서연의 집이 아득히 멀어질 때까지 몇 번이고 걸음을 멈춰 서연의 방을 바라보았다. 서연의 방은 끝끝내 불이 켜지지 않았다. 서연이 방에 있을지도 모른다고, 잠들었을지도 모른다고 동현은 생각했다. 동현은 집을 향해 서둘러 걸었다.

고래반점 출입문을 들어서며 동현은 깜짝 놀랐다. 서연의 아버지 최대출이 와 있었다. 최대출의 머리부터 발끝까지 윤기가 흘러내렸다. 전혀 예상치 못한 일이었다. 흠칫 놀란 표정으로 최대출은 동현을 바라보았다. 용팔이 사뭇 진지한 표정으로 동현에게 말했다.

"동현아, 지금부터 최 대표님이 너에게 여쭙는 말에 최대한 소상히 말씀드려."

용팔 옆에 서 있던 영선도 진지한 표정으로 말했다.

"동현아, 네가 아는 것은 하나부터 열까지 모두 말씀드려야 돼. 알았지?"

"아, 됐습니다. 제가 말하겠습니다."

최대출은 영선의 말을 가로막고 고압적인 말투로 동현에게 물었다.

"이름이 뭔가?"

"장동현입니다."

"서연이하고 지금 같은 반 맞지?"

"네. 맞습니다."

"우리 서연이가 오늘 결석한 거 너도 알고 있지?"

"네."

"혹시 서연이 지금 어디 있는지 알고 있나?"

최대출의 물음에 동현의 눈빛이 흔들렸다. 동현은 불 꺼진 서연의 방을 생각했다. 최대출이 다시 물었다.

"서연이 어디 있는지 알고 있지?"

"아니요. 모릅니다."

최대출은 의심스럽다는 듯 눈꼬리를 올리며 다시 물었다.

"정말 몰라?"

"네."

"같은 반 친구들한테 들은 이야기도 없나?"

"네. 없습니다."

최대출은 잠시 아무 말이 없었다. 난감한 낯빛으로 그는 무언가를 생각하고 있었다. 동현은 서연이가 언제 집을 나갔는지 최대출에게 묻고 싶었지만 묻지 않았다. 최대출과 싸우던 지난밤 서연이 집을 나왔을 거라고 동현은 생각했다. 최대출이 아침에 서연을 보았다면 이 시간에 자신을 찾아왔을 리 없었다.

"혹시라도 서연이 소식을 들으면 내게 바로 알려줄 수 있나? 너는 내 연락처를 모를 테니까 네 아버지한테 빨리 말해주면 돼."

최대출은 그렇게 말하고 자리에서 일어났다. 그는 출입문을 나서다 말고 걸음을 뚜벅 멈추고 동현에게 다시 말했다.

"우리 집 앞에서 너를 몇 번 본 적이 있어. 너도 나를 본 적 있지?"

최 대표의 갑작스러운 질문에 동현은 당황했다.

"……네."

동현은 기어들어가는 목소리로 대답했다.

"우리 집 앞에서 다시는 너를 만나지 않기 바란다."

최대출은 서름한 낯빛으로 말했다. 뒤돌아 출입문을 나서는 그의 뒷모습이 서늘했다. 영선이 동현의 팔을 끌며 "너도 밖에 나가서 인사해야 돼."라고 속삭이듯 말했다. 동현은 용팔과 영선을 따라 가게 출입문 밖으로 나갔다. 용팔과 영선은 최대출이 승용차 뒷좌석에 자리를 잡을 때까지 공손히 서 있었다. 자동차 시동이 켜지고 출발할 때 용팔과 영선은 허리를 잔뜩 굽혀 최대출을 향해 큰 소리로 인사했다.

"최 대표님, 안녕히 가세요. 너무 걱정하지 마시고요. 안녕히 가세요."

용팔의 목소리가 영선의 목소리보다 컸다. 두 사람은 자동차 불빛이 작아질 때까지 그 자리에 가만히 서 있었다. 부모의 그런 모습을 동현은 쓸쓸하게 바라보았다. 서연과의 거리가 이전보다 더 멀어진 것 같았다. 가게 안으로 들어서며 용팔이 말했다.

"가서 소금 한 주먹 가져와! 재수 없는 놈."

"서연이 집 나가서 그러는 건데 뭘 그래. 저 양반은 얼마나 속상하겠어."

"아무리 속상해도 그렇지. 자기가 뭐라고 여기 와서 동현이한테 이래라 저래라 명령하는데? 범인 취조하는 형사처럼……. 개새끼……. 입을 확 찢어버릴까 보다."

"당신, 말조심해. 동현이 다 들어. 제발 욕 좀 하지 마. 최대 표 앞에선 꼼짝도 못 하면서."

영선은 용팔을 바라보며 비아냥거리듯 말했다. 용팔은 영 선을 노려보았다.

"오영선, 내 말 잘 들어봐. 당신이 믿는 예수는 원수를 사랑하라고 하셨어. 너의 왼쪽 뺨을 때리면 오른쪽 뺨까지 대주라고 했잖아. 인간은 그렇게 할 수 없다는 것을 예수가 모르겠니? 나는 원래 그런 놈이야. 힘센 놈 앞에서 꼼짝 못 하는 그런 놈…… . 저놈이 쥐고 있는 칼은 내겐 생사여탈권이야. 가겟세 왕창 올리면 우리는 꼼짝없이 다른 곳 가서 바닥부터 새로 시작해야 돼. 단골이 하루아침에 모아지든? 그러니 저 새끼 앞에서 꼼짝 못 하지. 하지만 나는 약자일 수밖에 없는 사람들 앞에서 최대출 저 새끼처럼 으름장 놓고 거드름 피우진 않는다. 오영선, 자식 앞에서 그렇게 면박 주니까 속 후련하지? 당신도 말 좀 조심해. 다음에 가겟세 협상할 땐 나 대신 당신이 꼭 갔으면 좋겠어. 최대출이 어떤 놈인지 당신도 느껴봐. 개새끼…… ."

용팔은 영선을 향해 쐐기를 박듯 말하고 주방 안으로 들어 갔다. 용팔은 주방 뒷문을 발로 냅다 걷어차고 산수유나무 숲이 있는 뒤란으로 걸어 나갔다. 용팔을 기다렸다는 듯 고 양이들이 오토바이 앞에 앉아 있었다. 고양이를 한동안 바라보다가 용팔이 말했다.

"너희들 팔자가 내 팔자보다 낫다."

용팔은 윗주머니에서 스프링 수첩과 볼펜을 꺼냈다. 용팔은 선 채로 수첩에 심정을 써내려갔다.

비굴한 내 모습이 싫다. 얼굴은 가면이 될 수도 있지
만, 가면은 얼굴이 될 수 없다. 내가 처한 상황이 자꾸만
나를 각색한다.

용팔은 그렇게 쓰고 스프링 수첩과 볼펜을 윗주머니에 다시 넣었다. 용팔은 좀처럼 마음을 가라앉힐 수 없었다. 고양이들도 눈에 들어오지 않았다.

용팔과 영선의 다툼에 아랑곳하지 않고 동현은 자신의 방에 앉아 깊은 생각에 잠겼다. 서연은 어디에 있을까? 강릉으로 가출한 적이 있는 중학교 친구 집에 있을지도 모른다는 생각이 들었지만 친구의 거처를 동현이 알 리 없었다. 문득, 서연의 집 앞에서 다시 만났던 용길이 생각났다. 용길의 친구라고는 믿어지지 않는 상수도 생각났다. 동현은 가방을 샅샅이 뒤졌다. 가방 어딘가에 상수가 건네준 술집 라이터가 있을 터였다.

동현은 상수가 주었던 라이터에 박힌 전화번호로 다급히 전화를 걸어 '헤라클레스'라는 정체 모를 곳의 소재지를 알아냈다. 동현은 서둘러 집을 나섰다. 버스를 타고 읍내에 있는 주소지에 도착했다. 자정이 가까운 시간이었다. 술집과 노래방으로 가득한 거리를 온전한 걸음으로 걷는 사람은 별로 없었다. 휘황한 네온사인 불빛 사이로 '헤라클레스'라는 입간판이 동현의 눈에 들어왔다. 동현은 지하로 나 있는 계단을 천천히 내려갔다. 다시 생각해보아도 서연이 그곳에 있을 리 없었다.

지하 출입문을 열고 들어섰을 때 제일 먼저 눈이 마주친 것은 용길이었다. 동현보다 더욱 놀란 사람은 동현과 눈이 마주친 용길이었다. 용길이 어이없다는 눈빛으로 혼잣말을 했다.

"와아, 저 새끼 봐."

다음으로 동현의 눈에 들어온 것은 상수였다. 용길이 큰소리로 말했다.

"저 새끼 진짜로 왔네, 겁도 없이. 깡다구 좋다, 씨발……."

상수는 담담한 표정으로 친구를 맞이하는 것처럼 동현을 맞아주었다.

"잘 왔다. 이리 와 앉아라."

동현은 상수의 말에 아랑곳하지 않고 경계의 눈빛으로 주변을 세심히 살폈다. 아무리 보아도 서연의 모습은 보이지 않았다. 동현은 상수를 향해 성큼성큼 걸어갔다.

"혹시 여기 서연이 있나요?"

"그걸 왜 나한테 물어? 의심스러우면 네가 직접 찾아봐."

상수는 심드렁한 표정으로 말했다. 동현은 선 채로 술집 구석구석을 다시 살폈지만 서연은 보이지 않았다. 동현은 지하 출입문을 열고 서둘러 밖으로 나왔다. 빠른 걸음으로 지하 계단을 오를 때였다. 다급히 계단을 내려오는 서연과 마주쳤다. 서연이 들고 있는 하얀 봉지 속엔 술병이 가득했다.

동현은 서연의 손을 이끌고 헤라클레스 옆 골목으로 빠져나왔다. 동현이 서연에게 말했다.

"왜 여기 있어?"

"그럴 만한 이유가 있었어."

"그럴 만한 이유, 뭐?"

"내가 그걸 너한테 꼭 말해야 하니?"

서연의 물음에 동현은 아무 말도 할 수 없었다. 잠시 후 동현이 서연을 향해 간곡히 말했다.

"집에 가자."

"싫어."

"가야 돼."

"안 가. 너는 갈 수 있는 집이 있지만 나는 갈 수 있는 집이 없어."

"그게 무슨 말이야?"

"내가 지난번에 무지개강에서 말했잖아. 내가 사는 곳은 지옥이라고. 나는 악마와 함께 살고 있다고."

다시 침묵이 흘렀다. 잠시 후 동현이 말했다.

"우선은 친구 집에라도 가면 되잖아."

"싫어. 학교도 안 가는 나를 친구 부모가 좋아하겠니?"

"그럼 우리 집으로 가. 내 방에서 있으면 되잖아. 당연히 엄마 아빠도 허락할 거야."

"입장 바꿔 생각해봐. 너는 그렇게 할 수 있겠니?"

"그러면 어떡해? 여기서 살 거야?"

"응."

서연은 단호하게 말했다. 잠시 후 서연이 다시 말했다.

"여기는 내가 머물 수 있는 방도 있고 월급도 받아."

"여기 있으면 안 돼. 중학교 친구든, 고등학교 친구든 우선 친구 집으로 가. 여기는 네가 있을 곳이 아냐. 여기 있으면 정말 안 돼."

바로 그때 용길이 나타났다.

"최서연, 너 왜 여기 있어? 이 개새끼랑……."

동현은 그 순간 용길의 얼굴을 향해 번개처럼 주먹을 날렸다. 나무토막처럼 쓰러진 그에게 다가가 동현은 죽일 듯 그의 멱살을 움켜쥐며 말했다.

"죽여버려. 이 개새끼."

몸을 부르르 떨고 있는 동현의 등 뒤에서 나직한 목소리가 들려왔다. 상수였다.

"내가 너한테 분명히 말했지? 다음에 만날 때 주먹 쥐지 말라고. 내 말 기억하니?"

동현은 표범처럼 상수를 노려보며 날쌔게 몸을 일으켜 세웠다. 서연이 다급히 말했다.

"동현아, 부탁이야. 빨리 가."

"안 돼. 같이 가. 나 혼자 안 가."

동현은 몸을 낮추고 상수를 향해 주먹을 불끈 쥐었다. 서연은 동현을 향해 단호하게 말했다.

"장동현, 나 절대로 집에 안 가. 아니, 집에 갈 수 없어. 너 혼자 가. 빨리……."

서연의 눈에 눈물이 가득했다. 서연은 주먹을 불끈 쥐고 있는 상수의 팔을 꼭 잡고 있었다. 잠시 후 서연의 비명 소리가 들렸다. 용길이 비틀비틀 일어나 동현의 머리를 향해 화분을 내리쳤다. 동현은 그 자리에 쓰러졌다. 그 순간 상수가 용길을 향해 쏜살같이 주먹을 날렸다. 상수는 쓰러진 용길의 멱살을 움켜쥐고 말했다.

"야, 이 개새꺄. 내가 너한테 분명히 말했지. 이 새끼 손대지 말라고……. 말했어, 안 했어?"

"씨발, 너는 왜 이 새끼만 싸고 돌아? 이 새끼가 친구보다 중요하냐?"

"아가리 닥쳐! 씨발놈아! 죽기 싫으면……."

상수는 용길을 죽일 듯 노려보며 말했다. 살기등등한 상수의 눈빛에 용길은 더 이상 아무 말도 하지 못했다. 머리에 화분을 맞은 동현은 정신을 잃었다. 머지않아 119 구급대가 도착했다.

21

    평일의 강변은 고요하고 한가로웠다. 인하와 정인이 앉아 있는 벤치로 내려앉은 햇볕은 안온했다. 벚나무 잎사귀들이 바람에 수런거렸다. 강 건너편에 서 있는 키 큰 미루나무 잎사귀들도 은빛으로 반짝거렸다. 인하가 정인에게 말했다.

    "저는 이 강이 참 좋아요. 제가 살고 있는 곳에 남한강이 흐르고 있어 얼마나 다행인지 모릅니다."

    "남한강만 있나요. 엄마 품속 같은 소백산도 있잖아요."

    "그러네요. 아름다운 소백산도 있네요. 저와 정인 씨 마음속엔 산도 있고 강물도 흐르네요."

    "인하 씨, 여기 자주 오세요?"

    "네. 울적할 때마다 왔어요. 강물이 눈에 보일 땐 강물 흐르는 소리가 들리지 않았어요. 신기하게도 강물이 보이지 않을 때부터 강물 흐르는 소리가 들리기 시작했습니다. 정인 씨, 강물 흐르는 소리 들리시나요?"

"아니요. 안 들리는 것 같아요. 어? 이 소리인가?"

정인은 고개를 갸웃하며 귀를 쫑긋 세웠다. 잠시 후 정인이 웃으며 말했다.

"아무래도 아닌 것 같은데요. 정말 강물 흐르는 소리가 들리나요?"

"네. 들립니다. 자주 귀를 기울이시면 강물 흐르는 소리가 들려요."

정인은 가만히 웃음 지을 뿐 아무 말도 하지 않았다. 강줄기를 타고 산들바람이 불어왔다. 인하가 정인에게 물었다.

"정인 씨는 무슨 꽃 좋아하세요?"

"제비꽃이요."

"제비꽃 다음으로 좋아하는 꽃은요?"

"라일락이요."

"그다음 좋아하는 꽃은요?"

"라벤더."

"정인 씨 보라색 좋아하시는군요. 맞죠?"

"어떻게 아셨어요?"

"뭘 어떻게 알아요? 제비꽃, 라일락, 라벤더. 정인 씨가 좋아하는 꽃이 모두 보라색이니까 단번에 알았죠."

"아, 그렇구나."

정인은 흰 치아를 드러내며 활짝 웃었다.

"정인 씨는 보라색을 가진 꽃 이름을 얼마나 알고 계세요?"

"글쎄요."

"아는 대로 말해주실 수 있나요?"

"보라색 꽃 이름이요?"

"네."

정인은 잠시 생각에 잠기더니 꽃 이름을 하나씩 말하기 시작했다.

"도라지꽃, 붓꽃, 금강초롱, 캄파눌라."

"캄파눌라요? 그런 꽃도 있나요?"

"네. 캄파눌라는 금강초롱꽃을 쏙 빼닮은 꽃이에요."

"또 말해주세요."

"처녀치마, 용담, 노루귀, 등나무꽃, 바이올렛, 튤립도 보라색 있어요."

"또요?"

"칡꽃, 보랏빛 히아신스, 매발톱꽃, 아네모네…… 또 뭐가 있을까요?"

정인은 그렇게 말하고 다시 생각에 잠겼다. 잠시 후 정인이 말했다.

"생각났어요. 보랏빛 수국도 있어요. 루피너스도 있네요."

"정인 씨 대단하세요. 꽃을 좋아하시나요?"

"꽃 싫어하는 사람도 있나요?"

"그렇죠. 꽃 싫어하는 사람은 없겠네요."

잠시 침묵이 흐른 뒤 정인이 인하에게 물었다.

"인하 씨는 무슨 꽃 좋아하세요?"

"클레마티스요."

"클레마티스요? 그런 꽃도 있나요? 저는 처음 들었어요. 그 다음으로 좋아하는 꽃은요?"

"알리움이요."

"어, 그 꽃 이름도 못 들어봤는데. 그다음은요?"

"델피니움."

"헐, 델피니움도 처음 듣는 꽃 이름이에요. 혹시 인하 씨 꽃집 하신 적 있나요?"

"그럴 리가요."

"인하 씨가 방금 말하신 꽃들은 무슨 색인가요?"

"모두 보라색입니다."

"정말요?"

"네. 정말입니다."

"같은 보라색 꽃인데 인하 씨랑 저랑 좋아하는 꽃이 다르네요."

"아니요. 제비꽃, 도라지꽃, 노루귀, 처녀치마, 칡꽃은 저도 좋아하는 꽃들입니다. 정인 씨가 먼저 말해서 그다음으로 제가 좋아하는 다른 꽃들의 이름을 말한 거예요."

"아아, 그러셨군요."

정인이 웃으며 말했다. 강바람이 다시 불어왔다. 바람에 흩날리는 머리카락을 손가락으로 쓸어 올리며 정인이 피식 웃음을 터트렸다.

"정인 씨, 왜 웃으세요?"

"그냥 웃음이 나왔어요."

"그냥 나오는 웃음이 어딨어요?"

"인하 씨는 그냥 웃음 나올 때 없나요?"

"네. 없습니다."

"사실은 저도 없어요."

정인은 다시 피식 웃음을 터트렸다. 정인이 웃음 섞인 목소리로 말했다.

"갑자기 저희 아버지가 한 말이 생각났어요."

"아버지가 뭐라고 하셨는데요?"

인하의 물음에 정인은 말없이 웃기만 했다. 잠시 후 정인이 말했다.

"오래전에 저희 아버지가 그러셨어요. 꽃 이름 많이 아는 사람들 중엔 나쁜 사람 없다고요."

"아아, 그러셨군요. 저도 그렇게 생각합니다. 사실은 제가 좋아하는 보라색 꽃 더 말할 수도 있습니다. 블루벨도 보라색이고 길리아도 보라색입니다. 시계초꽃도 보라색이고 맥

문둥꽃도 보라색입니다. 이런 말까진 안 하려고 했는데, 사실은 제 별명이 '인간식물도감'입니다."

장난 섞인 목소리로 호들갑스럽게 말하는 인하를 바라보며 정인은 소리 내어 웃었다. 인하도 따라 웃었다. 잠시 후 정인이 말했다.

"아름다운 꽃들을 지금은 볼 수 없어 아쉽네요."

"볼 수 있습니다. 꽃 이름만 들어도 그 꽃들을 기억 속으로 불러낼 수 있으니 우리는 그 꽃을 볼 수 있는 거예요. 정인 씨, 제가 한번 테스트해볼게요. 제가 꽃 이름을 말하면 꽃이 선명하게 보이실 거예요. 자, 꽃 이름 나갑니다. 제비꽃!……. 어때요? 제비꽃이 보이시죠?"

"아니요. 전혀 안 보여요."

"아아, 안 보이는구나. 사실은 저도 안 보여요."

인하가 호들갑스럽게 웃었다. 정인도 따라 웃었다. 잠시 후 인하가 말했다.

"정인 씨는 화가로서 엄청난 자산을 갖고 계신 거예요. 그렇게 많은 꽃들을 이름까지 정확히 기억하고 계시잖아요."

"그런가요? 그런 거죠?"

"네. 제 생각은 그렇습니다. 정인 씨, 힘내세요. 피카소가 태어나면 세상의 모든 화가들이 죽는다는 말 있잖아요."

"처음 들어요. 무슨 뜻이죠?"

"피카소가 세계적으로 유명해지면서 많은 화가들이 피카소 그림만 흉내 내다가 몰락했다는 뜻이겠죠. 하지만 모든 화가가 그렇진 않았습니다. 그 당시 변방 중의 변방이었던 멕시코 화가 디에고 리베라는 피카소 그림에 붙들리지 않고 용감하게 거리로 나가 멕시코 민중들을 위한 벽화를 그렸습니다. 몇 년 전에 디에고 리베라의 그림들을 국내 전시회에서 봤어요. 화폭에 가득한 브라운 톤의 정서가 뭉클하고 묵직했습니다. 피카소 그림과는 다른 차원의 감동이었습니다. 오직, 정인 씨만 그릴 수 있는 그림이 있을 거예요. 다른 사람은 절대로 그릴 수 없는 그런 그림이요."

인하의 말에 정인의 얼굴이 금세 환해졌다. 그의 말 한마디에 환하게 웃고 있는 자신의 얼굴을 그가 볼 수 있다면 얼마나 좋을까, 정인은 생각했다. 감동은 귀로 듣는 게 아니라 눈으로 보는 거였다. 슬픔은 귀로 듣는 게 아니라 눈으로 보는 거였다.

22

호텔로 가는 차 안에서 최대출이 분식집 여자에게 물었다.

"아들 있다면서. 아이는 누가 돌보나?"

"엄마가 돌봐요. 엄마랑 같이 살아요."

"늦게 들어가면 남편이 뭐라고 안 그래?"

"집에 잘 안 들어와요. 곧 이혼합니다. 도장만 찍으면 돼요."

최대출은 고개를 끄덕였다. 한동안 침묵이 흘렀다.

"희경 씨 주려고 선물 사왔어."

"선물이요?"

"깜짝 놀랄 거야. 호텔 가서 풀어봐."

그녀는 더 이상 묻지 않았다. 잠시 후 최대출이 말했다.

"벚꽃 필 때 여기 와봤나?"

"네."

"죽이지?"

"네."

"오늘은 단답형이네. 안 좋은 일 있었나?"

"아뇨. 그냥 답답해서요. 대표님도 그런 날 있으시잖아요."

그녀의 말에 최대출은 아무 말도 하지 않았다. 잠시 침묵이 이어졌다. 최대출은 운전하며 흘긋흘긋 그녀의 눈치를 살폈다.

"희경 씨, 선물이 뭔지 궁금해?"

"네."

최대출은 빙긋이 웃으며 가로등이 켜 있는 어둑한 강변 한쪽에 차를 세웠다.

"희경 씨, 내가 트렁크 열어줄 테니까 뒤로 가서 보고 와. 리본 달린 상자가 있을 거야."

그녀는 자동차 문을 열고 밖으로 나갔다. 잠시 후 트렁크가 열렸다. 최대출이 차창 밖으로 고개를 내밀어 그녀를 살폈다. 그녀는 환하게 웃고 있었다. 그럴 줄 알았다는 듯 최대출이 그녀를 향해 큰 소리로 말했다.

"희경 씨, 봤으면 들어와."

"지금 풀어보면 안 돼요?"

"안 돼. 이따가 봐."

잠시 후 그녀는 자동차 안으로 들어왔다. 최대출이 그녀에게 물었다.

"상자 안에 뭐가 있을 것 같나?"

"뭔데요?"

"내가 물었으니까 희경 씨가 대답해야지."

"알려주세요. 뭔데요?"

"깜짝 놀랄 거야. 호텔 가서 열어봐."

최대출은 달뜬 목소리로 말했다. 그녀는 더 이상 묻지 않았다. 차는 다시 일렬로 늘어선 벚나무 사이를 가로질렀다. 강변의 불빛은 아름다웠다.

"희경 씨, 선물이 뭔지 말해줄까?"

"네."

"속옷이야. 지난번에 준 것보다 훨씬 더 비싼 거야. 명품. 이름은 비밀."

최대출의 목소리는 무어라 말할 수 없는 자부심으로 가득했다.

"어떻게 아셨어요? 저요, 지난번에 대표님이 사준 속옷 입고 왔어요."

그녀는 기묘한 눈빛으로 최대출을 바라보았다. 잠시 후 그녀는 어둠이 내린 차창 밖을 바라보며 차분한 목소리로 말했다.

"겉옷까지 찢어야 완벽하죠."

"뭐?"

"겉옷까지 찢어야 완벽하다고요."

"무슨 뜻인가?"

"겉옷을 찢어야 속옷을 찢죠. 안 그래요?"

최대출은 벙벙한 눈빛으로 그녀를 바라보았다. 잠시 후 최대출이 말했다.

"희경 씨, 좀 멀지만 백화점으로 먼저 가자. 쇠뿔도 단김에 빼야지."

"그러고 싶으세요?"

최대출은 대답 대신 내비게이션에 백화점 이름을 입력했다. 흥분한 기색이 역력한 그녀 얼굴엔 자신감이 가득했다.

23

　용팔은 손님들이 빠져나간 홀에 홀로 앉아 텔레비전을 보고 있었다. 자연 다큐 프로그램에선 서해의 광활한 갯벌을 보여주었다. 햇볕 내려앉은 갯벌 위에는 밤하늘 별빛만큼이나 많은 게들이 움직이며 먹이 활동을 하고 있었다.

　용팔은 윗주머니에서 스프링 수첩과 볼펜을 꺼냈다. 게들이 들려준 갯벌 저편의 이야기를 용팔은 수첩 위에 가지런히 써내려갔다.

　　　게들은 집게다리가 밥 먹는 손이다. 집게다리 두 개를
　　모두 잃은 게는 어쩔 것인가?

　더 이상 쓸 문장이 없어 전전긍긍하는 용팔 옆으로 영선이 다가왔다. 용팔은 체념하고 스프링 수첩과 볼펜을 윗주머니에 다시 넣었다. 잠시 후 용팔이 조금은 상기된 얼굴로 영선에게 말했다.

"당신 기억나지? 내가 당신한테 말했잖아. 영화 같은 일이 벌어질 거라고. 어때? 내 말이 맞지?"

"당신 말이 맞았어. 나는 이런 일이 있을 거라고 상상도 못했거든."

영선은 절레절레 고개를 저었다. 용팔이 달뜬 목소리로 말했다.

"나도 우연히 발견한 거야. 무언가에 이끌려 옥상으로 올라갔거든. 그 영감이 옥상 위에 인혜를 숨겨 놓은 것만 같아 부리나케 옥상 위로 올라간 거야. 아무리 둘러보아도 인혜는 없었고 옥상 한쪽에 빨간 양귀비꽃들만 수북이 피어 있는 거야. 무심코 몇 걸음 다가갔는데 공원에서 보았던 양귀비꽃하고 어딘가 모르게 달랐어."

"진짜 양귀비라는 걸 당신은 어떻게 알았어?"

"척 보면 알지. 진짜 양귀비는 솜털이 없어. 꽃대도, 가지도 그냥 매끈하거든. 그 영감이 잔대가리 굴렸더라고. 진짜 양귀비하고 가짜 양귀비를 기막히게 섞어놨어. 그러니 아무도 몰랐겠지?"

"아아, 그렇구나. 하여간에 당신은 모르는 게 없어. 당신 아니면 큰일 날 뻔했어."

"정말 큰일 날 뻔했지. 진짜 양귀비를 그대로 방치했으면 그 영감이 환각 상태로 무슨 짓을 했을지도 모르잖아. 그 영감이 인혜, 인석이하고도 친했거든. 영감이 자기 집으로 애들 불러들여 짜장면까지 사주는 사이니 걔네들도 그 영감을 믿지 않았겠어? 아무튼 큰일 날 뻔했어."

"장용팔, 최고야."

영선의 칭찬에 용팔은 흡족한 표정을 지었다. 잠시 뒤 용팔이 영선에게 물었다.

"잘 살겠지?"

"누구?"

"그놈들 말이야."

"인혜, 인석이?"

"응."

"잘 살 거야. 잘 살아야지……."

영선의 목소리는 쓸쓸했다. 교장 할아버지는 전직 교장이 아니었다. 배앓이가 심해 양귀비를 심었다고 노인은 말했지만 통할 리 없었다. 노인과 함께 살고 있는 아들도 며느리도 몰랐다. 노인은 경찰서로 끌려갔고, 취조 과정에 밝혀진 사실은 충격적이었다. 노인은 환각에 빠져 늘 초등학생 여자아이들 주변을 어슬렁거렸다. 그간 노인이 저지른 일들에 대해 경찰서에서 면밀히 조사 중이었다. 항상 친절을 베푸는 노인에게 인혜가 저항할 수 없었던 끔찍한 일이 있었던 것은 아닐까 용팔은 생각했다. 생각할수록 용팔의 마음은 아팠지만 후회해도 소용없는 일이었다. 영선이 용팔에게 뚜벅 물었다.

"정인하 선생 말이야. 그 여자랑 잘될 것 같지? 이름이 뭐였더라?"

"서정인."

"이름도 예쁘네. 보면 볼수록 매력 있는 사람이더라."

"두 사람이 잘될 것 같지? 두 사람 잘 어울리던데. 하여간에 장용팔이 여자 보는 눈은 있어. 나 같은 여자를 아내로 고른 것도 그렇고 여자 보는 눈이 탁월해. 당신이 복지관에서 서정인 씨 처음 봤다 그랬지?"

"응. 복지관에 배달 갔다가 만났는데 딱 보는 순간 정인하 짝이란 생각이 들었거든. 그다음 배달 갔을 때 복지관 관장에게 넙죽 말했지. 미끼를 놓아야 할 것 같아서 정인하 인생 히스토리 쫙 풀어줬더니 관장이 바로 물더라고……. 관장이 우리 단골이잖아. 하여간에 내가 사람 보는 눈은 기막혀."

용팔은 어깨를 추어올리며 말했다. 영선이 멀뚱히 용팔을 바라보며 말했다.

"좀 겸손해라. 나처럼."

"이 사람아, 자신을 내세우지 않는 것도 겸손이지만 진짜 겸손은 자신을 무시하지 않는 거야."

"그건 그렇다 치고. 정 선생이 그 여자 처음 만났던 날 당신한테 동행해달라고 부탁했잖아. 당신이 다리 놓았다는 거 정선생이 알고 부탁한 거야?"

"알긴 어떻게 알아. 알 리가 없지. 복지관 관장하고 나하고 비밀이었는데……."

"근데 왜 하필 당신한테 동행해달라고 부탁했을까?"

"그거야 나도 모르지. 소개팅 장소까지 동행해달라는 부탁 받고 나도 깜짝 놀랐어."

용팔은 눈을 동그랗게 뜨고 말했다. 잠시 후 용팔이 말했다.

"두 사람 소개팅이 그렇게 빨리 성사될 줄은 나도 몰랐어."

"장용팔 이빨에 안 넘어갈 사람 있겠어?"

"이빨? 근데 이 사람이 남편을 우습게 알아. 내가 고작 이빨 수준밖에 안 돼?"

"당신은 웬만하면 입을 다물고 있는 게 좋아. 누구랑 말할 때 필담을 나눌 수 있으면 필담을 나눠봐. 당신은 말보다 글이 더 근사하니까."

"내가 당신 앞에서나 편히 말하지, 다른 사람들 앞에서도 그러는 줄 알아?"

"내 앞에서도 말 좀 조심해. 부부니까 더 예의를 지켜야지. 안 그래?"

영선은 용팔을 향해 따지듯 물었다.

"오영선, 당신 말이 틀린 건 아닌데 그래도 비빌 언덕이 하나는 있어야 하지 않겠니? 그래야 숨을 쉬지. 당신도 나한테 말 함부로 하잖아. 누가 남편한테 이빨 세다고 말하니?"

"그러네. 당신 말도 맞네. 비빌 언덕이 하나는 있어야지."

영선은 시큰둥하게 말했다. 잠시 후 영선이 말했다.

"요즘 우리 가게에 왜 그렇게 진상들이 많이 오는지 모르겠어."

"왜? 오늘도 진상 왔어?"

"말도 마. 짬뽕이 싱겁다. 단무지가 너무 달다. 면이 너무 쫄깃하다. 하나부터 열까지 생트집을 잡더라고. 한마디 하려다가 겨우 참았어."

"그래도 참아야지 어쩌겠어. 지난번 애들 데리고 고깃집 갔을 때 벽에 커다랗게 써 붙여놓은 거 당신도 봤잖아. 기억나지?"

"기억 안 나. 뭐라고 쓰여 있었지?"

"'손님이 짜다고 말하면 무조건 짜다.' 이렇게 쓰여 있었잖아. 그 말이 내겐 감동적이었어. 사실은 나도 그렇게 써서 붙여놓을까 생각도 했었거든. 지금도 그럴까 말까 고민 중이고."

"별걸 다 감동하네."

"왜? 멋있지 않아? 나는 그 말이 좋았어. 장사하는 사람들한테 필요한 메시지잖아."

"당신이 언제부터 그렇게 친절했어?"

"그럼 내가 불친절했어?"

"불친절하진 않았지. 그 정도면 친절하다고 말할 수도 있겠네."

"음식 먹고 돈 없다고 배 째라고 하는 놈들에게까지 내가 친절해야 하니? 나는 그렇게 생각하진 않아. 아무튼 당신하고 나하고는 인생관이 좀 달라."

용팔의 물음에 영선은 아무런 대꾸도 하지 않았다. 잠시 후 영선이 말했다.

"우리 작년에 제주도 갔었잖아."

"작년이 아니라 재작년에 갔었지."

"그게 벌써 재작년인가? 하여간에 거기가 함덕 해변이지?"

"함덕 해변 맞아. 바닷물이 민트색이었어. 밤이 되면 한치 잡는 배들의 불빛이 장난 아니었잖아. 한치잡이 배들이 수평선에 가득했어. 정말 장관이었는데. 제주도 또 가고 싶다. 왜 갑자기 제주도 이야길 꺼내? 마음 설레게."

용팔이 퉁명스럽게 영선에게 말했다. 영선이 웃으며 용팔에게 다시 물었다.

"함덕 해변 갔을 때 술집인지 카페인지 기억은 안 나는데 재밌는 말 쓰여 있었잖아. 기억나?"

"그럼. 기억나지."

"뭐라고 쓰여 있었지?"

"왜 갑자기?"

"그냥 생각났어."

"이렇게 쓰여 있었잖아. '인간은 왜 혼자 살면 외롭고 둘이 살면 빡치는가?'"

"맞아. 그 말이야."

영선은 소리 내어 웃었다. 영선이 웃음 섞인 목소리로 용팔에게 말했다.

"그것도 가게 바깥쪽에 겁나게 크게 쓰여 있었잖아. 가게 주인이 쓴 거겠지?"

"주인이 썼겠지. 누가 썼겠어? 하여간에 누가 한 말인지 명언이야, 명언…… 혼자 살면 외롭고 둘이 살면 빡치지……"

"그거 보고 길바닥에서 엄청 웃었는데. 당신 기억력 참 좋다. 정확히 기억하고 있네."

"내가 공부를 안 해서 그렇지 대가린 좋잖아. 우리 동현이는 누굴 닮아서 그렇게 대가리가 나쁜지 모르겠단 말이야."

용팔은 고개를 갸웃하며 말했다. 영선이 용팔을 향해 따지듯 물었다.

"그 말의 뜻은 동현이가 나를 닮았다는 뜻이네?"

"뭐 그런 건 아니고."

"당신은 대가리 좋다면서? 그게 나 닮았다는 뜻이지 뭐야?"

"아니라니까. 당신 대가리도 내 대가리도 안 닮았다는 뜻이야."

"둘러대기는."

"어허, 이 사람이 아니라니까 그러네."

"아니긴 뭐가 아냐?"

영선이 흰자위를 번뜩이며 용팔을 흘겨보았다. 잠시 후 영
선이 용팔을 향해 말했다.

"빠쳐도 둘이 사는 게 낫겠지?"

"그런가?"

"혼자 살면 심심하잖아. 그치?"

"그렇겠지? 그럴 거야."

용팔은 심드렁한 표정으로 영혼 없이 그렇게 말하고는 계
산대 쪽으로 걸어갔다. 용팔은 윗주머니에서 스프링 수첩과
볼펜을 꺼냈다.

인간은 왜 혹독한 시베리아까지 가서 자기 몸집의 몇
배나 되는 맘모스와 싸우며 생존하려 했을까? 자기들이
멸절시킨 맘모스가 더 이상 보이지 않았을 때 그들의 절
망은 얼마나 컸을까?

24

주방 뒷문을 향해 걸어가는 용팔에게 영선이 물었다.

"고양이 밥 주러 가는 거지?"

"어떻게 알았어?"

"척 보면 알지. 그 봉지 안에 있는 거 생선이잖아. 맞지?"

"응."

"엄마 잃은 새끼 고양이들은 살뜰히 챙기네?"

"불쌍하잖아."라고 용팔은 말할 뻔했다. 그렇게 말하면 영선에게 한 소리 들을 게 뻔했다. 용팔은 마음을 감추고 에둘러 말했다.

"덩치는 작지만 저놈들이 턱 버티고 있으니까 집 주변에 쥐새끼 한 마리 얼씬거리지 못하잖아. 쥐새끼 들락거리는 중국집에 손님들이 오겠어? 나는 저놈들이 고마워."

"그 어린것들이 이제는 좀 컸다고 생선을 먹네. 당신 아니었으면 쟤네들 벌써 죽었을 거야. 당신이 사료에다가 분유까지 타서 지극정성으로 먹여서 살린 거야. 쟤네들이 복이 많네. 장용팔 같은 주인 만났으니까."

"내가 왜 쟤네들 주인이야? 나 주인 아냐. 고양이는 주인 없어. 주인 밑에서 살살거리며 재롱부리는 애들은 고양이 아냐."

"근데 왜 흥분을 하고 그래? 당신이 걔네들을 먹여 살리니까 주인이라고 말할 수도 있는 거지. 내 말이 틀렸어?"

"설령 우리가 그렇게 생각해도 고양이들은 그렇게 생각하지 않는다는 뜻이야. 고양이는 누구에게나 수평관계야. 대통령하고 고양이는 서열이 같아."

용팔은 그렇게 말하고 주방 뒷문을 열고 밖으로 나갔다. 용팔은 산수유나무 숲속을 향해 큰 소리로 고양이들을 불렀다.

"고돌아, 고순아……. 어딨냐?"

빼곡한 산수유나무 숲속 이곳저곳을 유심히 살펴도 고양이들은 보이지 않았다.

"고돌아……. 고순아……."

용팔은 그들의 이름을 또다시 불렀다. 잠시 후 저만큼의 거리를 두고 어린 고양이 두 마리가 나타났다. 고양이들은 늘 그랬던 것처럼 멀찌감치 자리를 잡고 앉아 경계의 눈빛으로 용팔을 빤히 바라보았다.

"알았다, 알았어. 더 가까이 올 수 없다는 거지? 여기 두고 갈 테니 맛나게 먹어라. 생선이 겁나게 싱싱하다. 아주 맛날 거야."

용팔은 비닐봉지에서 잘게 다진 생선토막을 꺼내 널따란 플라스틱 쟁반 위에 정성스럽게 올려놓았다. 용팔이 고양이들을 향해 다시 말했다.

"내일은 장 보는 날이니까 더 맛난 거 갖다줄게. 많이 많이 먹고 쑥쑥 자라라. 짜식들⋯⋯. 어린것들이 벌써부터 눈에 후카시가 들어갔네. 나는 너희들의 세로 동공이 마음에 들어. 야성을 잃으면 너희들은 끝장이야. 알았어?"

용팔은 그렇게 말하며 가져온 생선을 플라스틱 쟁반 위에 모두 올려주었다. 잠시 후 용팔이 고양이들을 향해 다시 말했다.

"너희들의 조상이 누군지 아냐? 너희들의 조상은 1,500만 년 전 중동 사막에서 살았던 사막고양이야. 그래서 너희들이 뜨거운 걸 좋아하는 거야. 근데 아무리 뜨거운 게 좋아도 시동 꺼진 자동차 엔진 밑으로 기어들어가진 마라. 짜식들아, 아무리 따뜻해도 그곳은 위험해. 잘못하면 죽어. 알았어?"

용팔은 그렇게 말하고는 자리에서 일어나 주방 뒷문을 향해 모르는 척 뒤돌아 걸었다. 몇 걸음 걷다가 용팔은 재빠르게 고개를 돌려 고양이들을 바라보았다. 고양이들은 먹이를 향해 몇 걸음 걸어오다가 급작스런 용팔의 시선에 걸음을 멈췄다.

"나랑 '무궁화 꽃이 피었습니다.' 하자고?"

용팔은 다시 몇 걸음 걷다가 재빠르게 고개를 돌려 고양이들을 바라보았다. 고양이들은 먹이를 향해 다시 몇 걸음 걸어오다가 급작스런 용팔의 시선에 또다시 걸음을 멈췄다.

"짜식들아, 너희는 독사를 사냥할 수 있는 발톱을 가졌어. 사람한테 길들여지면 끝장이야."

용팔은 그렇게 말하고는 성큼성큼 걸어 뒷문을 열고 주방 안으로 들어갔다. 잠시 후 용팔은 빼꼼히 문을 열고 밖에 있는 고양이들을 바라보았다. 바람이 불어왔고 햇살 내려앉은 용팔의 얼굴에 환한 미소가 번졌다.

용팔은 문을 닫고 주방에 쪼그려 앉아 스프링 수첩과 볼펜을 꺼냈다. 용팔은 수첩 위에 바람과 햇살이 전해준 이야기를 써내려갔다.

김훈의 『현의 노래』는 감동적이다. 그의 문장에 소름이 돋았다. 대가야 사람 우륵은 자신이 연주하던 가야금을 들고 신라에 투항했다. 전쟁터에 나갈 때면 큼지막한 도끼를 손에 들고 나갔던 신라 진흥왕은 문화에 대한 안목이 깊어 투항한 우륵을 하림성이란 궁정으로 데려가 악사로 귀하게 대접했다. 악기는 악기를 연주하는 것이 아니라 시간을 연주하는 것임을 진흥왕은 알고 있었던 것이다. 악기가 단순히 악기를 연주하는 것이라면 어째서 사람들이 눈물 흘리겠는가?

25

"안녕하세요. 저 아시겠죠?"

갑작스레 사무실 문을 열고 들어온 분식집 여자를 바라보며 양희원은 깜짝 놀랐다. 양희원은 얼떨결에 그녀와 인사를 나눴다. 양희원이 정중히 물었다.

"무슨 일로 오셨나요? 지금 대표님 안 계십니다."

"대표님 안 계신 줄 알아요. 그냥 왔습니다."

"네?"

"그냥 왔어요. 대표님 뵙고 싶어서."

당돌한 그녀의 말에 당황했지만 양희원은 정중히 말했다.

"사전에 약속하시고 오셔야 합니다."

"제가 대표님께 전화 드릴까요?"

"네?"

그녀의 말에 양희원은 태연한 척 말했다.

"아닙니다. 제가 대표님께 전화 드리겠습니다."

"전화 드리지 마세요. 대표님 놀라게 해드리고 싶어요. 서프라이즈 모르세요? 깜짝 방문이요. 지난번엔 고마웠습니다. 양 비서님이 귀띔해주셔서 모든 일이 잘됐습니다. 저요, 새로 짓는 건물 1층에 입점합니다. 양 비서님 덕분입니다."

앞뒤 없는 그녀의 말에 난감해하는 양희원을 빤히 바라보며 그녀가 다시 말했다.

"새로 짓는 건물로 사무실 옮기면 자주 뵙겠네요."

"네?"

"사무실 옮기는 거 모르세요?"

"저희 사무실 안 옮깁니다."

"아아, 아직 모르시는구나. 대표님 오시면 여쭤보세요. 새로 짓는 건물로 사무실 옮깁니다."

그녀의 목소리는 확신에 차 있었다.

"양 비서님, 대표님 방에 들어가 있어도 되겠죠?"

최대출 방으로 들어가려는 그녀를 가로막으며 양희원이 말했다.

"들어가시면 안 됩니다. 여기서 기다리세요. 제가 대표님께 전화 드려 먼저 여쭙겠습니다."

"말씀드렸잖아요. 전화하실 필요 없다니까요."

바로 그때 사무실 문이 열렸고 최대출이 깜짝 놀란 눈빛으로 분식집 여자를 바라보았다.

"웬일이야? 전화도 없이."

최대출은 자신도 모르게 나온 하대를 의식한 듯 재빠르게 다시 말했다.

"깜짝 놀랐습니다. 오실 땐 오신다는 말씀을 미리 하셔야죠."

최대출의 어색한 존칭에 분식집 여자의 표정은 금세 싸늘해졌다. 당황한 기색을 감추며 최대출이 말했다.

"기왕에 오셨으니 지난번에 나눈 말씀이나 마무리 지읍시다. 제 방으로 들어가시죠."

분식집 여자는 보란 듯 양희원을 흘긋 바라보며 최대출 방으로 들어갔다. 난감한 얼굴로 서 있는 양희원을 바라보며 최대출이 말했다.

"양 비서, 퇴근해."

"대표님, 아직 퇴근 시간 전입니다."

"30분도 안 남았네. 퇴근해. 나는 저 분과 마무리 지어야할 일이 있어. 힘들어 죽겠다."

최대출의 눈빛이 흔들렸다. 지난번 사무실에서 보았던 외설스러운 풍경이 양희원 눈앞에 자꾸만 어른거렸다.

26

　헤라클레스 구석 자리에 앉아 상수와 용길이 술을 마시고 있었다. 상수가 용길에게 물었다.

　"희원이 누나는 어떻게 지내냐?"

　"비서야. 대기업 비서."

　"누나 월급 많겠다."

　"누나 없었으면 우리 식구 벌써 굶어 죽었다. 아버지는 반신불수가 되어 온종일 방 안에 누워만 있고, 엄마는 심각한 우울증이야. 우리 집은 왜 그렇게 꿀꿀한지 모르겠다. 씨발, 집에 들어가기가 싫어."

　용길은 술잔을 들어 한 번에 들이켰다. 상수가 용길의 빈 술잔에 술을 따라주었다. 용길이 상수에게 물었다.

　"너 서연이 싫으냐?"

　상수는 용길을 잠시 바라보았을 뿐 아무 말도 하지 않았다. 용길이 보채듯 다시 물었다.

"서연이 싫으냐고?"

"싫다고 지난번에 말했잖아."

상수는 용길을 노려보며 짜증 섞인 목소리로 대답했다.

"근데 왜 성질을 내."

용길은 내심 흡족한 표정을 지었다. 잠시 후 용길이 다시 물었다.

"왜 싫은데?"

"싫은데 이유가 있냐? 그냥 재수 없어."

"왜 재수 없어? 서연이 얼굴도 예쁘고 몸매도 좋잖아."

용길은 그렇게 말하고 상수의 눈치를 살폈다. 잠시 후 용길이 조심스럽게 말했다.

"상수야, 서연이 싫으면 나 줘라. 씨발."

"미친놈. 근데 용가리, 너는 욕 없으면 말이 안 되냐?"

"응. 안 돼."

"용가리, 네가 욕하면 세게 보일 것 같지?"

"아니. 욕하면 세게 보이냐?"

용길이 비아냥거리듯 반문했다.

"반대야. 욕하면 약해 보여. 진짜로 센 아이들은 욕 안 해. 찌질한 애들이 내면의 두려움을 감추려고 시도 때도 없이 욕하는 거야."

상수의 말에 용길은 아무 말도 할 수 없었다. 잠시 후 용길이 말했다.

"상수야, 내가 누구한테 욕 배웠는지 아냐?"

"누구한테 배웠는데?"

"엄마 아버지한테 욕 배웠어. 어쩌면 말보다 욕을 먼저 배웠는지도 몰라. 씨발……. 우리 외할머니도 욕 잘했다. 우리 엄마가 외할머니한테 뭘 배웠겠니? 내가 욕을 해도 우리 엄마 아버지는 나한테 욕하지 말라고 말한 적 없어. 자기들도 욕 존나 하니까 말발이 안 섰겠지."

"같은 부모 밑에서 컸는데 희원이 누나는 너랑 많이 다르잖아."

"다르지. 상수 네 말대로 희원이 누나는 나랑 많이 달라. 씨발, 나도 그런 줄 알았다."

용길은 하고 싶은 말이 있다는 듯 상수를 바라보았다. 바로 그때 헤라클레스 출입문이 열리고 동현이 들어왔다. 동현과 상수의 눈이 마주쳤다. 상수는 전혀 놀라지 않은 눈빛으로 오른쪽 팔을 들어 동현에게 신호를 보냈다. 동현은 긴장된 표정으로 상수가 앉아 있는 곳으로 걸어왔다. 상수가 동현을 향해 웃으며 말했다.

"너 또 올 줄 알았다. 화분 맞고도 머리 괜찮나 보네?"

동현은 테이블 앞에 선 채로 아무 말도 하지 않았다. 용길이 날카로운 눈빛으로 동현을 노려보며 말했다.

"이 씨발놈 봐라. 또 왔어? 이 씨발놈, 깡다구 좋네."

동현은 발끈하는 용길을 노려보았다. 용길이 갑작스레 몸을 일으키며 동현을 향해 위협적으로 다가섰다.

"용가리 너는 빠져!"

상수는 용길을 향해 단호하게 말했다.

"너 또 이 새끼 편드는 거야?"

용길은 원망 가득한 눈빛으로 상수를 바라보았다.

"편드는 거 아냐. 그럴 만한 이유가 있어서 그래. 용가리 너는 잠깐 나가 있어라. 쪽방 안에 들어가 있든지……. 얘하고 잠깐 할 이야기가 있어서 그래. 30분이면 돼. 부탁한다."

용길은 동현의 얼굴 쪽으로 자신의 얼굴을 바짝 들이밀며 위협적으로 말했다.

"너 이 새끼 몸조심해. 다음에 또 만나면 진짜로 죽여버린다."

동현은 기세등등한 눈빛으로 용길을 노려봤다. 용길은 상수를 마뜩잖은 눈빛으로 흘깃 바라보고는 출입문 밖으로 느릿느릿 걸어 나갔다. 상수가 나긋이 동현에게 말했다.

"앉아라. 잠깐 얘기 좀 하자."

"서연이 방 안에 있나요?"

동현의 말 속엔 경계와 적의가 가득했다.

"인마, 잠깐 앉으라니까."

상수는 신경질 섞인 목소리로 동현에게 말했다. 동현은 아랑곳하지 않고 상수를 노려보았다. 상수는 전혀 동요하지 않았다.

"내가 서연이 붙잡고 있는 거 같니? 오해하지 마. 나는 나 좋다고 말하는 여자한테 관심 없어. 앉아라. 잠깐 얘기 좀 하자."

내키지 않았지만 동현은 상수 앞자리에 앉았다. 상수가 동현에게 술잔을 건넸다.

"한 잔 해라."

동현은 상수가 건네준 술을 단숨에 들이켰다. 상수는 동현 앞에 놓인 빈 잔에 다시 술을 따라주었다. 잠시 후 상수가 긴 숨을 내쉬며 말했다.

"이상하지 않았냐? 내가 내 친구까지 때리며 너를 감싸는 거?"

동현은 상수의 물음에 아무런 말도 하지 않았다. 잠시 침묵이 흘렀다.

"고래반점, 아버지가 하시는 거지?"

동현은 놀란 눈빛으로 상수를 바라보았다.

"서연이네 집 앞에서 너를 처음 보았을 때 알았어. 네가 고래반점 집 아들이라는 거……. 고래반점 갔을 때 너를 몇 번 본 적 있거든. 너는 나를 못 봤겠지만."

상수의 말 속에 뭔지 모를 슬픔이 어려 있다고 동현은 생각했다. 상수는 술잔 가득한 술을 단숨에 들이켜고 나서 말을 이었다.

"이야기 다 하자면 너무 길다. 짧게 말할게."

상수는 긴 숨을 쉬고 나서 또다시 술 한 잔을 따라 마셨다. 잠시 침묵이 흘렀다.

"내가 왜 너한테 이런 쪽팔린 이야기를 하려고 하는지 나도 잘 모르겠다. 내가 너희 아버지를 처음 만난 건 초등학생 때였어. 내 아버지란 사람은 일도 안 하고 허구한 날 낮부터 밤까지 술만 처먹고 가족들 두들겨 패는 사람이었어. 한마디로 양아치였어. 엄마란 사람은 자기 혼자만 살겠다고 어린 자식들 내팽개치고 도망치더라. 어느 날부터인가 아버지란 사람은 여자를 집 안으로 불러들였다. 그 미친년이 집에 오는 날은 나하고 내 여동생이 집 안으로 못 들어가는 날이야. 한겨울에도 집 밖으로 쫓겨났거든. 날이 어두워지고 함께 놀던 친구들도 모두 집에 들어가고 나면 나와 내 여동생은 갈 데가 없었다. 어린애들이 밤에 갈 데가 어디 있겠냐? 밤 11시가 되든 12시가 되든 그 미친년이 집 밖으로 나올 때까지 나하고 여동생은 대문 밖에 있어야 했어. 한겨울에 대문 밖에 쪼그려 앉아 있으면 추워서 죽을 것만 같았다. 내 여동생은 귀와 뺨에 동상이 걸리기도 했고 배고파 울기도 했다. 언젠가는 아버지란 사람을 죽여버리겠다고 나는 이를 갈았어. 씨발, 얘기가 자꾸만 길어지네."

상수는 또다시 술 한 잔을 따라 단숨에 들이켜고 말을 이었다.

"한겨울에도 어린 자식들 문밖에 내팽개치고 그 연놈들은 따뜻한 방에서 중국요리를 시켜 먹었다. 고래반점에서……. 그때 너희 아버지를 처음 봤어. 너희 아버지는 한눈에 우리 처지를 알아차린 것 같더라. 처음 만났던 날엔 대문 밖에 앉아 울고 있는 내 여동생에게 아무 말 없이 장갑을 벗어주고 갔어. 그리고 그다음에 다시 만날 때부터는 한 번도 어김없이 군만두를 건네주고 갔다. 내 기억이 맞는다면 열 번도 넘을 거야……. 너희 아버지는 두 사람이 먹을 만두를 한 곳에 담아주지 않았어. 하나씩 하나씩 따로 담아 나와 내 동생 손에 쥐여줬거든. 너희 아버지는 우리에게 아무 말도 하지 않았어. 가엾다는 눈빛으로 우리를 바라보지도 않았고, 힘내라고 용기를 주지도 않았어. 그냥 담담하게 우리를 바라봤어. 늘 그랬어."

상수는 태연한 척 말했지만 목소리엔 눈물이 어려 있었다. 동현의 눈빛에 가득했던 적의와 경계도 이미 사라지고 없었다.

"내 꿈이 뭔지 아니? 오토바이 타고 퀵서비스 하는 거야. 멋있잖아. 너희 아버지 만난 이후로 오토바이 타는 사람들이 멋지게 보이더라……. 몇 년 전에 아버지란 사람은 죽었다.

술을 그렇게 처먹어댔으니 죽지 않는 게 이상한 거지. 술 때문에 죽지 않았다면 내 손에 죽었을지도 몰라…… 개새끼."

상수는 길게 한숨을 내쉬고 잠시 후 말을 이었다.

"서연이 우리 집에 있다. 내 여동생하고 함께 지내고 있어. 서연이 덕분에 나는 이 술집 쪽방에서 잔다. 때가 되면 서연이가 알아서 집에 들어가지 않겠냐? 학교도 갈 테고. 지금은 아닌 것 같더라. 너 같으면 그런 개 같은 아버지가 있는 집구석으로 들어가고 싶겠니?"

상수는 진지한 눈빛으로 동현을 향해 물었다. 상수의 물음에 동현은 아무 말도 하지 않았다. 잠시 후 동현이 간절한 눈빛으로 말했다.

"서연이 만나게 해주세요. 서연이 있는 곳으로 제가 갈게요."

"너는 서연이 친구잖아. 나랑 상관없이 네가 전화해서 만나자고 하면 돼. 너를 만나고 안 만나고는 서연이가 결정할 일이지 내가 관여할 일이 아니라는 뜻이야."

"전화를 안 받아요."

"안 받는 이유가 있지 않겠냐?"

동현은 더 이상 할 말이 없었다. 상수의 말대로 자신과 서연의 만남은 서연이 결정할 일이었다. 잠시 후 상수가 말했다.

"이런 말 하면 이상하게 들리겠지만 걱정하지 마라. 서연이 손끝 하나 잡지 않았으니까……. 나하고 똑같은 아픔을 가지고 있는데 내가 서연이를 함부로 대할 수 있겠냐? 나도 개같이 살고 있지만 내 아버지만큼 개 같은 인간은 아냐."

　상수의 말에 동현은 잠자코 있었다. 잠시 후 상수가 다시 말했다.

　"솔직히 말하면 나도 서연이 좋아해. 근데 서연이는 널 좋아하더라. 몰랐냐?"

　상수의 물음에 동현은 아무 말도 할 수 없었다. 정신이 아득해지는 것만 같았다.

27

공원 벤치에 앉아 인하가 담담한 표정으로 정인에게 물었다.

"시력이 가물가물 사라지고 있을 때 정인 씨는 마지막으로 꼭 해보고 싶은 일이 뭐였어요?"

정인은 인하의 물음에 웃음 지을 뿐 아무 말도 하지 않았다. 잠시 후 정인이 인하에게 물었다.

"인하 씨는 뭐였어요?"

"제가 먼저 물었잖아요."

인하가 뚜벅 말했다. 웃고 있는 정인을 향해 인하가 다시 말했다.

"정인 씨, 곤란하시면 말씀 안 하셔도 돼요."

"아니요. 그런 건 아니고요. 저는 패러글라이딩을 꼭 해보고 싶었습니다."

"해보셨어요?"

"아니요. 못 했어요."

"왜요?"

"무서웠어요. 고소공포증 있거든요."

"고소공포증 있다면서 왜 하필 패러글라이딩을 생각하셨어요?"

"무서웠지만 해보고 싶었어요. 무엇이든 체험해본 사람만 표현할 수 있는 게 있잖아요. 그림이든 글이든 노랫말이든 상상만으로 상상할 수 없는 것들이요."

"그렇죠. 정인 씨 말씀처럼 체험해본 사람만 표현할 수 있는 게 있죠. 저도 그렇게 생각합니다. 지금은 패러글라이딩 포기하셨어요?"

"포기해야죠. 볼 수도 없는데요."

"볼 수 없어도 느낄 순 있잖아요. 패러글라이딩 할 때도 시각보조기 쓰면 어느 정도는 도움이 될 거예요."

"저는 아직도 시각보조기 쓰면 이질감이 느껴져요. 발은 땅을 떠났는데 발아래가 흐릿하게 보이면 얼마나 무섭겠어요. 계단 있는 것도 모르고 허공을 걷다가 계단에서 구른 적도 있거든요. 계단이 세 개라서 많이 다치진 않았지만, 계단이 많았다면 어디 하나 부러졌을 거예요. 그날 이후로 제 걸음의 속도는 이전의 절반으로 줄었어요. 저에게 허공은 공포입니다. 인하 씨는 그런 적 없어요?"

"저도 계단에서 여러 번 굴렀습니다. 다행히 이렇게 살아 있네요."

인하가 웃으며 대답했다.

"정인 씨, 저랑 같이 패러글라이딩 해요. 지금은 아니지만 몇 년 동안 패러글라이딩 강사도 했어요. 패러글라이딩 경력은 10년이고 2인 조종사 자격증도 있습니다. 저에게 패러글라이딩을 배운 사람이 몇백 명입니다."

"정말요?"

"네. 뻥 아닙니다."

"정말 자격증도 있어요?"

"네, 있습니다. 2인 조종사 자격증입니다."

"2인 조종사 자격증이 뭐예요?"

"동승자 1인과 함께 패러글라이딩을 할 수 있는 자격증입니다."

"그런 자격증까지 있구나. 지금도 패러글라이딩 하세요?"

"지난겨울에 했고 그 후론 못 했습니다. 곧 하려고요."

"우리 같은 사람들도 패러글라이딩이 가능해요?"

"제가 주말마다 강사 생활을 했던 활공장에서는 완벽하게 가능합니다. 다른 곳에 가면 시각장애인을 받아줄 리 없지요. 저의 동료였던 강사 여러 명이 지금도 그곳의 강사로 있습니다. 저의 형편을 잘 알고 있는 터라 지금도 오랜만에 패러글라이딩을 하면 동료들 모두가 저를 도와줍니다. 착륙 지점에 무사히 착륙할 수 있도록 동료 강사들이 깃발을 흔들고 무전 교신을 하며 세심히 저를 안내해줘요. 동료들의 호의를 무시할 수 없어서 아무 말 하지 않았지만 실은 그렇게까지 세심히 안내해주지 않아도 충분히 할 수 있거든요. 알피RP(망막색소변성증) 판정을 받은 후로도 큰 문제 없었습니다. 시각보조기를 가져가본 적도 없습니다. 그거 없이도 아무 문제 없이 착륙했어요. 특히 제가 강사로 있던 곳의 착륙장은 우리나라에서 가장 안전하다고 알려진 곳입니다."

"패러글라이딩 재밌죠?"

"정말 재밌습니다. 새가 되어 푸른 하늘을 나는 거예요. 가슴이 뻥 뚫립니다. 패러글라이딩은 항공스포츠 중에서 동호인 수가 세계적으로 가장 많습니다. 국제 대회도 많아요. 독일에서 출발해서 스위스를 가로질러 모나코까지 1,400킬로미터를 날아가는 국제 대회도 있어요. '레드불'이라는 대회입니다. 월드컵 대회도 있고, 2018년 자카르타–팔렘방 아시안게임의 정식 종목으로 채택되기도 했습니다. 패러글라이딩을 할 수 있는 곳은 전국에 있어요. 패러글라이딩에서 가장 중요한 것 중 하나가 활공장입니다. 패러글라이딩을 잘하려면 바람을 상상할 수 있어야 하는데, 활공장이 익숙하지 않으면 바람은 인간의 상상력을 허락하지 않습니다. 제 몸속엔 제가 강사로 일했던 활공장의 지도가 그려져 있습니다. 정말입니다. 뻥치는 거 아닙니다."

"그래도 위험하지 않나요?"

정인이 호기심 어린 표정으로 물었다.

"비행기가 자동차보다 안전하다고 하잖아요. 안전 수칙만 잘 지키면 패러글라이딩은 비행기보다 더 안전해요. 패러글라이딩을 체험하러 오는 분들은 30분 전에 현장에 도착해 잠깐 교육 받으면 끝입니다. 잠깐 교육 받고 할 수 있다는 것은 위험하지 않다는 뜻입니다. 위험한 거라면 그렇게 할 수 있겠어요? 패러글라이딩 하는 꼬맹이들도 있어요."

"저 같은 사람이 혼자 타는 건 아니죠?"

"전문가인 파일럿과 1인이 함께 타는 거예요. 2인승 비행을 텐덤비행tandem glight이라고 합니다. 패러글라이딩을 체험하려는 사람들이 간단한 교육을 받고 비행을 할 수 있는 건 전문 파일럿이 동승하기 때문에 가능한 것입니다. 30분 전에 도착해 이륙과 착륙에 대한 간단한 시뮬레이션만 하면 끝입니다. 1인이 단독으로 처녀비행을 하기 전에 텐덤비행을 먼저 해야 합니다. 텐덤비행을 통해 조종법을 배우고, 선회 방법을 배우고, 무엇보다 바람을 상상할 수 있는 힘을 기르는 것입니다."

"1인 패러글라이딩을 하려면 어떤 과정을 거치나요?"

"1인 패러글라이딩을 하려면 정해진 기간 동안 전문 과정을 배워야 합니다. 하루 여덟 시간씩 일주일에서 열흘 정도 배우시면 충분합니다. 초보적인 기체역학과 장비 취급 요령과 이착륙법을 배우면 됩니다. 500만 원에서 600만 원이면 개인 장비도 구입할 수 있습니다. 자신의 장비를 가진 동호인이 3,000명도 넘어요. 패러글라이딩 상급자들은 상승 기류를 타고 지상 1,000미터 이상 올라갑니다. 빙글빙글 도는 스파이럴도 자유자재로 구사하고요. 정인 씨는 저랑 같이 하시면 무조건 안전합니다. 멜빵 의자 하네스harness에 앉아서 편하게 하시면 돼요."

"하네스는 의자 이름인가요?"

"하네스는 의자처럼 앉을 수 있지만 허리와 다리에 착용하는 안전벨트입니다. 바람이 요동치면 사람이 떨어질 수도 있잖아요. 파일럿인 저는 정인 씨 바로 뒤에 붙어 있습니다. 무전기도 있어 전문가들과 계속 교신할 수도 있어요. 착륙 지점은 생각보다 커요. 우리 같은 알피가 남은 시신경으로 보기에도 충분합니다. 정인 씨도 시각보조기 가져가시면 보실 수 있어요."

"뜻밖이네요. 포기했었는데 갑자기 해보고 싶다는 생각이 들어요."

"비행기를 타도 하늘을 날고 있다는 생각은 들지 않잖아요. 패러글라이딩은 진짜로 하늘을 나는 거예요. 비행기는 인간의 감각을 자극하지 않지만 패러글라이딩은 인간의 감각을 구체적으로 자극합니다. 비행기 안에서 인간은 결코 새가 될 수 없지만 패러글라이딩은 인간을 새로 만듭니다. 새가 되어 인간이 만든 미니어처의 지상 세계를 바라볼 수 있습니다. 도전하세요. 버킷리스트 목록 하나 지우려고 패러글라이딩 하는 사람들 많습니다.”

“생각해볼게요. 솔직히 무서워요.”

“패러글라이딩 하는 초등학생들도 많아요. 패러글라이딩은 가족 단위로 많이 합니다. 처음 하는 사람들은 대부분 무섭다고 말하는데, 한 번 해본 사람들은 또 하고 싶다고 말합니다. 패러글라이딩 날개를 캐노피라고 하거든요. 패러글라이딩을 하다가 만에 하나 캐노피에 문제가 생기면 사용할 수 있는 비상 낙하산도 있습니다. 저는 10년이 넘도록 비상 낙하산을 사용해본 적이 없어요. 정인 씨가 하신다면 제 비상 낙하산도 새것으로 교체하겠습니다.”

“비행 시간은 얼마나 되나요?”

“10분에서 15분이요. 원하신다면 상승 기류 타고 대기권 밖으로 나갈 수도 있습니다.”

“진짜요?”

“뻥입니다. 대기권 밖으로 나가는 건 어려워요.”

인하가 장난스럽게 웃으며 말했다.

"정인 씨, 도전해보세요. 정인 씨가 그리는 그림에 영감을 줄 수도 있습니다. 혹시 제가 미덥지 않으시면 고수 파일럿 소개시켜 드릴게요. 패러글라이딩 국가대표니까 믿으실 수 있잖아요. 세계 대회 나갈 때마다 상 받아오는 친군데, 우리나라에서 다섯 손가락 안에 드는 패러글라이딩 고수입니다."

정인은 잔뜩 고무된 표정으로 웃었다. 인하가 다시 말했다.

"패러글라이딩 하는데 갑자기 눈이 내린 적 있어요. 정말 아름다웠습니다. 패러글라이딩 하기 전에 사람들은 스릴을 기대합니다만 실제로는 고요와 평화를 체험하는 사람들이 더 많습니다. 패러글라이딩 파일럿을 할 때 저는 동승자에게 최소한의 말만 하고 가급적 말을 걸지 않았어요. 비상하기 직전엔 무서워서 떠는 사람들이 많은데 정작 비상하고 나면 대부분의 사람들이 전혀 떨지 않아요. 스릴 대신 고요를 체험하고 있기 때문이라고 저는 생각했습니다."

잠시 후 정인이 웃으며 말했다.

"미친년도 패러글라이딩 하고 싶대요."

"네?"

인하가 동그랗게 눈을 뜨고 정인을 바라보았다.

"지난번 강릉 함께 갔던 제 친구 기억 못 하세요?"

"아아, 그분이요. 기억하죠. 친구분도 함께 하시면 되겠네요."

"저랑 그 친구랑 패러글라이딩 함께 하자고 오래전에 약속
했거든요. 제 친구는 번지점프를 열 번도 넘게 했는데요. 걔
정말 미쳤어요. 사랑하는 남자 생기면 자기 몸엔 어떤 줄도
묶지 않고 남자 품에 안겨서 번지점프하고 싶대요."

"실제로 그런 사람 있습니다. 유튜브에 동영상도 있어요.
저도 오래전에 그 영상 봤는데요. 여자 몸엔 어떤 줄도 묶지
않고 남자 품에 안겨 번지점프를 했습니다. 두 사람 모두 청춘
의 금발이었는데 키도 비슷하고 덩치도 비슷했어요."

"와, 정말 미쳤다. 어떻게 됐어요?"

"환상적이었습니다. 아무 일 없었어요. 뛰어내리기 전 두
사람은 자신의 몸을 상대방 몸에 견고히 밀착시켰습니다. 여
성의 팔과 다리는 마치 자물쇠처럼 남성의 몸 위로 잠겼습니
다. 사랑하는 사람들 중 그토록 간절한 마음으로 상대를 안
아준 사람이 몇이나 있을까요? 두 사람은 헤어지지 않을 거
란 생각이 들었습니다. 천 길 낭떠러지 같은 그들의 발아래
로 푸른 강물이 흐르고 있었습니다."

28

지긋이 나이 먹은 헤라클레스의 주인이 미간을 찌푸리며 용길의 뺨을 후려쳤다.

"양용길, 너 이 새끼 이렇게밖에 못 해?"

"죄송합니다."

"뭐가 죄송한데?"

"죄송합니다."

"묻잖아. 새끼야, 뭐가 죄송한데?"

용길은 머리를 조아릴 뿐 아무 말도 하지 않았다.

"양용길, 뭐가 죄송하냐고? 이 새끼들이 학생이라고 봐줬더니 거저먹으려 하네."

헤라클레스 주인은 그렇게 말하며 상수를 노려보았다.

"이상수."

"네."

"상수야, 너 믿고 헤라클레스 맡긴 거야. 너 이 새끼 가게 쪽방에다 신방 차렸다면서?"

"아닌데요."

"새끼야, 아니긴 뭐가 아냐. 고등학교 다니는 계집애를 가게 쪽방에서 여러 날 재운 거 맞지?"

"네."

"예쁘다면서? 네 애인이냐?"

"아닙니다."

빙긋이 웃고 있던 헤라클레스 주인이 갑자기 상수의 뺨을 후려치며 다시 물었다.

"이상수, 너 이 새끼, 나 망하는 꼴 보고 싶어?"

상수는 분노로 가득한 주인의 물음에 대꾸하지 않았다.

"이상수, 나 망하는 꼴 보고 싶냐고?"

"아니요."

헤라클레스 주인은 성난 얼굴로 상수를 향해 손을 번쩍 들었다 내려놓으며 말했다.

"분명히 경고한다. 앞으로 이런 일 또 있으면 그땐 너 죽어. 알았어?"

주인의 물음에 상수는 대답하지 않았다. 헤라클레스 주인은 갑작스레 상수의 뺨을 다시 후려쳤다.

"이상수, 알았냐고?"

바닥으로 시선을 놓았을 뿐 상수는 여전히 아무 말도 하지 않았다. 헤라클레스 주인이 상수의 뺨을 또다시 후려치며 물었다.

"알았냐고, 이 개새꺄?"

상수는 대답 대신 고개를 끄덕였다. 헤라클레스 주인은 용길을 향해 말했다.

"양용길, 너는 나가. 지금."

"네?"

용길은 의아한 눈빛으로 주인을 바라보았다.

"양용길, 너는 잘린 거야, 이 새끼야."

용길은 당황스러운 눈빛으로 주인의 얼굴을 멀뚱히 바라보았다.

"이 새끼 봐라. 눈 깔아! 어린놈의 새끼가 죽으려고 환장했냐?"

"야, 이 미친 새끼야. 네가 나라면 이럴 때 눈 깔겠니?"

용길은 죽일 듯이 헤라클레스 주인을 노려보며 큰 소리로 말했다.

"어, 이 새끼 봐라."

주인은 어이없다는 눈빛으로 용길을 잠시 노려보더니 용길의 뺨을 치려고 오른쪽 팔을 치켜올렸다. 상수가 날랜 동작으로 치켜올린 주인의 팔을 잡으며 단호하게 말했다.

"사장님, 나잇값 좀 하세요……. 용갈아, 가자."

상수는 용길의 손을 이끌며 말했다. 용길은 꼼짝하지 않은 채 주인을 노려보았다.

"용가리, 가자니까!"

상수는 용길을 달래듯 등을 토닥이며 다시 말했다. 헤라클레스 출입문이 닫히기 직전 용길이 주인을 향해 큰 소리로 말했다.

"내가 약속할게. 조만간 헤라클레스 불 지른다. 너도 죽일 거야. 이 양아치 새꺄!"

상수와 용길은 헤라클레스에서 그리 멀지 않은 대로변 골목에 앉아 술을 마셨다.

"상수야, 나 같은 놈은 평생 이렇게 살겠지?"

용길의 물음에 상수는 아무 말도 하지 않았다.

"상수야, 말 좀 해봐, 새끼야."

"잘 아네. 술이나 마셔. 이렇게 사나 저렇게 사나 비슷하지 않겠냐?"

"강남 가봐라. 눈이 뒤집히더라. 스무 살 조금 넘은 대학생 놈들도 외제차 몰고 다녀. 씨발, 뭘 하면 떼돈 벌 수 있을까?"

용길은 그렇게 말하고는 원망 섞인 목소리로 다시 말했다.

"씨발, 존나 불평등한 헬조선!"

그렇게 말하는 용길을 상수는 물끄러미 바라보았다.

"용가리, 주제 파악을 해라. 대한민국에서 돈 벌고 싶으면 공부를 했어야지. 공부 안 하고 만날 놀기만 하는 우리 같은 새끼들하고, 목숨 걸고 공부하는 새끼들하고 돈 똑같이 벌면 그것도 이상하지 않냐? 초등학교 6년, 중학교 3년, 고등학교 3년 동안 공부하느라 잠도 못 자고 뺑이 친 애들하고 너랑 나처럼 잠 실컷 자며 싸움질이나 한 놈들하고 똑같은 집에서 살면 그게 불평등 아니냐?"

상수는 낮은 목소리로 그러나 단호하게 말했다. 바로 그 순간 용길의 눈이 휘둥그레졌다. 그리 멀지 않은 곳에서 짧은 치마를 입고 걸음을 비틀거리며 걸어가는 여자는 분명 용길의 누나 회원이었다. 회원을 부축하는 술에 취한 남자는 최대출이었다. 두 사람은 모텔이 가득한 조붓한 길로 들어서고 있었다. 용길은 얼굴이 붉어질 정도로 분노가 차올랐지만 그렇다고 상수에게 말할 수도 없었다. 용길은 상수 모르게 점점 멀어져가는 누나 회원의 뒷모습을 흘긋흘긋 바라보기만 했다.

29

분식집 여자가 최대출에게 물었다.

"대표님, 막장 드라마 좋아하세요?"

"아니."

"재밌지 않나요?"

"재미없어."

"막장 드라마 시청률 높은 건 아시죠? 왜 시청률이 높을까요?"

"할 일 없는 사람들이 보는 거겠지."

"아닙니다. 막장 드라마의 시청률이 높은 건 인간 안에 막장이 있기 때문입니다."

"그럴 수도 있겠네."

최대출은 심드렁하게 말했다. 잠시 후 최대출이 그녀에게 말했다.

"희경 씨, 보드카 잘 마시네. 독하지 않나?"

"독해요."

"독한데 왜 마셔?"

"독하니까 마시죠. 제가 독하잖아요."

"희경 씨는 자신이 독하다고 생각하나?"

"네."

"여린 것 같은데."

"여린 사람이 독한 사람입니다. 여린 사람들은 자신이 받은 상처를 낱낱이 기억해요."

그녀 목소리에 날이 서 있었다. 잠시 후 그녀가 말했다.

"대표님, 제가 지난번에 말씀드린 거 생각해보셨나요?"

"생각해봤어. 1층 입점은 포기해."

"지난번엔 가능하다고 말씀하셨잖아요."

"그런 말 한 적 없어. 긍정적으로 검토해본다고 말했지. 기억 안 나나?"

"대표님 말투는 꼰대들이 쓰는 말이에요. 뭘 물으실 때마다 '그랬나? 저랬나?' 하시잖아요."

최대출은 기가 막힌 듯 멀뚱히 그녀를 바라보았다. 잠시 후 그녀가 최대출의 빈 잔에 술을 따르며 다정히 물었다.

"양 비서 어때요?"

"뭐가 어때?"

"어떤 사람이냐고요?"

"착해. 일도 잘하고."

"당돌하던데요. 끼도 있어 보이고. 내가 잘못 봤나?"

"잘못 봤어. 그런 친구 아냐. 쓸데없는 소리 그만하고 술이나 마셔. 오늘 왜 이렇게 까칠해? 희경 씨답지 않게."

"대표님은 따님하고 사이 좋으세요?"

"갑자기 그건 왜 묻나?"

"궁금해서요."

"왜? 사이 나빴으면 좋겠나?"

"그럴 리가요."

"사이 좋아. 전교 1등 하는 딸하고 사이 나쁜 부모가 있겠나?"

"그러네요. 대표님 따님, 저희 집에 여러 번 왔어요. 얼굴에 그늘이 깊던데. 제가 잘못 본 거죠?"

그녀의 당돌한 물음에 대꾸할 가치도 없다는 듯 최대출은 딴청을 부렸다. 그녀는 술잔 가득 담겨 있는 보드카를 단숨에 마셨다. 한동안 침묵이 흐른 뒤 그녀가 말했다.

"대표님, 우리는 해피 엔딩일까요, 새드 엔딩일까요?"

"시작이 있어야 끝도 있는 거 아닌가?"

최대출의 말에 그녀는 의미심장한 표정으로 고개를 끄덕였다.

"그러네요. 우린 아직 시작도 안 한 거네요."

잠시 후 그녀가 말했다.

"대표님, 로맨스 영화 좋아하세요?"

"왜 갑자기 그런 걸 묻나?"

"궁금해서요."

"로맨스 영화 재밌지. 지난번에 여행 갔을 때 〈라라랜드〉 같이 봤잖아."

"저 아닙니다."

그녀의 표정엔 조금의 흔들림도 없었다. 잠시 후 그녀가 다시 말했다.

"로맨스 영화엔 공통점이 있어요. 주인공 남녀가 썸을 탈 때면 갑자기 소나기가 내려요. 썸이 끝나면 소나기 안 내립니다. 구질구질한 비만 내려요. 우리 두 사람 중 한 사람만 행복해도 해피 엔딩 아닌가요?"

그녀의 물음에 최대출은 잠자코 있었다. 그녀의 말이 무엇을 의미하는지 쉽게 잡히질 않았다.

30

상수가 거실 창문을 활짝 열며 서연에게 물었다.

"불편한 건 없니? 지은 지 수십 년 된 다세대 주택이라 모든 게 낡았어."

"불편한 거 없어요."

"있을 거야. 나중에라도 말해."

"정말 불편한 거 없어요. 고맙습니다."

서연은 어색하게 웃음 지으며 말했다. 잠시 후 상수가 뚜벅 물었다.

"동현이가 헤라클레스로 찾아왔더라. 정확히 말하면 서연이 널 찾아온 거야."

상수의 갑작스러운 말에 서연은 놀랐다. 잠시 침묵이 흐른 뒤 서연이 상수에게 물었다.

"뭐래요?"

"서연이 너 어디 있냐고 묻더라. 우리 집에 있다고 말했어."

"말하면 안 되는데……."

"왜?"

"아버지 귀에 들어갈 수도 있어요."

"걔는 그런 거 말할 놈 같지 않더라. 그래서 걔 전화 안 받는 거야? 아버지한테 찌를까 봐?"

상수의 물음에 서연은 아무 말도 하지 않았다. 상수 말대로 동현이 그럴 리 없었다.

"걔가 네 걱정 많이 하더라. 전화는 받아도 될 것 같은데."

상수가 태연히 말했다. 서연은 아무 말도 하지 않았다. 잠시 후 상수가 뚜벅 물었다.

"내 동생 학교 가면 심심하지?"

서연은 말없이 고개를 끄덕였다.

"내 동생은 나하고 달라. 마음도 여리고 착해. 공부도 잘해. 1등은 못 하지만 3등 안엔 들어. 과외도 못 받고 학원도 못 다니고 만날 혼자 공부하는데 그 정도면 잘하는 거잖아. 내가 새벽까지 헤라클레스에서 일하는 것도 내 동생 때문이야. 고등학생 되면 학원비라도 주고 싶어서."

상수의 말을 듣고 서연은 가만가만 고개를 끄덕였다. 상수가 조심스럽게 말했다.

"서연이 네가 집에 들어가지 않는 이유는 알겠는데, 학교는 가야 하는 거 아니니?"

"학교 가면 집으로 끌려가요."

서연의 말을 듣고 상수는 아무 말도 할 수 없었다. 잠시 침묵이 흐른 뒤 상수가 말했다.

"집에 가서 1년만 버티면 되잖아. 너는 공부 잘하니까 의사가 될 수도 있고 검사나 판사가 될 수도 있고 회계사도 될 수 있잖아. 교사나 교수가 될 수도 있고……. 대한민국은 공부만 잘하면 뭐든 다 될 수 있는 나라잖아. 나처럼 공부 못하는 애들은 어디 가나 찬밥이지만……. 내가 너라면 아무리 더러워도 집에 들어가 1년은 버티겠다. 대학 들어간 다음에 집 나와. 학자금 대출 받으면 되잖아. 너같이 공부 잘하는 애들은 장학금을 받을 수도 있고 고등학생들 과외도 할 수 있잖아."

"차라리 죽는 게 나아요. 지옥으로 다시 들어가 1년을 버티는 것보다."

서연은 단호하게 말했다. 잠시 후 서연이 다시 말했다.

"저 때문에 불편하죠?"

"아니. 정말 그런 건 아냐."

상수는 선을 긋듯 또렷한 목소리로 말했다.

"나같이 공부하기 싫은 놈이야 어쩔 수 없지만, 서연이 너는 나와 다르잖아. 그동안 공부해놓은 거 아깝지 않니?"

"공부요, 미련 없어요. 지긋지긋해요."

"공부 잘하는 애들도 공부가 지긋지긋하니?"

"그럼요."

"나는 중학생 때부터 돈 벌었어. 이런 일 저런 일 심지어 학생이 해서는 안 되는 일까지 했어. 서연이 너도 봐서 알겠지만, 네가 며칠 동안 지냈던 헤라클레스도 고등학생이 일할 곳은 아니잖아. 새벽 되면 술 취한 개들로 가득해. 별놈들 다 있다."

잠시 침묵이 흐른 뒤 상수가 말을 이었다.

"내 꿈이 뭔지 아니?"

서연은 말없이 상수 얼굴만 바라보았다.

"내 꿈은 오토바이 타고 1년 동안 전 세계를 여행하는 거야. 지금은 내가 진짜로 하고 싶은 일이 뭔지 모르겠어. 오토바이 타고 전 세계를 여행하고 나면 내가 진짜로 원하는 일이 뭔지를 알게 될까? 아니어도 상관없어. 고등학교 졸업하면 몇 년 동안 퀵서비스 할 거야. 내 동생 정현이 대학 등록금도 마련해야 하고 오토바이 여행비도 모아야 하니까."

"퀵서비스가 적성에 안 맞을 수도 있잖아요."

"고2 때 두 달 동안 퀵서비스 했어. 적성에 맞더라. 차 많이 다니는 도로에선 죽어라 오토바이 엑셀을 밟아도 소용없어. 표범처럼 눈 부릅뜨고 파도를 타듯 도로를 타야 시간에 맞출 수 있거든. 시간에 쫓기면 쫓길수록 양아치 새끼들하고 맞장 뜰 때처럼 아드레날린이 분비돼. 나는 공부하는 것보다 목숨

거는 일이 더 재밌어."

상수는 길게 숨을 내쉬고 말을 이었다.

"너도 알겠지만 대한민국은 신분 사회야. 양반과 쌍놈은 없어졌지만 조선시대보다 더 무서운 신분이 있어. 보이게 보이지 않게 차별도 정말 심해. 가난하다고 차별하고 못 배웠다고 차별하고, 대한민국만큼 갑질하는 나라가 또 있을까? 우습지 않냐?"

상수의 물음에 서연은 가만가만 고개를 끄덕였다. 잠시 후 상수가 말했다.

"나는 네가 학교 갔으면 좋겠어……. 공부 안 하고 싸움질이나 하는 나 같은 놈이야 학교 가나 안 가나 똑같지만, 너는 다르잖아."

상수의 간곡한 말에 서연은 아무 말도 하지 않았다. 잠시 후 서연이 조심스럽게 물었다.

"저기요. 저 한 달만 여기 있으면 안 되나요? 한 달이 너무 길면 열흘이나 보름도 괜찮습니다."

"그다음엔 어쩌려고?"

"제가 알아서 할게요. 아무튼 집으론 안 가요."

서연은 단호하게 말했다. 상수는 처연한 눈빛으로 서연을 바라보았다.

31

저 멀리 서연이 걸어오고 있었다. 무지개강 저편에서 불어오는 바람에 서연은 헝클어진 머리를 쓸어 올리며 걸어왔다. 먼빛으로 보아도 서연의 얼굴이 많이 야위었다고 동현은 생각했다. 서연이 먼저 인사를 건넸다.

"잘 지냈어?"

"응."

강둑에 앉아 두 사람은 잠시 말이 없었다. 어둠 내리는 무지개강을 바라보며 동현이 물었다.

"집 나오니까 더 좋니?"

"집을 나온 게 아니라 지옥을 나온 거야."

서연이 빙긋이 웃으며 말했다.

"정말 집에 안 들어갈 거야?"

"집이 아니라 지옥이라니까? 너 같으면 간신히 빠져나온 지옥으로 다시 돌아가겠니?"

"그동안 전화 많이 했어."

동현은 강 건너편을 바라보며 담담하게 말했다. 잠시 후 동현이 쓸쓸한 목소리로 말을 이었다.

"왜 전화도 받지 않았어? 잘 지내고 있다고 문자 한 줄만 보내줬어도 걱정 안 했을 텐데."

"동현이 네 전화를 받을 수 없었던 이유가 있었어. 틀림없이 우리 아빠가 너희 가게로 갔을 거야. 그걸 아니까 동현이 네 전화를 받을 수 없더라."

동현은 아무 말도 할 수 없었다. 서연은 자기 아버지의 동선을 짐작하고 있었다. 잠시 후 서연이 말했다.

"내 방 창가에 제라늄 꽃 화분들이 왜 그렇게 많은지 아니?"

서연의 물음에 동현은 아무런 말도 할 수 없었다. 서연의 방 창가에 왜 그렇게 제라늄 꽃 화분들이 많은지 동현이 알리 없었다. 잠시 후 서연이 다시 말했다.

"중학교 때 꽃집 앞을 지나다 붉은색 제라늄 꽃 화분을 하나 샀어. 제라늄은 우리 엄마가 제일 좋아하는 꽃이야. 내 방 창가에 두고 엄마가 보고 싶을 때마다 매일 정성껏 물을 줬어. 어느 날부터 제라늄 꽃 화분이 하나둘씩 늘어난 거야. 아빠라는 사람이 괴물처럼 변해 나를 때리고 괴롭힌 다음 날이면 내 방 창가에 제라늄 꽃 화분을 하나씩 갖다 놓고 갔어. 내가 그것을 사과의 뜻으로 받아들일 수 있겠니? 툭하면 반복

되는 일이거든. 꽃이 죽든 말든 나는 물 한 번 준 적 없어. 내가 물을 준 건 동현이 네가 준 화분 하나뿐이었어. 내가 산 제라늄은 벌써 죽었고. 가끔씩 파출부 아줌마가 물을 주지 않았다면 창가의 제라늄 꽃들은 모조리 죽었을 거야. 물을 주지 않아 창가에서 버려진 제라늄 꽃 화분이 지금까지 몇 개나 될까? 지난번에 동현이 네가 말했잖아. 내 방 창문 아래 있는 제라늄 꽃들이 눈부시게 아름다웠다고……. 지금쯤 남아 있는 꽃들도 다 죽었겠다."

서연은 쓸쓸한 표정으로 말했다.

"그런 사연이 있는 줄 몰랐어. 제라늄 꽃, 지금도 모두 살아 있어."

서연은 놀란 눈빛으로 동현을 잠시 바라보았지만 금세 무표정해졌다. 또다시 침묵이 흘렀다. 동현이 뚜벅 물었다.

"공부 안 할 거야?"

"안 할 거야. 공부하고 싶어서 공부한 적 없어. 지긋지긋해."

"지긋지긋해도 1년만 더 공부하면 되잖아. 1년만 더 하면 네가 원하는 대학 어디든 갈 수 있잖아. 네가 원하는 직업도 뭐든지 가질 수 있고."

"수능 한 방에 청춘들 인생이 결정되는 대한민국은 참 좋은 나라야. 이놈의 나라엔 패자부활전도 없어. GDP 3만 달러 달성했다고 떠들면 뭐 하냐? 가난하고 못 배우고 공부 못하는 사람들 개무시하는 나라가 정상적인 나라니?"

서연은 날이 선 목소리로 또렷이 말했다. 동현은 아무 말도 하지 않았다. 잠시 후 동현이 손에 쥐고 있던 작은 돌멩이를 강물로 던지며 서연에게 물었다.

"그 형 이름이 상수 맞지?"

"응."

"그 집에 계속 있을 거야?"

"아니. 조만간 나올 거야. 지금 일자리 알아보고 있어."

"고등학생이 할 수 있는 일이 별로 없잖아."

"그래도 알아봐야지. 무슨 일이든 할 거야. 무슨 일이든."

서연의 목소리엔 결기가 가득했다. 잠시 후 동현이 서연에게 조심스럽게 물었다.

"지금 네가 살고 있는 집 괜찮니?"

"위험하지 않느냐고?"

"응."

"전혀 위험하지 않아. 껄렁껄렁해도 나쁜 사람 아니야. 여동생도 내게 잘해주고."

"얼마 전에 헤라클레스에서 그 형 만났어."

"이야기 들었어."

"나 만났다는 이야길 너한테 했어?"

"응."

"조심해. 그 형 주변에 양아치 새끼들 많아."

"착한 사람들도 꽤 있더라."

확신에 찬 서연의 말에 동현은 더 이상 아무 말도 할 수 없었다. 별빛이 하나둘 보이기 시작했다.

"그 형 꿈이 퀵서비스래. 오토바이 타고 물건 배달해주는 거 있잖아."

"꿈이 고작 퀵서비스라서 이상하니?"

"그런 건 아니고. 생계 수단은 꿈이 아니래."

"생계 수단이야말로 가장 간절한 꿈 아니니? 밥 때문에 목숨 건 사람들이 얼마나 많은데. 그것이 어떤 일이든, 누군가는 해야 할 일을 기쁘게 할 수 있는 사람이 있다면 그것도 꿈이 될 수 있는 거잖아."

"내 생각도 그래. 사실은……."

동현은 상수가 오토바이를 좋아하게 된 사연을 서연에게 말할까 말까 망설이다가 멈칫했다. 폭력적인 아버지 때문에 집까지 나온 서연에게 할 수 있는 이야기는 아니었다. 잠시 후 동현이 말했다.

"추운 겨울날 오토바이 타고 배달 가는 우리 아버지 모습이 나는 싫었어. 콧물이 고드름처럼 매달려 있는 것도 봤거든. 어릴 때부터 오토바이는 절대로 안 탈 거라고 다짐했어."

동현의 목소리에 비장함이 감돌았다. 강 건너편으로 보이는 아파트의 불빛은 더 환해졌다. 서연이 쓸쓸한 목소리로 말했다.

"도시 문명에 익숙해진 나 같은 사람들은 도시를 떠나서 살지 못할 것 같아. 여기서 바라보는 저 아파트 불빛은 늘 아름다웠어. 아침에 집을 나갔던 가족들이 하나둘씩 집으로 들어오나 보다. 조금 전보다 불빛이 더 환해졌어."

"조금 전보다 어두워져서 더 환해 보이는 거 같은데……."

"그런가?"

잠시 침묵이 흘렀다. 동현이 뚜벅 물었다.

"상수 형 좋아하니?"

"글쎄."

서연은 고개를 갸웃하며 다시 말했다.

"나도 잘 모르겠어."

"자신의 감정을 몰라?"

동현은 손에 쥐고 있던 돌멩이를 강물로 힘껏 던지며 다시 물었다.

"모를 수도 있지."

서연은 무심히 말했다. 동현은 더 이상 아무 말도 하지 않았다. 근처에 있는 풀꽃들을 흔들며 바람이 불어왔다. 서연이 웃으며 말했다.

"설령 내가 좋아한다 해도 나만 좋아하면 뭐 하니."

"너만 좋아할 수도 있지."

"그런가?"

서연의 물음에 동현은 말없이 고개를 끄덕였다.

"동현아, 이런 거 물어봐서 정말 미안한데……. 너 혹시 나 좋아하니?"

서연의 물음에 동현은 아무 말도 하지 않았다. 아무 말도 할 수 없었다.

"동현아, 이런 이야기 해서 미안한데 언젠가는 너한테 말하고 싶었어."

서연은 잠시 사이를 두고 말을 이었다.

"초등학교 때, 우리 아버지는 너하고 가깝게 지내지 말라고 늘 말했어. 동현이 네 생일날 친구들하고 너희 가게에 갔었 잖아. 그날도 너희 가게에 갔다고 많이 혼났거든. 너하고 가까워지면 아빠한테 혼난다고 생각하니까 동현이 네가 내 마음속에서 하루하루 자꾸만 멀어지더라. 처음엔 아빠가 왜 그런 말을 하는지 몰랐어. 그 이유를 알게 되었을 땐 너는 이미 저만큼 멀어져 있었어. 너를 보면 늘 미안했어."

동현은 "왜 미안했는데?"라고 묻고 싶었지만 묻지 않았다.

"나는 도무지 우리 아빠를 이해할 수 없었어. 어린 나도 알고 있는 걸 어른이 왜 모를까 생각했어. 돈 많다고 우쭐거리는 부모 밑에서 내가 뭘 배웠겠니?"

서연의 목소리엔 눈물이 어려 있었다. 잠시 후 서연이 다시 말했다.

"부모에게 강아지를 사달라고 조르는 아이가 있었어. 아이는 강아지를 사달라고 울며 말했지만 아이의 부모는 이런저런 이유를 대며 끝끝내 강아지를 사주지 않았어. 그 아이가 어른이 되면 강아지와 함께 지낼 수 있을까? 어쩌면 자기 아이들이 강아지를 사달라고 졸라도 사주지 않을 거야. 동현이 네가 내 기억 속에서 멀어진 것도 같은 이유일 거야. 오랫동안 마음 아팠어."

서연은 어둠 내린 강물을 바라보며 말했다. 동현은 아무 말도 할 수 없었다. 눈물이 나올 것만 같았다. 한 떼의 오리들이 달빛 내려앉은 강물 위를 제멋대로 출렁거리고 있었다.

32

　장대 같은 비가 내렸다. 용길은 한쪽 살이 망가진 우산을 쓰고 다급히 상수의 집 초인종을 눌렀다.

　"누구세요?"

　안에서 상수 여동생 정현의 목소리가 들렸다. 용길은 순간 이맛살을 찌푸렸지만 나긋한 목소리로 말했다.

　"정현아, 나야. 용길이."

　세차게 내리는 빗줄기 소리에 묻혀 용길의 목소리는 가물거렸다.

　"누구세요?"

　"나야. 용길이라니까."

　잠시 후 문이 열렸다. 용길이 반가운 기색으로 정현에게 말했다.

　"정현아, 오랜만이다. 내 목소리 벌써 잊어버렸냐?"

　"오빠 집에 없는데."

정현은 맨발인 채로 문 앞에 서서 경계의 눈빛으로 용길을 바라보았다.

"오빠 없어? 그놈 어디 갔냐? 헤라클레스에도 없고 집에도 없고 온종일 전화도 안 받아. 환장하겠네."

외출복 차림의 정현을 바라보며 용길이 물었다.

"근데 너 어디 가냐?"

그 순간 번개가 치고 폭탄 같은 천둥소리가 이어졌다. 정현은 소스라치게 놀랐다. 용길이 정현의 팔뚝을 잡으며 말했다.

"정현아, 쫄지 마. 천둥소리야. 괜찮아?"

정현은 불쾌한 낯빛으로 용길이 잡은 팔을 뿌리쳤다. 용길은 민망한 기색도 없이 정현에게 다시 물었다.

"정현아, 어디 가냐?"

"친구 집."

"우산 큰 거 쓰고 가라. 밖에 비 장난 아니다. 나 봐. 우산 쓰고 왔는데 위아래 다 젖었어. 누가 보면 옷 입고 샤워한 줄 알겠다. 저기, 미안한데 수건 한 장만 갖다줄래?"

정현은 잠시 말없이 서 있다가 못마땅한 기색으로 용길에게 수건을 갖다주었다.

"고맙다."

용길은 수건으로 얼굴을 닦고 젖은 머리를 털며 정현에게 말했다.

"친구 집에 간다면서?"

"어쩌라고?"

"주인 없는 집이라 미안한데 여기서 상수 좀 기다리면 안 되겠냐?"

"안 돼. 주인도 없는 집이잖아."

"좀 봐줘라. 밖에 비 존나 와. 비 맞으면서 상수 기다릴 순 없잖아. 지금 밖에 번개 치고 천둥 치고 난리다. 오늘 꼭 상수 만나야 할 일이 있어서 그래. 부탁한다."

"오빠 안 올지도 몰라. 헤라클레스로 곧장 가는 날이 많아."

"상수 오늘 집에 온다고 했거든. 상수하고 통화했어."

"우리 오빠가 전화 받지 않는다면서 그걸 어떻게 알아?"

"어젯밤에 상수하고 통화했거든. 상수가 오늘 저녁에 집에 간다고 했어. 안에서 한 시간만 기다릴게. 한 시간만 기다리다 안 오면 갈 거야."

정현은 고개를 돌려 서연이 머물고 있는 방을 잠시 바라보았다. 난감한 기색으로 생각에 잠겨 있던 정현이 용길에게 물었다.

"서연이 언니 우리 집에 있는 거 알고 있지?"

"그럼, 알고 있지. 나도 서연이하고 친해. 걱정하지 마. 아참, 서연이도 상수 집에 온다는 거 알고 있을 것 같은데. 서연이한테 한번 물어봐."

정현은 흘깃 거실 벽의 시계를 올려보더니 서둘러 신발을 신고 대문 밖으로 나갔다. 빗줄기 소리는 점점 더 크게 들렸다. 용길은 거실 한쪽에 가만히 앉아 핸드폰을 들여다보았다. 상수에게 거듭 전화를 걸었지만 신호음만 들릴 뿐 상수는 전화를 받지 않았다.

잠시 후 용길은 가방에서 음료수 병 두 개를 꺼냈다. 양쪽 손에 음료수 병을 하나씩 들고 용길은 서연이 있는 방으로 걸어갔다. 용길은 조심스럽게 노크를 했다. 잠시 후 방문이 열렸다. 용길은 태연한 척 서연에게 물었다.

"서연아, 상수하고 오늘 통화했니?"

"아니요."

"어젯밤 상수하고 통화했는데 상수가 오늘 여기 온다고 했거든. 헤라클레스에 가봐도 없고 온종일 전화도 안 받아서 무작정 집으로 온 거야. 이 새끼 어디 갔냐?"

용길은 호들갑스럽게 말했다. 용길의 물음에 서연은 아무 말도 하지 않았다.

"오겠지, 뭐. 오늘 상수 꼭 만나야 하거든. 거실에서 한 시간만 기다리다 갈게. 틀림없이 한 시간 안에 올 거야."

서연은 말없이 고개를 끄덕였다.

"서연아, 나하고 잠깐 얘기 좀 할래?"

"지금요?"

“응.”

“지금은 안 돼요. 저 지원서 쓰고 있었어요.”

“지원서?”

“일자리 알아보려고요.”

“아아, 그렇구나.”

용길은 고개를 끄덕이며 말했다. 잠시 후 용길은 양손에 들고 있던 음료수 병을 들어 올리며 발랄한 목소리로 서연에게 말했다.

“상수하고 너 주려고 사왔어. 상수 아직 안 왔으니까 네가 먼저 선택해. 포도 마실래, 토마토 마실래?”

서연은 빙긋이 웃을 뿐 대답하지 않았다.

“팔 아프니까 빨리 선택해.”

“아무거나요.”

“그런 게 어딨냐? 하나 골라.”

서연은 손가락으로 포도를 가리켰다. 바로 그때 고막을 찢을 듯 천둥소리가 들렸다.

“아유, 깜짝이야. 간 떨어지겠다.”

용길이 호들갑스럽게 말했다. 용길은 장난스럽게 웃으며 음료수 병뚜껑을 돌려 서연에게 건네주었다.

“서연아, 밖에 비 무지하게 온다. 지원서 잘 써라.”

서연은 고개를 끄덕였다. 잠시 후 서연의 방문이 닫혔다.

용길은 거실 한쪽에 앉아 핸드폰을 꺼냈다. 상수에게서 온 전화도 없었고 메시지도 없었다. 용길은 가방에서 소주병을 꺼내 단숨에 절반을 들이켰다. 남은 소주를 다 마시자 30분이 지났다. 용길은 불콰해진 얼굴로 서연의 방으로 다가가 노크를 했다. 거듭 다섯 번이나 노크를 했지만 아무 기척이 없었다. 용길은 거실 한쪽으로 돌아와 앉았다. 용길의 얼굴에 악마가 선명했다. 10분만 더 지나면 자신이 계획한 모든 것을 할 수 있을 터였다.

서연이 포도 맛 음료수를 선택했든 토마토 맛 음료수를 선택했든 상관없었다. 병마다 용길이 갈아 넣은 수면제 졸피뎀 세 알이 고스란히 녹아 있었다. 졸피뎀 한 알만으로도 보통 사람은 기절하듯 수면에 빠진다. 졸피뎀 세 알이면 인간의 의지는 무력해진다. 졸피뎀 한두 알만으로도 성추행은 거의 대부분 인지하지 못하며 성폭행을 당하고도 모를 정도의 깊은 수면에 빠져드는 사람도 있다.

용길은 핸드폰을 열어 시간을 확인했다. 10분이 더 지나면 서연의 방으로 들어갈 것이다. 서연이 잠들어 있는 상수의 방은 원래부터 안에서 잠글 수 있는 자물쇠가 없다는 것을 용길은 잘 알고 있었다. 조금 전 음료수 병을 들고 서연과 잠시 이야기를 나눌 때도 용길은 그것을 분명히 확인했다.

10분이 지났다. 용길은 서연의 방문 앞으로 걸어가 낮은 목소리로 웃으며 서연을 불렀다.

"서연아."

예상대로 아무 대답이 없었다.

"서연아."

다시 불러보았지만 여전히 아무 대답이 없었다. 용길은 방문을 열었다. 서연은 이불도 덮지 않은 채 잠들어 있었다. 용길은 서연에게 다가가 조심스럽게 얼굴을 쓰다듬었다. 서연은 꼼짝하지 않았다. 번개가 치고 천둥이 쳐도 서연은 꼼짝하지 않았다. 세차게 내리는 빗소리를 들으며 서연은 죽은 사람처럼 잠들어 있었다. 바로 그때 방문이 스르르 열렸다. 방문 밖에 서 있던 정현이 소스라치게 놀라며 소리쳤다.

"지금 뭐 하는 거야?"

"정현아, 그런 게 아니고……."

용길은 당황한 낯빛으로 서둘러 바지를 올렸다. 정현은 현관 쪽으로 달려 나갔다. 정현이 문을 열었을 때 용길은 우악스럽게 정현의 머리채를 낚아챘다. 정현의 비명 소리와 함께 열린 문은 다시 닫혔다. 용길은 죽일 듯 정현을 노려보며 소리쳤다.

"정현아. 내 말 좀 들어보라니까!"

"더 이상 무슨 말을 들어?"

"씨발, 내 말 좀 들어봐!"

"필요 없어. 경찰서에 신고했거든. 조금 있으면 경찰 올 거야. 오빠하고도 통화했어. 우리 오빠도 금방 올 거야."

"정현아, 나도 할 말 있어. 잠깐 내 말 좀 들어봐."

용길은 애원하듯 말했다. 그 순간 정현은 온 힘을 다해 용길을 밀치고 다시 현관문을 열었다.

"야, 이 미친년아, 나도 할 말 있다고 하잖아. 경찰 불렀다고? 상수 온다고? 지금 당장 오라고 해. 다 죽여버릴 테니까."

용길은 두 팔로 정현의 멱살을 흔들며 소리쳤다. 바로 그때 대문이 열리며 온통 비에 젖은 상수가 들어왔다.

"왔다. 이 씨발놈아."

용길은 움켜쥔 정현의 멱살을 풀고 애원하듯 상수에게 말했다.

"상수야, 화내지 말고 내 말 좀 들어봐. 상수 네가 분명히 말했잖아. 서연이 싫어한다고, 서연이 재수 없다고, 네가 분명히 말했잖……. 그리고 내가 아무 이유 없이 이러는 거 아냐. 서연이 아버지 최대출 그 개새끼가 우리 누나한테 무슨 짓을 했는지 알아?"

"뭔 개소리야?"

상수는 신발을 신은 채 날랜 동작으로 용길의 명치를 향해 주먹을 날렸다. 용길이 그 자리에 쓰러져 명치를 부여잡고 숨을 헐떡일 때 상수는 그의 몸통 위에 앉아 그의 얼굴을 향해 무자비한 주먹을 날렸다. 정현이 소리치며 말려도 소용없었다. 용길이 실신할 즈음 상수는 주먹질을 멈췄다. 잠에서 깨어난 서연이 몸을 겨우 가누며 방문 앞에 서 있었다. 서연의 뺨 위로 눈물이 흘러내렸다. 서연은 금세라도 쓰러질 것만 같았다.

얼마 후 정현의 신고를 받은 경찰들이 도착했다. 용길은 현장범으로 경찰서로 연행되었다.

33

용길은 경찰서 한쪽에 놓여 있는 긴 의자에 앉아 피멍 든 얼굴을 어루만졌다. 용길의 오른쪽 눈이 흉측하게 부어올랐다. 용길을 향해 양희원이 작은 목소리로 말했다.

"양용길. 부모 속 좀 그만 썩여라. 고등학생이 어떻게 이런 짓을 하니?"

용길은 양희원을 노려보았다. 양희원이 나직이 물었다.

"정말로 약까지 먹였니?"

"아니라고 했잖아."

"네가 수면제 먹였다던데. 경찰이 나한테 거짓말한 거야?"

"집 나온 고등학생 년이 정신이 온전했겠냐? 수면제 같은 거 처먹었겠지."

"그럼 경찰이 나한테 거짓말한 거네?"

"경찰이 거짓말한 게 아니라 그년이 거짓말한 거야."

"성폭행하려고 했던 거야?"

"안 했거든."

용길은 눈알을 다른 곳으로 돌리며 말했다. 잠시 침묵이 흘렀다. 양희원이 경멸 가득한 눈빛으로 용길을 바라보며 말했다.

"너 이번엔 제대로 걸렸어. 빠져나올 방법 없어."

"양희원, 너나 잘해라. 이게 다 너 때문에 생긴 일이야."

"뭐? 왜 나 때문에 생긴 일인데?"

"관두자. 너랑 얘기하기 싫다. 가라."

용길은 탁자 위에 놓인 휴지를 신경질적으로 뽑아 입안에 고인 핏물을 뱉어냈다. 핏물에 젖은 휴지가 금세 붉어졌다. 양희원이 낮은 목소리로 용길에게 말했다.

"양용길, 작게 말해. 이 일이 왜 나 때문에 생긴 일인데?"

"관두자니까."

"뭘 관둬. 네가 꺼낸 말이잖아. 말해봐."

"정말 모르냐?"

"몰라."

"알고 싶냐?"

"응. 알고 싶어."

"병신아, 꺼져."

용길은 양희원을 향해 눈을 부라리며 말했다. 잠시 후 양희원이 말했다.

"내가 이런 말까지 안 하려고 했는데……."

양희원은 그렇게 말하고 말을 멈췄다. 긴 숨을 몰아쉬고 양희원이 눈물을 글썽이며 말했다.

"양용길, 네가 새벽에 내 방 드나들었던 거 내가 모를 것 같니?"

"뭔 개소리야?"

"뭔 소린지 네가 잘 알잖아."

양희원의 눈에 눈물이 가득 고였다. 용길은 당황한 눈빛으로 양희원을 바라보다가 금세 시선을 돌렸다. 안쪽에 앉아 문서를 작성하던 경찰이 자리에서 벌떡 일어나 양희원과 용길을 노려보았다. 바로 그때 경찰서 유리문이 열리고 최대출이 들어왔다. 출입문 쪽에 앉아 있던 경찰이 최대출을 향해 말했다.

"무슨 일로 오셨습니까?"

"수고 많으십니다. 연락받고 왔습니다. 저는 최서연 아버지입니다."

담당 경찰이 최대출이 서 있는 곳으로 성큼성큼 걸어왔다. 바로 그때 최대출과 양희원의 눈이 마주쳤다.

"양 비서가 여긴 웬일이야?"

"대표님, 웬일이세요?"

용길이 최대출을 흘긋 바라보더니 휴지에 붉은 침을 뱉으며 혼잣말을 했다.

"개새끼……."

최대출이 용길과 양희원을 번갈아 바라보다가 인상을 찌푸리며 담당 경찰에게 물었다.

"혹시 이 학생입니까?"

"네. 맞습니다."

최대출은 성난 눈빛으로 용길을 향해 말했다.

"개새끼……."

최대출은 용길을 향해 발길질이라도 할 기세였다. 용길을 노려보던 최대출이 애써 마음을 누르며 양희원에게 물었다.

"양 비서, 이놈 알아?"

"네. 제 동생입니다."

"와아……. 어떻게 이런 일이 있냐?"

최대출은 도무지 믿을 수 없다는 표정이었다. 경찰이 의아해하며 최대출에게 물었다.

"두 분이 아는 사이세요?"

"네. 저희 회사 직원입니다."

경찰의 물음에 최대출은 신경질 섞인 목소리로 대답했다. 잠시 후 경찰이 최대출과 양희원을 번갈아 바라보며 말했다.

"양측 보호자께서 만나셨으니 먼저 드릴 말씀이 있습니다. 피해자 최서연 학생은 내일 오전에 다시 만나기로 했습니다.

수면제 투약 여부를 알 수 있는 검사 결과도 곧 나옵니다. 이 사건의 피해자도 가해자도 모두 고등학생입니다. 자세한 건 최서연 학생을 다시 만나봐야 알겠지만, 현재 정황으로는 강간 미수 사건입니다. 가해자도 거기까지는 범죄 사실을 인정했습니다. 강간 미수는 가해자와 피해자 양측의 합의로 간단히 해결될 수 없는 범죄입니다. 하지만 양측의 합의 여부는 이후 진행될 소송 과정에 영향을 줄 수 있습니다."

"합의요? 합의 안 합니다. 고등학생 딸을 성폭행하려고 했던 놈과 합의할 부모가 세상천지에 있겠습니까? 저 양아치 새끼를 용서하라고요? 절대로 용서 못 합니다."라고 최대출은 말하고 싶었지만 애써 여유 있는 표정을 지으며 경찰에게 말했다.

"합의를 할 수 있을지 없을지 저희들도 잘 모르겠습니다. 합의 여부를 말씀드리려면 최소한 당사자들이 이야기를 나눌 시간이 필요하지 않겠습니까? 하루만 시간을 주십시오. 합의 여부를 내일 오후까지 말씀드리겠습니다."

담당 경찰이 양희원에게 물었다.

"동의하시나요?"

"네."

"그러면 우선 내일까지 시간을 드리겠습니다. 이 사건 담당자로서 제가 분명히 말씀드릴 수 있는 건 두 분의 합의만으로 이 사건이 종결될 수 없다는 것입니다."

경찰은 분명한 목소리로 말했다.

최대출과 양희원은 경찰서 출입문을 빠져나왔다. 비가 내리고 있었다. 최대출이 양희원에게 말했다.

"양 비서, 어디 가서 나하고 얘기 좀 하자."

"지금이요?"

"그럼, 지금이지."

"알겠습니다."

양희원은 최대출이 있는 쪽으로 우산을 받쳐주었다. 최대출은 아랑곳하지 않고 비를 맞으며 성큼성큼 주차장이 있는 쪽으로 걸어갔다. 잠시 후 최대출의 자가용 기사가 다급히 자동차 문을 열고 나왔다.

"이 근처 적당한 곳에 가서 기다려. 양 비서와 이야기 나눈 뒤 내가 전화할 테니까. 너무 멀리 가진 말고."

"네. 알겠습니다."

자가용 기사는 최대출을 향해 정중히 인사한 뒤 자동차 안으로 들어갔다. 양희원은 내내 최대출이 있는 쪽으로 우산을 받쳐주었지만 최대출은 아랑곳하지 않고 비를 맞으며 성큼성큼 걸어갔다. 잠시 후 최대출이 걸음을 멈추고 양희원을 바라보며 분노 섞인 목소리로 말했다.

"어떻게 이런 일이 있냐? 하필 왜 양 비서야?"

양희원은 최대출을 잠시 바라보았을 뿐 고개를 숙인 채 아무 말도 하지 않았다. 양희원의 왼쪽 어깨가 빗물에 흠뻑 젖어 있었다. 길을 걷다가 최대출이 혼잣말을 했다.

"씨발, 여긴 싸구려 술집만 가득하네."

다시 몇 걸음을 걸어가다가 최대출은 가까이 있는 술집 문을 세차게 열고 들어갔다. 양희원도 그의 뒤를 따라 들어갔다. 테이블에 자리를 잡자마자 술집 주인이 주문을 받으러 왔다.

"주문 도와드리겠습니다."

"양주 없죠?"

최대출이 대뜸 물었다. 주인이 웃으며 말했다.

"네. 양주는 없습니다."

최대출은 불편한 기색으로 술집 안을 대충 훑고 나서 주인을 향해 말했다.

"소주 줘요. 안주는 가장 비싼 걸로 주시고요. 술 먼저 주세요."

소주 한 병과 술잔 두 개를 테이블 위에 올려놓는 술집 주인의 표정은 방금 전보다 서늘했다. 최대출과 양희원은 한동안 말이 없었다. 연거푸 소주 두 잔을 마시고 나서 최대출이 긴 한숨을 내쉬며 말했다.

"그놈이 양 비서 동생일 거라고 꿈에도 생각 못 했다. 기가 막힌다. 기가 막혀……."

"죄송합니다."

양희원은 정중히 사과했지만 최대출은 들은 척도 하지 않았다. 잠시 후 최대출이 감정을 애써 누르며 침착한 목소리로 말했다.

"양 비서 월급으로 가족 네 명이 산다고 했나?"

"네."

"양 비서 부모님은 아직 젊으시잖아? 양 비서가 스물둘이니까 부모님은 40대 후반이나 50대 초반이실 것 같은데. 맞지?"

"네."

"부모님이 일하실 수 있는 나이인데 왜 양 비서가 부모님을 부양해?"

최대출의 물음에 양희원은 대답하지 않았다. 플라스틱 공장에서 일하다 반신불수가 된 아버지와 심한 우울증을 앓고 있는 엄마를 양희원은 최대출에게 말하고 싶지 않았다. 잠시 후 최대출이 말했다.

"양 비서가 애쓴다. 병든 부모에 양아치 새끼까지 동생이라고 먹여 살리고 있으니."

양희원은 아무 말도 하지 않았다. 최대출이 다시 물었다.

"양 비서는 가족이 뭐라고 생각해? 양 비서도 가족이 사랑의 공동체라고 생각해?"

뜬금없는 최대출의 물음에 양희원의 얼굴엔 당황하는 기색이 역력했다. 양희원은 대답하지 않았다.

"착각하지 말라고. 가족은 사랑의 공동체 아냐. 가족애家族愛는 인간들이 날조한 거야. 돈줄 끊어지면 제아무리 단란한 가족도 하루아침에 산산조각 나. 가족이 사랑의 공동체라면 왜 그렇게 못 잡아먹어서 안달난 사람들처럼 만나면 만날 으르렁거리며 싸우겠냐?"

최대출은 흥분된 목소리로 말했다. 잠시 후 최대출이 다시 말했다.

"가족은 사랑의 공동체가 아니라 사랑과 집착執着으로 연결된 공동체야. 그 죽일 놈의 집착이 문제거든. 집착을 사랑이라 착각하면서 서로에게 미친 짓도 하고 미친 말까지 하는 게 가족이야. 끝끝내 포기할 수 없으니까 싸우는 거 아니겠어? 양 비서 가족은 안 싸워?"

"네."

"다행이네."

최대출은 심드렁한 낯빛으로 말했다. 양희원 눈에 눈물이 고여 있었다. 스물두 살의 딸을 가장으로 만든 부모였지만, 고등학교 여학생을 성폭행하려 했고 자신까지도 성추행한

남동생이었지만 양희원에게 가족은 가족이었다. 최대출의 말대로 집착이라 해도 어쩔 수 없었다. 잠시 후 최대출이 냉소적인 표정을 지으며 말했다.

"인간의 상처 대부분이 가족 간에 주고받는 폭력 때문에 생긴 거야. 우습지 않냐? 가족이라면서 자기들끼리 상처 주고받는 거……. 내 어린 시절도 그랬어. 내 아버지는 집에 불까지 지른 사람이야. 내 어머니도 보통 사람 아니었어. 다 함께 먹고 죽자고 어느 날 쥐약을 사왔더라."

최대출 목소리에 슬픔과 회한이 어려 있었다. 잠시 후 최대출이 말했다.

"양 비서, 하나만 묻자. 양 비서가 나라면 고등학생 딸을 수면제까지 먹여 성폭행하려고 했던 그 개새끼를 용서할 수 있겠어? 어떻게 이런 일이 있냐? 기가 막혀서. 씨발……."

최대출은 참혹한 표정으로 술잔을 비우고 나서 술잔이 넘칠 만큼 빈 술잔에 술을 따랐다.

"양 비서, 어떻게 할까? 어떻게 했으면 좋겠어?"

"죄송합니다. 제 동생이 해서는 안 될 짓을 했습니다. 죄송합니다."

양희원의 진심 어린 사과에 최대출은 아무 말이 없었다. 최대출의 얼굴이 붉으락푸르락했다. 잠시 후 최대출이 흥분을 가라앉히며 말했다.

"양 비서, 솔직히 말해봐. 양 비서도 내가 냉혈한처럼 보여?"

최대출의 물음이 고해성사처럼 들렸지만 양희원은 그렇다고 말할 수 없었다. 잠시 후 최대출이 말했다.

"진짜보다 더 진짜 같은 가짜가 판을 치는 세상이야. 가짜에 속지 않을 수 있는 방법이 있어. 그게 뭔지 아나?"

"모릅니다."

"내가 진짜가 되는 거야. 가짜가 속일 수 있는 건 가짜뿐이야. 가짜가 진짜를 속일 수 있겠어? 가짜는 진짜 못 속여."

최대출이 하는 말의 의미를 양희원은 알 수 없었지만 묻지 않았다. 최대출은 자신을 진짜라고 믿는 사람이었다. 잠시 후 최대출이 말했다.

"세상엔 돈밖에 믿을 게 없어. 다른 유토피아는 없어. 인간이 완전함을 사랑한다고 생각해? 인간은 완전함을 사랑하지 않는다고 철학자들도 말하잖아. 평화롭게 살기를 바라면서 평화를 못 견디는 게 인간이야. 인간들은 가까스로 도달한 완전함을 기어이 망가뜨리고, 망가뜨린 질서를 바로잡으려고 전전긍긍하거든. 망가뜨리고 수습하고 다시 망가뜨리고 수습하면서 한평생 보내는 게 인간이야. 인간이 이성적이고 상식적이라고 생각해?"

"아니오."

양희원의 확신에 찬 대답에 최대출은 잠시 놀랐다. 술집 유리창 너머를 잠시 바라보다가 최대출이 말했다.

"양 비서, 남편이나 아내가 죽으면 남은 사람은 평생 슬퍼할 것 같나? 100명 중 33명은 슬퍼하기는커녕 배우자가 죽은 뒤 행복도가 올라간대. 배우자 앞에선 울고 화장실 가서 웃는 놈들이 그렇게 많은 줄 몰랐다. 웃는 놈만 있겠냐? 웃는 년도 있겠지? 그 사람들이 못돼서 그런 게 아니고 인간은 원래 그런 존재라고 심리학자가 말하더라. 부부 사이도 이런데 인간을 믿을 수 있겠냐? 양 비서는 정의가 뭐라고 생각해? 정의 같은 게 있다고 생각해?"

"네."

최대출의 물음에 양희원은 또렷한 목소리로 대답했다.

"정의가 있다는 거네?"

"네."

"정의가 뭔데? 나한테 이익 되면 정의 아닌가?"

최대출의 물음에 양희원은 더 이상 말하지 않았다. 잠시 후 술잔을 비우고 최대출이 말했다.

"정의니 진실이니 성찰이니 그런 들척지근한 단어들 자주 입에 올리는 놈들 믿지 마. 자신을 속이는 놈들이니까. 그놈들도 그렇게 못 살아. 다른 거 없어. 자기 감정에 충실하면 돼. 좋으면 좋다고 말하고. 싫으면 싫다고 말하고. 재수 없는 놈들은 인정사정없이 잘라버리고. 내게 필요한 놈들에겐 간이라도 빼주고……. 마음 약해지면 판단력이 흐려져. 부자들이 운 좋아 부자된 거 같나? 부자되는 거 힘들어. 읽기 싫은 책도 많이 읽어야 돼. 인간의 속마음을 알아야 하니까……."

횡설수설하는 최대출 목소리에 술기운이 가득했다. 불콰해진 얼굴로 최대출이 말을 이었다.

"양 비서, 허수아비 팔뚝에 내려앉은 참새 본 적 있나?"

"네."

"언제 봤는데?"

"지난번 가을 여행 때 봤어요."

"허수아비 팔뚝에 내려앉은 참새 보면서 무슨 생각했나? 만만한 호구들을 왜 허수아비라고 부르는 줄 알겠지? 툭하면 정의니 진실이니 민주니 뜬구름 잡는 놈들은 사람들 마음속에 아무짝에도 쓸모없는 허수아비만 잔뜩 세워놓는다고. 허수아비가 황금 들판 지킬 수 있겠냐? 그런 새끼들 말 듣지 말고 경제 기사 하나라도 더 봐. 돈이 흘러가는 곳에 인간이 있으니까. 양 비서는 인간이 고상하다고 생각해?"

"아니오."

최대출의 물음에 양희원은 또렷한 목소리로 대답했다.

"맞아. 인간은 고상하지 않아. 인간 역사 대부분은 전쟁과 침략과 약탈과 살인의 역사야. 마녀사냥이라는 말 들어봤지?"

"네."

"마녀가 실제로 있었을까?"

"아니요."

"마녀는 실제로 있었어. 중세에서 근대로 가는 길목에 1억 명의 유럽인들이 마녀가 실제로 있다고 믿었으니까. 불과 370년 전까지도 유럽에선 마녀가 실제로 존재한다고 믿었고 6만 명이나 되는 마녀들을 불태워 죽였어. 있지도 않은 마녀를 죽인 거야. 인간이 그렇게 어리석어……. 양 비서, 인육人肉 먹어봤나?"

"네?"

양희원은 당혹스러운 눈빛으로 반문했다.

"인육 먹어봤냐고? 사람 고기. 인육."

양희원은 담담한 표정으로 고개를 가로저었다. 잠시 후 최대출이 말했다.

"원시인들이 토끼나 노루만 잡아먹고 블루베리나 아몬드만 따먹었을 것 같나? 원시인들은 배고픈 날 이웃 마을에 살고 있는 인간을 몰래 잡아와 아무렇지도 않게 구워 먹었어."

양희원이 고개를 갸웃했다.

"왜? 못 믿겠어? 사실이야. 원시인들이 인육을 먹었다는 건 과학적으로 완벽하게 입증된 사실이야."

잠시 후 최대출이 기괴한 웃음을 지으며 말을 이었다.

"양 비서, 인간은 어느 부위가 가장 맛있을까? 남성과 여성 중 누가 더 맛있는지 원시인들은 알았을 거야. 많이 익히면 고기가 질기다는 것도 알았을 테고. 내장이 더 맛있다고 말하는 놈들도 있었겠지? 우리가 곱창이나 간이나 허파나 닭똥집을 먹듯이 원시인들도 자기 취향대로 부위별로 먹었을 거야. 당연히 내 조상이나 양 비서 조상도 인육을 먹었을 테지. 우리 뇌가 가장 원하는 것은 예술이나 혁명이 아니라 먹을 것과 친구와 섹스야. 우리 뇌는 솔직해. 고상하지 않다고."

최대출은 술 한 잔을 마시고 차분한 목소리로 말을 이었다.

"양 비서, 죽고 싶을 때 있다고 했지?"

"네."

"요즘도 그래?"

"네."

"뭐가 문젠데?"

양희원은 대답하지 않았다. 잠시 후 최대출이 말했다.

"마음속 아픔을 들어줄 한 사람만 있어도 사람은 죽지 않아. 마음속 이야기를 들어줄 한 사람이 없어서 그 많은 사람들이 자살하는 거라고."

양희원은 의미심장한 표정으로 최대출을 잠시 바라보았지만 이내 아무 말도 하지 않았다.

"양 비서, 몇 년만 진득하게 내 옆에 있으라고. 돈 버는 방법이 보일 테니까. 돈 없으면 병신 돼. 우리 사무실로 찾아오는 세입자들 보라고. 당당한 놈이 한 놈도 없잖아. 세입자 중에 장용칠인가 장용팔인가 중국집 하는 놈 알지?"

"네."

"장용팔 아들놈이 우리 딸하고 같은 반인데 그놈이 우리 딸을 좋아해. 아들놈이 주제 파악 못 하면 부모라도 바르게 가르쳐야지. 몇 번을 말해도 소용없어. 요즘 새끼들은 왜 그렇게 주제 파악을 못 하냐? 씨발, 넘볼 사람을 넘봐야지."

최대출은 혈압이 오른 듯 한쪽 손으로 뒷목을 세게 주물렀다. 잠시 후 최대출이 말했다.

"양 비서, 절단된 자신의 정강이뼈로 피리 만들어 부는 사람 본 적 있나?"

"아니오."

"인도에 가니까 그런 사람 있더라. 지금 내가 딱 그 심정이다. 잘려나간 내 정강이뼈로 피리 만들어 부는 것 같다. 살다보니 별일 다 당한다. 아무튼 합의한 거로 하자. 그 양아치 새끼를 용서할 순 없지만 어쩌겠냐? 양 비서 동생인데."

최대출의 얼굴은 방금 전보다 평화로웠다. 양희원의 눈가에 눈물이 어른거렸다. 잠시 후 최대출이 말했다.

"누군가 내게 천사와 악마 중 뭐가 되고 싶으냐고 물으면 나는 큰 소리로 악마가 되겠다고 말할 거야……. 이 좆같은 세상을 건디려면 악마가 되는 게 편하잖아. 가끔씩 악마가 천사 되는 건 어렵지 않아. 천사가 악마 되는 게 어렵지."

최대출은 엷게 웃으며 말했다. 잠시 침묵이 이어졌다. 양희원이 최대출에게 정중히 말했다.

"대표님, 저 문자 좀 보내겠습니다."

"그래. 어서 보내."

양희원은 핸드폰을 열어 빠른 손놀림으로 문자를 보내고 곧바로 핸드폰을 가방에 넣었다. 최대출의 핸드폰에서 알람 소리가 울렸다. 최대출이 핸드폰을 열어 문자를 확인했다. 최대출이 휘둥그레진 눈으로 양희원을 바라보았다.

"양 비서, 나한테 문자 보냈나?"

"네."

"문자만 보낸 게 아니네. 파일도 보냈어?"

"네."

"무슨 파일이야?"

"녹음 파일이요. 집에 가서 들어보세요."

"녹음 파일? 무슨 녹음 파일인데?"

"들어보시면 알아요."

순간 최대출의 얼굴이 떨렸다. 최대출은 양희원이 보낸 파일이 무엇인지 직감할 수 있었다. 녹음 파일의 버튼을 누르는 순간 핸드폰 저편에서 음탕한 자신의 목소리가 들려올 것만 같았다. 저항하는 양희원의 목소리도 함께 들려올 것이 뻔했다.

"녹음까지 했네?"

"사람들 주머니 속엔 전화기도 있고 녹음기도 있습니다."

쩔쩔매는 최대출을 바라보며 양희원이 단호한 목소리로 말했다.

"제 동생 꼭 처벌해주세요. 제 동생을 위해 드리는 말씀입니다."

"진심인가?"

"네. 진심입니다."

"거래하는 거 아니고?"

"네. 아닙니다."

최대출 얼굴에 불안이 가득했다. 잠시 후 양희원이 말했다.

"대표님 말씀대로 제 동생은 양아치 맞아요. 그런데 대표님은 제 동생과 뭐가 다른가요?"

양희원의 물음에 최대출은 아무 말도 하지 않았다. 양희원은 침착한 목소리로 말했다.

"제가 받은 상처를 대표님 따님의 상처와 맞바꿀 수 있다면 좋을 텐데, 그럴 수 없습니다. 상처는 맞바꿀 수 있는 게 아닙니다. 녹음 파일로 문제 삼지 않겠습니다. 따님께 씻을 수 없는 상처를 준 제 동생에 대한 책임이 저에게도 있기 때문입니다. 하지만 따님의 불행으로 대표님이 용서받은 시간이 있었다는 거 꼭 기억하십시오. 다음 주부터 저는 새 직장으로 출근합니다. 동생 일로 심려 끼쳐 드려 죄송합니다. 제 동생 반드시 처벌해주십시오. 저도 내일 경찰서에서 그렇게 말하겠습니다."

양희원은 눈물을 글썽이며 한 치의 흔들림 없이 또렷한 목소리로 말했다. 양희원은 자리에서 일어나 계산대 앞으로 걸어가 주인에게 카드를 내밀었다. 양희원을 바라보는 최대출의 눈에 눈물이 어른거렸다. 양희원은 술집 문을 힘껏 밀고 나갔다. 비가 내리고 있었다. 술집 안에 우산을 두고 온 이유를 자신도 알 수 없었다. 비를 맞으며 걸어가는데 자꾸만 울음이 터져 나왔다.

용길은 그 일로 인해 다니던 학교에서 퇴학당했다. 선처를 바라는 최대출이 있어 용길은 형사 처벌을 면할 수 있었다. 서연은 최대출이 살고 있는 집으로 다시 들어갔다. 어쩔 수 없는 일이었다. 서연의 지옥은 그렇게 다시 시작되었다.

34

동현은 그날 이후로 서연을 다시 만날 수 없었다. 무지개 강가에서도, 서연의 집 앞에서도, 교실에서도, 그 어디에서도 서연을 다시 만날 수 없었다. 마지막으로 만난 서연은 영정 사진 속에서 희미하게 웃고 있었다. 서연은 자신의 방 창문 밖에 놓여 있는 제라늄 꽃들이 환히 내려다볼 수 있는 바로 그곳에서 목을 맸다.

조문객들이 모여 앉은 곳에서 큰 소리로 웃고 있는 사람을 동현은 물끄러미 바라보았다. 한 노인이 동현과 반 친구들을 바라보았다. 서연의 외할아버지였다. 잠시 후 서연의 외할아버지가 동현과 반 친구들을 향해 소리쳤다.

"이놈들아, 어서 집으로 가. 너희들이 몇 살이나 먹었다고 벌써 친구 잃고 이런 곳에 와 있어? 못난 놈들……."

서연의 외할아버지는 뺨 위로 흘러내리는 눈물을 주름진

손으로 닦아내며 말했다. 서연의 외할아버지 옆에 앉아 있던 서연의 외할머니가 따뜻한 눈빛으로 동현과 친구들을 위로했다. 바로 그때 동현과 친구들이 있는 곳으로 상복을 입은 서연이 엄마가 빠른 걸음으로 걸어왔다.

"담임 선생님, 오셨어요."

동현과 친구들은 자리에서 벌떡 일어나 담임이 있는 분향소로 걸어갔다. 담임은 문상을 마치고 애통한 얼굴로 사진 속 서연을 바라보고 있었다. 담임의 뺨 위로 눈물이 흘러내렸다. 잠시 후 동현과 친구들은 담임과 함께 조문객들이 모여 앉아 있는 곳으로 자리를 옮겼다. 담임은 자리에 앉아 아무 말 없이 소주를 따라 마셨다. 연거푸 소주 몇 잔을 마실 때까지 담임은 아무 말이 없었다. 한참이 지나서야 담임이 말했다.

"학생들 앞에서 술 마셔서 미안하다. 밥은 먹었나?"

"네."

정태가 얼른 말했다.

"너희들도 친구 잃어 마음이 아프겠다."

담임의 눈가로 또다시 눈물이 어른거렸다. 잠시 후 담임이 말했다.

"교사가 된 뒤로 오늘 두 번째다. 벌써 두 명의 제자를 잃었다. 너희들 앞에서 할 말, 못 할 말 다 했는데 서연이가 이렇게 떠나버렸구나."

잠시 후 담임이 다시 말했다.

"나는 초등학교 4학년 때 아버지를 잃었다. 중학교 2학년 때 어머니마저 잃었다. 친척 집에 얹혀살면서 중학교 졸업하고 곧바로 서울 가서 공장 다녔다. 모두 그런 건 아니었지만 많은 사람들이 함부로 나를 대했다. 부모도 없고, 가난뱅이고, 시골 중학교 졸업해서 공장 다니는 처지였으니 오죽했겠냐? 다녔던 공장에서 월급도 여러 번 떼였고 이놈 저놈한테 이유 없이 매도 많이 맞았다."

담임은 긴 한숨을 내쉬고 나서 다시 말했다.

"어느 날 문득 이렇게 살면 안 되겠다는 생각이 들었다. 독하게 마음먹고 검정고시 공부해 고등학교 졸업하고 지방에 있는 사범대학 마치고 교사가 되었다. 내가 공부한 이유는 딱 하나였다. 사람들한테 무시당하는 게 싫어서였다. 나와 비슷한 처지에 있는 사람들이 나를 더 무시하더라. 못 배운 사람들이 못 배운 사람들을 더 무시했다. 그러니 내게 인간에 대한 믿음이 있었겠나?"

담임은 긴 한숨을 내쉬고 다시 말했다.

"설령 교실에서 서연이를 다시 만날 수 있다 해도 나는 너희들에게 같은 말을 할 수밖에 없다. 비정한 세상을 낭만적으로 말해줄 수는 없는 거다. 내가 살았던 세상은 비정하기 짝이 없었다. 불행히도 너희들이 살아갈 세상도 내가 살았던 세상과 다르지 않을 거다. 멸시당하지 않으려면 공부해라.
대한민국에서 살아남을 수 있는 가장 좋은 방법은 공부하는
거다.”

담임은 그렇게 말하고 나서 물끄러미 동현을 바라보았다.

“장동현, 마음 아프지? 힘내라.”

묵묵히 담임을 바라보던 동현의 뺨 위로 눈물이 흘러내렸
다. 서연은 떠나고 없었다.

서연이 떠난 후로도 동현은 오랫동안 서연의 집에 갔다.
서연이 살았던 집은 겨울이 지나고 봄이 오도록 캄캄했다.
양희원의 녹음 파일은 간신히 빠져나왔지만 분식집 여자가
놓은 덫에 걸려 최대출은 결국 구속됐다. 최대출을 협박하며
거액의 돈을 요구한 분식집 여자도 구속됐다. 분식집 여자의
갈비뼈 네 대를 부러뜨린 그녀의 남편도 구속됐다. 분식집
여자가 경찰서로 전송한 녹음 파일 속엔 최대출의 폭력이 가
득했다. 협박하는 소리, 옷 찢는 소리, 욕하는 소리, 매질하는
소리에 그녀가 저항하는 소리, 비명 소리까지 녹음 파일 속에
생생히 기록돼 있었다. 분식집 여자는 섹스 상대가 폭력을
가할 때 성적 쾌감을 느끼는 마조히스트masochist였다.

35

영선과 용팔의 얼굴엔 근심이 가득했다. 용팔과 영선은 테이블을 사이에 두고 동현과 마주 앉았다. 영선이 동현에게 간곡히 말했다.

"서연이 그렇게 된 거 엄마도 마음 많이 아파. 근데 서연이 때문에 너 마음 아파하는 거 보면 엄마는 더 마음이 아파. 많이 속상하겠지만 시간이 지나면 차차 괜찮아질 거야. 슬픔에 빠져 밥도 안 먹고 공부도 못 하고 아무것도 못 하면 네 인생 망쳐. 정신 차려야 돼. 엄마가 하는 말 무슨 뜻인지 알지?"

동현은 짙게 그늘진 얼굴로 가만가만 고개를 끄덕였다. 영선이 원망 섞인 목소리로 동현에게 다시 말했다.

"동현아, 네 얼굴 보면 속상해 죽겠어. 거울 좀 봐. 얼굴이 반쪽이야. 도무지 사람 얼굴 같지가 않아."

"그만해. 엄마."

동현은 탁자에 시선을 고정한 채 낮은 목소리로 말했다.

영선은 동현의 눈치를 보며 달래듯 다시 말했다.

"동현아, 먹고 싶은 게 있으면 말해. 엄마가 뭐든지 해줄 테니까. 이제 몇 개월 지나면 너도 고3이야. 정신 차리고 공부해야 돼. 몇 개월 금방 간다."

동현을 바라보는 영선의 눈빛엔 간절함이 가득했다. 내내 마뜩잖은 눈빛으로 영선을 바라보던 용팔이 말했다.

"동현이가 서연이를 잊겠다고 결심한다고 금방 잊히겠어. 그리워할 만큼 그리워하고 아파할 만큼 아파해야지. 그러다 보면 언젠가는 그 아이를 보내줄 날이 오겠지. 보내주어도 가끔씩 다시 찾아올 거야. 평생 동안⋯⋯. 첫사랑은 그런 거잖아."

용팔은 애잔한 눈빛으로 동현을 바라보았다.

"동현아, 먹고 싶은 거 뭐 없냐? 뭐든지 말하면 아빠가 금세 만들어 올게. 말해봐. 뭐가 먹고 싶니?"

"먹고 싶은 거 없어."

"장동현, 아빠하고 오랜만에 술 한잔할까? 어때?"

동현은 말없이 고개를 가로저었다. 용팔이 다시 말했다.

"동현아, 많이 슬프지? 슬플 땐 음악도 듣고 영화도 봐. 눈물도 흘리고⋯⋯. 세상엔 공부보다 중요한 게 더 많더라. 이렇게 살든 저렇게 살든 사는 게 공부야."

용팔은 깊은 눈빛으로 동현을 바라보며 말을 이었다.

"동현아, 미국 소설가 헤밍웨이 알지?"

동현은 머리를 끄덕였다.

"헤밍웨이 작품 중에 『누구를 위하여 좋은 울리나』라는 작품이 있거든. 우리 집에도 있는데 너도 혹시 봤니?"

동현은 고개를 끄덕였다.

"읽었구나?"

"아니."

"근데 왜 고개를 끄덕였어?"

"그 책, 집에서 본 적 있다고 말한 거야."

"아아, 그래? 그렇구나. 책이 하도 낡아서 읽고 싶은 마음도 들지 않았겠다."

용팔은 그렇게 말하고 다시 말을 이었다.

"『누구를 위하여 좋은 울리나』는 스페인 내전을 배경으로 한 작품인데 로버트 조단이라는 청년이 자유와 정의를 위해 싸우는 이야기야. 미국인 로버트 조단과 스페인 여자 마리아의 사랑이 애절해. 헤밍웨이는 책 제목을 왜 『누구를 위하여 좋은 울리나』로 지었을까? 누구를 위하여 좋은 울린 것일까?"

용팔은 잠시 동현을 바라보았다. 동현은 아무 말도 하지 않았다. 잠시 후 용팔이 말했다.

"『누구를 위하여 좋은 울리나』에서 말하는 종은 조종書鐘이야. 죽은 사람을 애도하기 위해 울리는 종을 조종이라고 하거든……. 유럽 영화 보면 조용한 시골 마을에 종 울리는 장면 많이 나오잖아. 조종은 죽은 사람을 위해 울리는 종이지만, 살아 있는 당신을 위해 울리는 거라고 헤밍웨이는 이 작품을 통해 말하고 싶었던 거야."

용팔은 긴 한숨을 내쉬고 나서 말을 이었다.

"헤밍웨이의 이 작품은 아주 오래전에 영화로 만들어지기도 했는데 남자 주인공은 게리 쿠퍼였고 여자 주인공은 잉그리드 버그만이었어. 많은 사람들이 영화 마지막 장면을 보고 눈물 흘렸거든. 대사 때문에 그랬을 거야. 남자 주인공 로버트 조단은 철교를 폭파하는 임무를 완수했지만 불행히도 총을 맞고 치명적인 부상을 입어. 부대로 복귀하려면 최대한 빨리 그곳을 탈출해야 하는데, 다리에 치명적인 부상을 입었으니 걸을 수가 없잖아. 그를 사랑했던 마리아는 그의 곁을 떠나지 않고 그와 함께 적진에 남으려고 했지만 로버트 조단은 그녀에게 떠나라고 간절히 말하거든. 안 떠나면 그녀 또한 적에게 잡혀 죽으니까. 로버트 조단은 마리아에게 이렇게 말해. 나는 당신과 함께 갈 수 없지만 당신이 나를 생각할 때마다 나는 늘 당신과 함께 있을 거라고……. 결국 마리아는 울면서 다른 사람의 손에 이끌려 로버트 조단의 곁을 떠나. 부상당한 로버트 조단은 그들을 쫓아온 적들과 맹렬히 싸우다 죽어. 정말 눈물 나는 영화다."

용팔은 그렇게 말하며 긴 한숨을 내쉬었다. 잠시 후 용팔이 다시 말했다.

"동현아, 힘내라. 네 마음 많이 아플 텐데 위로해줄 수 있는 말이 없구나."

고개 숙인 동현의 뺨 위로 눈물이 흘러내렸다. 용팔의 눈에도 눈물이 고였다. 잠시 후 영선이 동현에게 말했다.

"힘들 텐데 방에 들어가 쉬어."

동현은 몸을 일으켜 방으로 들어갔다.

"당신도 힘들 텐데 방에 들어가 쉬어. 뒷정리는 내가 할 테니까."

용팔은 그렇게 말하고 윗주머니에서 스프링 수첩과 볼펜을 꺼내며 계산대로 걸어갔다. 용팔은 아픈 마음을 애써 누르며 수첩 위에 썼다.

　　서연이 죽었다. 동현의 절망이 깊어 보인다. 어떤 말도
　　동현에게 위로가 되지 않을 것이다. 하지만 밤이 지나면
　　죽은 자는 다시 돌아올 것이다. 서연의 죽음을 마음 깊이
　　애도한다.

모두 잠든 새벽, 용팔은 주방 뒷문으로 나갔다. 뒷문 여는 소리에 놀란 고양이들이 저만큼의 거리에 서서 당혹스럽다

는 눈빛으로 용팔을 바라보았다. 용팔은 고양이들을 향해 다정히 말했다.

"아직 안 잤냐? 달빛이 환하니까 너희들도 싱숭생숭하지?"

용팔은 옥상으로 향하는 철 계단을 오르다 말고 고양이들을 향해 다시 말했다.

"심심하면 따라와."

용팔은 옥탑방 지붕 위로 올랐다. 발아래로 보이는 풀숲엔 풀벌레 우는 소리가 가득했다. 저 멀리 가로등 불빛이 내려앉은 남한강은 금빛으로 출렁거렸고 소백산 봉우리마다 달빛이 고요했다. 용팔은 밤하늘을 바라보았다. 헤아릴 수 없을 만큼 밤하늘의 별들이 가득한 날이면 세상 바닷가의 모래알 수를 모두 합한 것보다 별이 더 많다는 이야기가 용팔의 가슴속으로 성큼 다가왔다. 별똥별 하나가 밤하늘을 그으며 소백산 너머로 떨어지고 있었다.

용팔은 윗주머니에 있는 스프링 수첩을 꺼냈다. 옥탑방 지붕 위로 쏟아지는 달빛을 모아 용팔은 방금 전 떠오른 생각들을 수첩 위에 가지런히 써내려갔다.

　　『행복의 기원』을 읽었다. 심리학자 서은국 교수의 통
　　찰이 놀라웠다. 인간이 사는 목적은 행복해지기 위해서
　　가 아니라 생존과 유전자를 남기기 위해서라고 저자는

말했다. 인간은 생존하고 유전자를 남기기 위해 행복이라는 감정 도구를 사용할 뿐이었다. 긍정성은 행복한 사람들이 보이는 하나의 증상일 뿐, 긍정적으로 생각한다고 인간이 행복해지는 것도 아니라고 저자는 말했다. 의식주를 해결할 수 있는 기반만 있다면 돈과 집과 자동차와 직장과 심지어는 출중한 외모까지도 행복과 밀접한 관련이 없었다. 쉽게 믿어지진 않았지만 심리학은 과학적인 실험을 통해 얻은 결과이다.

행복을 결정하는 가장 중요한 요소는 타고난 기질이라고 저자는 말했다. 선천적으로 외향적인 사람이 행복할 가능성이 월등히 높다는 것이다. 인간의 뇌가 가장 두려워하는 것은 고독과 외로움이었다. 행복해지고 싶다면 돈이나 명예나 명품을 좇지 말고 좋은 친구들을 만나맛있는 음식을 자주 먹으라고 저자는 조언했다. 우리의 뇌가 간절히 원하는 것은 먹을 것과 사람(친구)이기 때문이다. 저자의 말을 나는 믿기로 했다. 저자의 조언에 귀기울일 사람은 얼마나 될까.

동쪽에서 가장 먼 쪽은 서쪽이 아니다. 동쪽에서 가장 먼 쪽은 동쪽이다.

36

"정인 씨, 멀미약 드셨죠?"

"네."

"패러글라이딩 하며 멀미하는 사람들이 꽤 많아요."

"인하 씨도 멀미약 드세요?"

"왜 그러세요? 저는 전문 파일럿입니다. 멀미 나도 멀미약 같은 거 안 먹습니다. 솔직히 말씀드리면 저도 처음엔 멀미약 먹었어요."

인하는 웃으며 능청스럽게 말했다. 웃고 있는 인하에게 조금은 긴장된 얼굴로 정인이 물었다.

"패러글라이딩 장소는 어떻게 선정하나요?"

"패러글라이딩 장소요? 예를 들면 이렇습니다. 단양에 양방산 활공장이 있잖아요. 양방산 활공장은 소백산에서 불어오는 산바람과 남한강에서 불어오는 강바람이 만나는 곳입니다. 산바람과 강바람이 만나 비행할 수 있는 최적의 기류를 만들어주는 거예요. 지금 여기도 맞바람이 불고 있는 곳입니다."

"자연을 이용하는 거네요."

"그렇습니다."

인하는 하늘을 바라보며 침착하게 말했다. 잠시 후 인하가 정인에게 물었다.

"정인 씨, 지금도 떨리세요?"

"지금이 더 떨리죠. 아까는 안 떨렸어요."

"그렇구나. 떨지 마세요. 죽어도 정인 씨 혼자 죽는 건 아닙니다. 최악의 경우 바다로 떨어질 거예요. 금세 우리를 구하러 옵니다."

"무서워요. 그런 말 하지 마세요."

"농담입니다. 정말 자신 있습니다. 조금 이따가 우리 차례되면 이륙하는 곳에서 바람을 기다려야 해요. 출발은 배우신 그대로 하시면 됩니다. 오늘 바람이 참 좋네요."

"패러글라이딩에 좋은 바람이 어떤 바람인지 인하 씨는 아시는 거죠?"

"그럼요, 알지요. 경력이 10년인데요. 지금 우리 눈앞에 바다가 있습니다. 하늘에서 보면 날씨에 따라 바다 색깔이 변해요. 어떤 날은 하늘색이고 어떤 날은 민트색입니다. 어떤 날은 파란색이고 어떤 날은 인디고블루입니다. 변화무쌍해요. 제가 이 활공장을 좋아하는 이유는 바다 때문인데, 어느 날부터 바다가 흐리게 보였어요. 검게 보이는 바다는 이전의 바다가 아니었습니다."

인하는 쓸쓸한 목소리로 말했다. 정인이 인하를 바라보며 다정히 말했다.

"그래도 눈앞에 바다가 없는 건 아니잖아요."

"그렇죠. 바다가 없어질 리 없죠. 정인 씨, 비행할 때 시각 보조기 쓰고 보시면 더 좋을 텐데 왜 안 가지고 오셨어요?"

"그냥 느끼려고요. 볼 수 없어도 느낄 수 있다고 하셨잖아요."

"잘하셨어요. 우리처럼 볼 수 없는 사람이 느낄 수 있는 하늘이 있습니다."

"여러 곳에서 패러글라이딩 하셨다고 했잖아요. 어디가 제일 좋으셨어요?"

"스위스요. 패러글라이딩으로 알프스산맥을 활공했습니다. 피르스트에서 점핑하면 20분 동안 융프라우 산맥인 아이거, 베터호른, 슈렉호른의 경이로운 풍경을 볼 수 있습니다. 땅에서 바라본 알프스보다 하늘에서 바라본 알프스가 훨씬 더 경이롭습니다."

바로 그때 조금 전 정인에게 이착륙법을 가르쳐준 구릿빛 피부의 파일럿이 다가왔다.

"인하야, 출발하자. 근데 너 혼자 죽는 건 괜찮은데 이렇게 예쁜 아가씨까지 죽으면 어쩌냐?"

"형, 그런 말 하면 안 돼. 진짠 줄 안다니까."

"진짜잖아. 정인 씨라 그랬죠? 정인 씨, 지금도 늦지 않았습니다. 인하가 파일럿이라고 뻥깠나본데 믿지 마세요. 인하 초짜예요. 인하야, 지금이라도 솔직히 말씀드려라."

구릿빛 피부의 파일럿은 정인과 인하를 번갈아 바라보며 장난스럽게 말했다.

"정인 씨, 저 형 말 믿지 않죠?"

"아니요. 믿어요."

정인이 소리 내어 웃으며 말했다. 인하도 따라 웃었다. 구릿빛 피부의 파일럿이 해바라기처럼 웃으며 정인에게 말했다.

"정인 씨, 걱정하지 마세요. 인하 패러글라이딩 실력은 국가대표급입니다. 정말 완벽해요. 제가 100퍼센트 장담합니다, 라고 말씀드리면 정인 씨가 안심하실 텐데, 그렇다고 정인 씨에게 거짓말할 수는 없잖아요. 지금도 늦지 않았습니다. 포기하세요."

순간 정인의 표정엔 근심이 역력했다. 그의 말이 사실일지도 몰랐다.

"형, 왜 그래? 진짠 줄 안다니까."

인하가 웃으며 말했다. 잠시 후 구릿빛 파일럿이 서둘러 말했다.

"정인 씨, 농담입니다. 인하는 베테랑 중 베테랑이에요. 새는 떨어져도 인하는 떨어지지 않습니다. 혼란스럽게 해드려 죄송합니다. 패러글라이딩이 위험하다면 초등학생들이 할 수 있겠어요? 아무 걱정 말고 재밌게 즐기세요. 자신 있죠?"

"네."

정인이 웃으며 대답했다. 잠시 후 인하와 정인은 이륙 지점에 섰다. 구릿빛 파일럿이 인하에게 말했다.

"인하야, 안전하게 모셔라. 재석이 아래에 있으니까 재석이랑 계속 교신해. 재석이가 착륙점에 서서 깃발 흔들 거야. 오늘은 두 사람을 위해 특별한 깃발 준비했더라. 지난번 너 혼자 할 때 아기 빤스만 한 깃발 흔들었는데, 오늘 준비한 깃발은 대문짝만 해. 아주 잘 보일 거야. 그럴 리 없겠지만 혹시라도 착륙점 놓치면 바닷가 모래사장 아무 곳에나 내려. 바닷가에 사람들도 없는데 사고 나겠냐. 더우면 그냥 바닷물로 뛰어내려. 대기하고 있던 제임스 본드가 007 보트 타고 곧바로 달려갈 거야."

"형, 깃발 필요 없다니까. 착륙점은 보여. 나 10년 경력 파일럿이야."

"너는 괜찮은데 정인 씨 때문에 그래. 하여간에 인하 너는 눈치가 없어."

구릿빛 파일럿은 장난스럽게 핀잔을 주고 언덕 위로 올라갔다. 그가 돌아서서 정인을 향해 소리쳤다.

"정인 씨, 정말 괜찮겠어요? 지금도 늦지 않았습니다."

"네. 괜찮아요. 무섭지 않아요."

정인이 그를 향해 소리쳤다. 잠시 후 인하와 정인은 이륙 지점에 섰다. 거센 바람이 불어왔다.

"정인 씨, 배우신 대로 하면 됩니다. 출발합니다. 자, 지금부터 뛰는 듯 걸으시면 됩니다."

"지금요?"

"네. 지금입니다. 앞을 향해 걸으세요. 출발!"

인하의 외침 소리와 함께 그들은 바람을 타고 비상했다. 웃음 섞인 정인의 비명 소리도 잠깐 들렸다. 잠시 후 상승 기류를 타고 오르며 인하가 정인에게 물었다.

"무서우세요?"

"아니요."

"그럼 됐어요. 저를 믿으세요. 새는 떨어져도 저는 안 떨어집니다. 조금 있으면 온 감각이 열리고 고요가 느껴지실 거예요. 동영상 찍고 있으니까 집에 가서 자세히 보세요. 기억하세요. 스타일 구긴 정인 씨 모습까지도 동영상은 그대로 담습니다."

조종줄 손잡이를 조종하며 인하가 다시 말했다.

"우리가 비행하고 있는 곳에 대해 설명드릴게요. 정인 씨 오른쪽으로는 강이 흐릅니다. 강 근처에 30여 채의 집들이 늘어선 마을도 있습니다. 하늘에서 보면 땅 위의 모든 것들이 거인이 만들어놓은 미니어처처럼 느껴집니다. 정인 씨 왼쪽도 산이고 오른쪽도 산입니다. 정인 씨 눈앞엔 넓고 푸른 바다가 펼쳐져 있습니다. 나머지 풍경은 정인 씨가 상상하세요. 궁금한 거 있으시면 언제든 물어보세요."

인하는 그렇게 말하고 능숙한 동작으로 조종줄 손잡이를 조종하며 바람을 탔다. 정인의 얼굴은 평화로웠다. 잠시 후 정인이 인하에게 물었다.

"인하 씨, 궁금한 게 있어요."

"말씀하세요."

"지금 무슨 생각하세요?"

"네?"

"지금 무슨 생각하시냐고요?"

정인은 더 큰 소리로 물었다.

"제가 무슨 생각하는지 궁금하세요?"

"네. 궁금해요."

"방금 전 이런 다짐을 했어요. 눈앞에 펼쳐져 있는 바다를 보면서 '어둠 속에서도 바다는 푸르다.' 이렇게 다짐했어요."

"어둠 속에서도 바다는 푸르다? 무슨 뜻이에요?"

"그냥 그렇게 다짐했어요. 제가 쓴 문장 아닙니다."

"책에 있는 문장인가요?"

"아니요. 장 사장님이 쓰고 있는 소설 제목입니다."

"고래반점 사장님 말씀하시는 거죠?"

"네. 맞습니다. 장 사장님도 요즘 소설 쓰고 계세요."

"지난번 뵈었을 때 소설 쓰신다는 말씀 들었어요."

"아아, 맞네요."

인하는 웃으며 말했다.

"장 사장님께 말씀드리면 그 문장 빌려주실까요?"

"왜요? 필요하세요?"

"네. 이번 겨울에 그림 전시 계획하고 있는데, 제목을 고민하고 있었어요. 아팠던 시간들 이후로 그린 그림들을 모아 전시하려고요. '어둠 속에서도 바다는 푸르다.' 제가 그린 그림들과 결이 맞을 것 같아서요. 장 사장님께 부탁드리면 빌려주실까요?"

"글쎄요. 전시회 제목으로 쓰시는 거니까 제가 잘 말씀드리면 빌려주실 거예요. 그 대신 조건이 있습니다."

"뭔데요?"

"겨울 전시회하실 때까지 저 만나주실 거죠?"

"네?"

정인은 고개를 돌려 인하를 바라보았다. 인하는 수줍게 웃었다. 인하의 물음에 정인은 아무런 대답도 하지 않았다. 초록빛 날개는 상승 기류를 타고 더 높이 하늘로 날아올랐다. 인하는 능숙한 솜씨로 바람을 조율했다.

"정인 씨, 독수리가 하늘을 나는 것 보신 적 있죠?"

"네. 텔레비전에서 본 적 있어요."

"지금 우리는 상승 기류를 타고 있습니다. 독수리가 상승 기류를 타고 선회 비행하는 것을 보고 인간이 배운 기술이에요. 숙련된 파일럿들은 상승 기류를 타고 1,000미터나 2,000미터까지 올라갑니다. 크로스 컨트리 같은 장거리 비행을 하려면 상승 기류를 이용할 수 있어야 하고요. 상승 기류를 이용하면 10킬로미터나 20킬로미터 날아가는 건 보통입니다. 수백 킬로미터를 날아갈 수도 있습니다. 패러글라이딩은 자체 동력이 없잖아요. 자연이 만들어주는 상승 기류가 패러글라이딩의 동력입니다. 패러글라이딩은 상승 기류를 어떻게 조율하느냐가 관건입니다. 패러글라이딩 실력은 바람에 대한 상상력으로 결정됩니다."

"바람에 대한 상상력이요? 무슨 뜻인가요?"

"바람을 조율하는 건데 말로 설명하긴 어렵네요. 예를 들어 말씀드리면 편류비행이라는 것이 있어요. 옆바람이 불어올 때 바람이 밀어내는 부분을 예측 계산해서 기체의 방향을 자신이 원하는 곳으로 이동시키는 비행을 편류비행이라고 하는데요. 편류비행은 단순한 이론으로 하는 것이 아니라 바람에 대한 상상력으로 하는 것입니다."

잠시 후 인하가 다시 말했다.

"정인 씨, 오른쪽 팔 좀 올려보실래요?"

정인은 위를 향해 오른쪽 팔을 길게 뻗었다. 인하는 정인의 손에 조종줄 손잡이를 쥐여주었다.

"지금 정인 씨가 잡고 있는 것이 조종줄 손잡이 토글toggle이라는 거예요. 조종사의 왼쪽과 오른쪽에 두 개의 토글이 있습니다. 꼭 버스 손잡이처럼 생겼죠? 정인 씨가 잡고 있는 토글은 양쪽 브레이크 줄에 달려 있는 손잡이인데 패러글라이딩의 브레이크 역할을 합니다. 방향을 전환할 땐 두 개의 토글 중 한쪽만 사용하면 방향 전환이 됩니다. 바람을 조율하려면 조종줄 손잡이 토글을 능숙하게 조종할 수 있어야 합니다. 정인 씨가 직접 해보실래요?"

"싫어요. 말도 안 돼. 저 오래 살고 싶어요."

정인은 고개를 절레절레 저으며 말했다.

"농담입니다. 토글 잡고 오버 컨트롤over control하면 기절할 수도 있어요."

인하가 웃으며 말했다. 정인은 잠시 아래쪽을 바라보았다. 발아래 풍경이 보이진 않았지만 단 한 번도 본 적이 없는 풍경이었다. 볼 순 없었지만 설명할 수 없는 무언가를 느낄 순 있었다. 잠시 후 인하가 말했다.

"정인 씨, 지금 우리는 구름 속으로 진입하고 있어요. 높은 곳에 형성된 구름은 아니니까 염려하지 마세요. 조금 전과 느낌이 다르시죠?"

"우리가 지금 구름 속에 있나요? 느낌이 달라요."

"네. 구름 속에 있습니다. 아래를 내려다보세요. 다르게 보이실 겁니다. 무섭지 않으시죠?"

"네."

잠시 후 그들은 더 짙은 구름 속으로 들어갔다. 모든 풍경은 순식간에 지워졌고 그들만 구름 속에 남았다. 바람은 잦아들었고 사방은 고요했다.

"인하 씨?"

"네?"

"저요……."

정인은 말을 멈추었다. 잠시 후 정인이 다시 말했다.

"저요…… 인하 씨 좋아해요."

정인의 말에 인하는 눈앞이 아득해졌다. 인하는 아무 말도 할 수 없었다.

37

담임이 흘긋 동현을 바라보고는 희미하게 웃으며 낮은 목소리로 말했다.

"장동현, 자리에서 일어나라."

동현은 영문을 모른 채 자리에서 일어섰다.

"모두 장동현을 위해 박수 쳐라. 박수!"

담임의 말에 아이들은 일제히 박수를 쳤다. 맥락 없는 담임의 제안에 의아한 표정을 짓고 있는 아이들에게 담임이 말했다.

"동현이 성적이 많이 올랐다. 수학은 여전히 바닥이지만 영어도 조금 올랐고 다른 과목 점수는 왕창 올랐다."

담임이 동현을 향해 말했다.

"장동현, 더 열심히 해라. 알았나?"

동현은 고개를 끄덕였다. 담임의 표정은 여느 때와 달랐다. 잠시 후 담임이 반 아이들을 향해 낮은 목소리로 물었다.

"너희들『달과 6펜스』읽어봤나?"

아이들은 아무 말이 없었다.

"서머싯 몸이 쓴『달과 6펜스』몰라?"

아이들은 여전히 아무 말이 없었다.

"『달과 6펜스』읽어본 사람 있으면 손 들어봐라."

동현이 손을 들었다.

"다른 사람 없어?"

담임은 서연이 앉아 있던 텅 빈 자리를 습관처럼 바라보았다. 담임 얼굴에 쓸쓸함이 지나갔다. 잠시 후 담임이 다시 말했다.

"『달과 6펜스』는 나를 국어 교사로 만들어준 책이다. 중학교 졸업하고 공장 다닐 때 함께 일했던 누나가 선물해준 책이 『달과 6펜스』였다."

"예뻤나요?"

정태가 물었다.

"예뻤다."

"첫사랑인가요?"

정태가 다시 물었다.

"아니다. 첫사랑은 아니다."

"좋아하셨나요?"

정태가 또다시 물었다.

"누나가 나를 좋아했다."

"에이, 아닌 것 같아요. 선생님이 좋아하셨잖아요?"

정태는 담임을 바라보며 장난스럽게 말했다.

"김정태, 엄마 모시고 오고 싶나?"

"네. 그렇습니다."

아이들이 일제히 웃음을 터트렸다. 담임도 기가 막힌 듯 웃음을 터트렸다. 잠시 후 담임이 말했다.

"『달과 6펜스』는 프랑스 화가 폴 고갱의 삶을 모티브로 윌리엄 서머싯 몸이라는 프랑스 작가가 쓴 소설이다. 아주 유명한 고전인데 소설과 실제 폴 고갱의 삶은 다른 부분이 꽤 있다. 소설 주인공 스트릭랜드처럼 화가 고갱도 다니던 증권거래소를 그만두고 화가가 되었다. 소설 주인공 스트릭랜드는 아내와 자식들을 버리고 그림을 공부하기 위해 파리로 떠났지만, 화가 고갱은 그림을 공부하려고 아내와 자식들을 버리진 않았다. 고갱에겐 덴마크 태생의 아내와 다섯 명의 아이가 있었는데, 고갱이 주식 시장의 붕괴로 증권거래소 일을 그만두게 되자 아내가 자식들을 데리고 그의 곁을 떠난 것이다. 그 부분이 소설과 다르다. 소설 주인공 스트릭랜드처럼 화가 고갱도 타이티로 떠나 나이 어린 원주민 여자와 함께 살았다. 타이티섬이 어디에 있는지 아는 사람?"

"남태평양이요."

한 아이가 자신 있게 말했다.

"맞다. 타이티는 남태평양에 있는 아름다운 섬이다. 소설 주인공 스트릭랜드는 타이티섬에서 그림을 그렸고 후에 나병에 걸려 비참한 말년을 보내다 죽는다. 그는 그가 살았던 오두막집 벽에 불멸의 작품을 남겼다. 하지만 그의 유언에 따라 그 그림은 불에 타 사라진다. 화가 고갱은 나병에 걸리진 않았고 비참한 말년을 보내다 심장마비로 1903년 타이티섬에서 죽는다. 실제로 고갱은 소설 주인공 스트릭랜드처럼 타이티섬에 불멸의 작품을 남긴다. 당시 사람들은 시대를 앞서간 고갱의 그림을 이해하지 못했다. 그림을 팔 수 없었던 고갱은 생활고로 고생하다 결국 자살을 결심한다. 실제로 자살을 시도했지만 그는 죽지 않았다. 고갱은 자살하기 전에 마지막 유고작을 남겼는데 그 작품 이름이 뭔지 아는 사람 있나?"

"〈우리는 어디서 왔으며, 우리는 무엇이며, 어디로 가는가?〉"

고갱의 그림 제목을 말한 건 동현이었다.

"장동현 말이 맞다. 폴 고갱이 1897년에 완성한 불멸의 대작 이름은 〈우리는 어디서 왔으며, 우리는 무엇이며, 어디로 가는가?〉이다. 고갱을 세계적인 화가로 만든 작품이다. 장동현, 고갱 작품을 가장 사랑한 사람이 누군지 아나?"

"빈센트 반 고흐요."

"맞다. 고갱을 간절히 만나고 싶어 했던 사람도 고흐였고, 고흐와의 불화로 고갱이 고흐 곁을 떠났을 때 그 절망으로 자신의 귀를 자른 사람도 고흐였다. 화가 고갱은 왜 모든 걸 버리고 타이티섬으로 들어갔을까? 그는 인간과 자연에 깃들어 있는 훼손되지 않은 원시성을 자신의 화폭에 담고 싶었던 거다. 문명은 자연뿐만 아니라 인간의 원래 표정까지도 병들게 하니까 병들지 않은 자연과 인간을 그리기 위해 고갱은 타이티섬으로 들어간 거다. 장동현, 이 소설을 쓴 윌리엄 서머싯 몸은 왜 책 제목을『달과 6펜스』라고 지었는지 알고 있나?"

"달은 꿈의 상징이고 6펜스는 돈의 상징입니다.『달과 6펜스』는 꿈과 현실의 은유입니다."

"장동현, 많이 아네. 맞다.『달과 6펜스』는 꿈과 현실의 은유다. 달ḋ은 우리의 이상을 상징하고 펜스pence는 동전을 의미하는 화폐 단위로 우리의 현실을 의미한다. 꿈만 따라가다 보면 현실은 궁핍해질 때가 많다.『달과 6펜스』는 꿈과 현실 사이를 방황하는 사람들을 위한 책이다. 꿈과 현실 사이에서 우리는 무엇을 선택해야 하는지 질문을 던져주는 책이 바로『달과 6펜스』이다. 너희들은 달을 선택할 거냐, 아니면 돈을 선택할 거냐?"

"돈이요."

조금의 주저함도 없이 정태가 말했다. 담임은 담담한 표정을 지으며 정태의 말을 들은 척도 하지 않았다. 담임이 동현에게 물었다.

"장동현, 너는 달을 선택할 거냐, 돈을 선택할 거냐?"

"달이요."

담임의 물음에 동현은 낮은 목소리로 대답했다.

"달이 없어도 돈은 보이지만 돈이 없으면 달은 안 보여. 그래도 달을 선택할 건가?"

"네."

동현은 낮은 목소리로 더욱 또렷하게 말했다.

38

고래반점 계산대 앞에 허름한 차림의 노인이 잔뜩 주눅 든 얼굴로 서 있었다. 용팔은 어이없다는 표정을 지으며 노인에게 말했다.

"할아버지, 돈이 없는데 짜장면은 왜 드셨어요?"

노인은 머리를 조아릴 뿐 아무 말이 없었다. 용팔이 성난 표정으로 다그치듯 다시 말했다.

"할아버지, 사람이 물었으면 대답을 하셔야지요. 돈도 없는데 짜장면을 왜 드셨냐고요? 제 말 안 들리세요?"

거듭되는 용팔의 물음에도 노인은 머리를 조아릴 뿐 아무런 말이 없었다.

"할아버지, 혹시 귀가 잘 안 들리세요?"

"아니요. 잘 들립니다."

노인은 또렷한 목소리로 말했다.

"할아버지, 돈 없이 짜장면을 왜 드셨냐고요? 대답을 하셔야지요."

용팔은 더 큰 소리로 할아버지를 향해 말했다.

"······배가 고팠어요. 배가 너무 고파 그럴 수도 없었어요. 죄송합니다. 정말 죄송합니다."

노인의 말이 끝나기가 무섭게 용팔이 성난 얼굴로 말했다.

"할아버지, 배고프면 남의 집 음식 그냥 드셔도 되나요? 다음에 오실 땐 배고픈 사람들 모두 데리고 우리 집으로 오시면 되겠네요. 할아버진 지금 도둑질하신 거나 마찬가지예요. 무전취식은 범죄입니다. 경찰에 신고하면 어떻게 되는 줄 아시죠? 배고파서 오셨다면서 술은 왜 드셨어요? 배고파서 오신 게 아니라 술 드시고 싶어 오신 거 아니에요, 할아버지?"

용팔은 다그쳐 물었다. 신경질 섞인 용팔의 목소리를 듣고 주방에 있던 영선이 난감한 낯빛으로 소매를 걷으며 걸어 나왔다. 영선은 노인을 향해 말했다.

"할아버지가 잘못하셨네요. 차라리 처음부터 사정 이야길 하시지······."

"죄송합니다. 배가 너무 고팠어요."

노인은 영선을 향해 머리를 조아리며 말했다. 잠시 침묵이 흘렀다. 영선이 용팔에게 말했다.

"기왕에 저질러진 일인데 어쩌겠어. 그냥 보내드려야지. 다음엔 또 안 그러시겠지. 보내드리자."

영선의 말에 용팔의 인상이 굳어졌다. 용팔은 영선을 향해 눈을 부라리며 말했다.

"당신 지금 제정신이야? 내가 볼 땐 이 할아버지 이 집 저 집 다니면서 상습적으로 무전취식하는 거야."

영선은 용팔의 말에 아랑곳하지 않고 출입문 쪽을 향해 노인의 팔을 이끌고 걸어갔다. 영선이 노인에게 말했다.

"할아버지, 다음에 또 이러시면 안 돼요. 이번이 마지막이에요. 인심 사나운 음식점 주인 만나면 진짜로 봉변당하세요. 무전취식하시면 경찰 부르는 음식점 주인들 많아요. 할아버지, 아셨죠?"

"네. 잘 알겠습니다. 고맙습니다. 정말 고맙습니다."

노인은 영선과 용팔을 향해 잔뜩 허리를 굽혔다. 노인이 가게 문을 나가기도 전에 용팔이 성난 목소리로 영선에게 말했다.

"이래서 퍼주고 저래서 퍼주면 가게 망한다는 거 몰라?"

영선은 우두커니 서서 용팔을 바라볼 뿐 아무 말도 하지 않았다. 용팔이 더욱 성난 목소리로 말했다.

"저 할아버지 틀림없이 상습범이라니까. 척 보면 알아. 당신 착각하지 마. 당신 착한 건 알겠는데 당신이 착하다고 세상이 착해질 줄 알아? 어림없어. 세상은 그냥 인심 사나운 세상일 뿐이야. 당신이 배고파도 밥 한 그릇 공짜로 안 주는 세

상이라고. 하여간에 그렇게 말해도 정신을 못 차리네. 정신
좀 차려. 나까지 당신 같았으면 이 가게 망해도 벌써 망했어.
벌써 망했다고……. 아, 뒷골 당겨."

용팔은 분을 삭이지 못하고 계산대 앞에 서서 식식거렸다.
용팔의 비위를 맞추려는 듯 영선이 나직한 목소리로 말했다.

"설마 짜장면 한 그릇 때문에 우리 집이 망하겠어? 돈 없이
음식 먹는 사람도 어쩌다 한 번인데……. 며칠 전 인혜네 집
에 갔을 때 당신이 많이 변했구나 생각했는데……. 오늘은
그만 장사 접자."

영선은 그렇게 말하고 방긋 웃으며 주방으로 들어갔다. 용
팔은 난감한 표정을 지으며 그러나 당당한 목소리로 영선이
있는 주방을 향해 큰 소리로 말했다.

"으흠, 으흠……. 사람이 그렇게 쉽게 변하냐! 넘쳤다고 생
각하면 본전 생각나는 게 사람이지. 으흠, 으흠……. 솔직히
내 말이 맞잖아. 저렇게 세상을 몰라. 문제야, 문제……."

용팔은 허탈한 듯 길게 한숨을 내쉬었다. 용팔은 헛기침을
하며 혼잣말을 했다.

"으흠, 으흠……. 어쩌겠어. 내 안에서 고요히 잠자고 있던
괴물이 잠에서 깨어났는데 난들 어쩌겠어. 그놈이 다시 잠들
때까지 잠자코 기다릴밖에……. 내 안의 악마를 몰아내면 내
안의 천사도 함께 쫓겨난다고, C.S 루이스는 말했다더라. 어

때? 말 되잖아?"

　용팔은 잠시 후 주방으로 들어가 생선을 잘게 다졌다. 고양이들에게 줄 생선이었다. 어둑해질 무렵 용팔은 생선을 비닐봉지에 담아 주방 뒷문으로 나갔다. 산수유나무 숲 앞에 고양이 두 마리가 웅크리고 앉아 있었다. 고양이들은 멀찌감치 서 있는 용팔을 새침한 눈빛으로 빤히 바라보았다. 밥 먹을 시간에 맞춰 고양이들이 온 것은 처음이었다. 용팔은 먼발치에서 고양이들을 향해 말했다.

　"어라! 이놈들 봐라. 날 기다렸냐? 밥 먹을 시간 알고 온 거야?"

　용팔은 신기한 듯 고개를 갸웃거리며 고양이들을 멀뚱히 바라보았다. 용팔은 비닐봉지에 담아온 잘게 다진 생선을 플라스틱 쟁반 위에 정성껏 올려놓았다. 용팔은 다정히 그러나 의미심장하게 고양이들을 향해 말했다.

　"사람들이 손 내민다고 쉽게 앞발 주지 마라. 길들여진 고양이는 고양이가 아니니까……. 표범무늬만 가득한 순해빠진 벵갈고양이 되면 너희들은 끝장이야. 사람들 무릎 위를 아늑해하는 고양이는 고양이가 아니거든. 끝끝내 고양이로 남으려면 어떤 권위에도 굴복하지 말아야 돼. 길들여지지 않는 야성野性…… 그게 바로 너희들이야. 그 무엇에게도 길들여지지 않겠다고 나랑 약속할 수 있겠니?"

바람이 불어왔다. 고양이들에게 말을 건네는 용팔의 표정은 여느 때보다 진지했다. 용팔은 윗주머니에서 스프링 수첩과 볼펜을 꺼냈다. 용팔은 마음을 가다듬으며 한 줄 한 줄 써내려갔다.

신라 화랑의 수업 방식은 독특했다. 그들은 풍류風流라는 이름으로 바람風을 수업했다. 국토를 순례하며 말을 타고 활을 쏘며 바람과 공동체에 대한 상상력을 기르는 것, 그것이 수업의 최종 목표였다. 정해진 것은 아무것도 없다. 바람을 향해, 그리고 사람들을 향해, 오직 자신의 직관과 자신의 육체와 자신의 감각을 따라갈 뿐이었다. 임전무퇴臨戰無退도 사군이충事君以忠도 그다음이다. 그들은 공동체 안에서 충돌하고, 대립하고, 화해하면서 더 깊은 자아를 만났다. 우리 역사상 최초의 여왕인 선덕여왕 미실은 화랑을 통합한 여성이었으니 신라의 여성 또한 어느 시대보다 당당했다.

철기가 수많은 사람들을 죽였다 해도 철기시대는 청동기시대로 돌아가지 않는다. 철기가 살린 사람들이 더 많기 때문이다. 하지만 대한민국은 거꾸로 가고 있다. 해를 거듭하며 세계에서 가장 많은 사람들이 스스로 목숨을 끊고 있다. 풍류라는 이름으로 바람을 수업했던 신라가 다시 와야 하는 것은 아닐까?

해바라기의 눈높이로 바라보아야 볼 수 있는 세계의 진실이 있다. 민들레의 눈높이로 바라보아야 비로소 볼 수 있는 세계의 진실도 있다. 어둠 속에서도 바다는 푸르다.

39

　용팔은 텅 빈 표정으로 고래반점 담벼락에 놓인 나무 의자에 앉아 있었다. 용팔이 있는 곳으로 영선이 빠른 걸음으로 걸어왔다.

　"봄날이네. 봄날이야."

　영선의 목소리는 발랄했다.

　"날씨 좋다. 남 속 타는 줄도 모르고."

　용팔은 먼빛으로 보이는 소백산을 바라보며 무심히 말했다. 영선이 용팔에게 물었다.

　"왜 속이 타?"

　"그냥. 답답해."

　"우두커니 여기 앉아서 뭐해?"

　"보면 몰라?"

　"일광욕?"

　"아니. 소독."

"뭘 소독해?"

"대가리부터 발가락까지 모조리 다."

"당신은 어제도 알코올로 소독했잖아."

"그건 내장 소독한 거고. 껍데기도 소독해야지."

"싱거운 소리 그만하고 동현이한테 전화 좀 해봐."

"동현이가 왜?"

"내 전화 안 받아."

"당신 전화 안 받는데 내 전화 받겠어?"

"당신 전화는 잘 받잖아."

"그냥 둬. 전화 안 받는 이유가 있겠지. 당신도 여기 앉아서 소독이나 해."

"햇볕 안 뜨거워?"

"따뜻해."

영선은 용팔의 옆자리에 앉았다. 영선이 손바닥으로 태양을 가리며 말했다.

"뭐가 따뜻해! 뜨거워 죽겠구만!"

"뜨거워야 소독 되지."

"소독은 당신이나 많이 해. 나는 필요 없어."

"태양을 출발한 빛이 여기까지 오는 데 시간이 얼마나 걸리는지 아냐?"

"뭔 놈의 시간이 걸려? 1초도 안 걸리겠지."

"1초도 안 걸려? 8분 20초나 걸린다."

"정말? 많이 걸리네."

"빛의 속도로 오는데도 8분이 넘게 걸리니까 어마어마한 거리를 날아오는 거야. 귀하게 대접해야 돼."

용팔은 그렇게 말하고 다시 먼 산을 바라보았다. 잠시 후 영선이 물었다.

"당신 무슨 걱정 있어?"

"아니. 없어."

"없으면 다행이고. 온종일 울적해 보여서."

영선의 말에 아랑곳하지 않고 용팔은 다시 먼 산을 바라보았다. 잠시 후 용팔이 영선에게 물었다.

"여기서 태양까지는 거리가 얼마나 될까? 태양은 지구에서 가장 가까운 별이야."

"태양이 별이라고? 금시초문이네. 태양은 태양이지, 태양이 왜 별이야?"

"태양도 별 맞아. 별 이름이 태양인 거야. 태양은 지구보다 109배나 큰데 고체가 아니라 헬륨과 수소로 구성된 기체덩어리야."

"태양이 기체덩어리라고?"

"응. 태양은 기체덩어린데 태양 무게는 지구보다 33만 배나 더 무거워."

"하여간에 장용팔 머리 좋아. 모르는 게 없어."

"나는 대가리가 좋은 게 아냐. 잊어버릴 만하면 또 외우고, 잊어버릴 만하면 또 외운 것뿐이지. 노력파…… 노력파 몰라?"

"기본 대가리가 있으니까 노력도 통하는 거지."

"그건 모르겠고. 내가 질문한 거 잊었어?"

"질문이 뭐였지?"

"여기에서 태양까지 거리가 얼마나 되냐고."

"모르지. 그걸 내가 어떻게 알아."

"1억 5,000킬로미터."

"뻥까고 있네."

"검색해봐. 지구에서 태양까지 거리는 약 1억 5,000킬로미터 맞아."

"진짜야?"

"진짜라니까."

"1킬로미터가 1,000미터인데 1억 5,000킬로미터면 얼마나 멀다는 거야. 상상도 못하겠네."

영선이 태양을 흘긋 바라보며 말했다. 잠시 후 용팔이 말했다.

"여기에서 태양까지 거리가 그렇게 머니까 태양빛이 빛의 속도로 와도 8분 20초나 걸리는 거야……."

용팔은 그렇게 말하고는 이내 표정이 어두워졌다. 용팔의
표정을 조심스럽게 살피며 영선이 물었다.

"왜?"

영선의 물음에 용팔은 긴 한숨을 내쉴 뿐 아무 말이 없었다.

"갑자기 왜 그래?"

영선이 근심스러운 표정을 지으며 다시 물었다. 용팔은 여
전히 아무런 대답이 없었다. 잠시 후 영선이 말했다.

"왜? 정인하 선생 때문에?"

용팔은 대답 대신 고개를 끄덕였다. 용팔의 눈엔 눈물이
고여 있었다. 애써 눈물을 참으며 용팔이 말했다.

"왜 안 오냐?"

"……올 테지. 좀 더 기다려봐."

"많이 기다렸잖아. 반년이 넘었어. 패러글라이딩 하던 사
람들이 도대체 어디로 갔냐고?"

"누가 알겠어? 경찰들이 산과 바다를 한 달도 넘게 샅샅이
뒤졌는데도 못 찾았잖아."

영선도 한숨을 내쉬며 말했다. 용팔의 눈에 다시 눈물이
고였다. 잠시 후 용팔이 말했다.

"잘 살고 있겠지?"

"잘 살고 있을 테지. 그렇게 생각해. 정말로 어딘가에서 두
사람이 잘 살고 있을지도 모르잖아."

영선은 눈물을 글썽이며 용팔을 향해 달래듯 말했다. 용팔의 뺨 위로 눈물 한 방울이 천천히 흘러내렸다.

어둠 속에서도
바다는 푸르다

ㅣ 작가의 말 ㅣ

　지금 대한민국은 상처로 가득하다. 현재를 살아가는 사람들 이야기를 쓰고 싶었다. 불의와 불신과 폭력이 가득한 세상 속에서도 인간에 대한 믿음을 간직한 사람들 이야기이다. 감동과 반전과 유머를 오가며 우리 시대의 문제를 경쾌하고 발랄하게 풀어내고 싶었다. 소설 속 인물들을 통해 한국 사회를 병들게 한 여러 가지 사회문제에 대한 질문도 던졌다. 2,000매에 가까운 원고 중 12매의 『연탄길』 원고가 포함돼 있음을 밝힌다. 해바라기의 눈높이로 바라보아야 보이는 것이 있었다. 민들레의 눈높이로 바라보아야만 보이는 것이 있었다.

　이 소설이 영화처럼 읽히기를 바란다. 의식 속으로 침잠하는 내레이션을 줄이고 대사를 많이 넣은 이유이다. 서사narrative만으로 기억되는 소설이 아니라 지성사知性史와 함께 서사가 기억되는 소설이기를 바랐다. 무엇보다 인간의 사랑을 노래하고 싶었고 희망을 노래하고 싶었다. 상처와 모순과 강박으로 가득한 내겐 참으로 힘든 일이었다. 나의 바람이 독자들에게 가닿기를 바랄 뿐이다.

2021. 봄. 이철환.

어둠 속에서도 바다는 푸르다 2

ⓒ 이철환, 2021

초판 1쇄 인쇄일 2021년 3월   2일
초판 1쇄 발행일 2021년 3월 15일

지은이 이철환
펴낸이 사태희
편 집 최민혜
디자인 권수정
마케팅 장민영
제작인 이승욱 이대성

펴낸곳 (주)특별한서재
출판등록 제2018-000085호
주 소 04037 서울시 마포구 양화로 59, 703호 (서교동, 화승리버스텔)
전 화 02-3273-7878
팩 스 0505-832-0042
e-mail specialbooks@naver.com
ISBN 979-11-6703-000-9 (03810)
        979-11-6703-001-6(세트)